目　　录

第一篇　前世恋情

小曼日记 …………………………………………… （3）
爱眉小札 …………………………………………… （32）

第二篇　寂寥才情

皇家饭店 …………………………………………… （131）
卞昆冈（与徐志摩合作） ………………………… （153）
河伯娶妇 …………………………………………… （193）

第三篇　去路心影

《云游》序 ………………………………………… （201）
哭　摩 ……………………………………………… （204）
《爱眉小札》序（一） …………………………… （210）
《爱眉小札》序（二） …………………………… （212）
随着日子往前走 …………………………………… （216）
中秋夜感 …………………………………………… （218）
《志摩日记》序 …………………………………… （221）
牡丹与绿叶 ………………………………………… （223）

遗文编就答君心——《志摩全集》编排经过 …………… (225)

《徐志摩诗选》序 …………………………………………… (230)

题画诗十二首 ………………………………………………… (232)

秋　叶 ………………………………………………………… (236)

忆志摩（一） ………………………………………………… (238)

忆志摩（二） ………………………………………………… (239)

第一篇 前世恋情

第一篇　前世恋情

小曼日记

1925年3月11日——7月17日

三月十一日

一个月之前我就动了写日记的心，因为听得"先生"们讲各国大文豪写日记的趣事，我心里就决定来写一本玩玩，可是我不记气候，不写每日身体的动作，我只把我每天的内心感想，不敢向人说的，不能对人讲的，借着一支笔和几张纸来留一点痕迹。不过想了许久老没有实行，一直到昨天摩叫我当信一样的写，将我心里所想的，不要遗漏一字地都写了上去，我才决心如此地做了，等摩回来时再给他当信看。这一下我倒有了生路了，本来我心里的痛苦同愁闷一向逼闷在心里的，有时候真逼得难受，说又没有地方去说；以后可好了，我真感谢你，借你的力量我可以一泄我的冤恨，松一松我的胸襟了。以后我想写什么就可以写什么，反正写出来也不碍事，不给别人看就是了。本来人的思想往往会一忽儿就跑去的，想过就完，现在我可要留住它了，不论什么事想着就写，只要认定一个"真"字，以前的一切我都感觉到假，为什么一个人先要以假对人呢？大约为的是有许多真的话说出来反要受人的讥笑，招人的批评，所以吓得一般人都迎着假的往前走，结果真纯的思想反让假的给赶走了。我若再不遇着摩，我自问也要变成那样的，自从我认识了你的真，摩，我自己羞愧死了，从此我也要走上"真"的路了。希望你能帮助我，志摩。

昨天摩出国，我本不想去车站送他，可是又不能不去，在人群中又不能流露出十分难受的样子，还只是笑嘻嘻地谈话；恍惚满不在意似的。在许多人的目光之下，又不能容我们单独的讲几句话。这时候我又感觉到假的可恶，为什么要顾虑这许多，为什么不能要说什么就说什么呢？我几次想离开众人，过去说几句真话，可是说也惭愧，平时的决心和勇气，不知都往哪里跑了，只会泪汪汪地看着他，连话都说不出口来。自己急得骂我自己，再不过去说话，车可要开了；那时我却盼望他能过来带我走出众人眼光之下，说几句最后的话，谁知他也是一样的没有勇气。一双泪汪汪的眼睛只对着我发怔，我明知道他要安慰我，要我知道他为什么才弃我远去，他有许多许多的真话，真的意思，都让社会的假给碰回去了，便只好大家用假话来敷衍。那时他还走过来握我的手，我也只能苦笑着对他说"一路顺风"。我低头不敢向他看，也不敢向别人看，一直到车开，我还看见他站在车头上向我们送手吻（我知道一定是给我一个人的）。我直着眼看，只见他的人影一点一点糊涂起来，我眼前好像有一层东西隔着，慢慢地连人影都不见了，心里也说不出是什么味儿，好像一点知觉都没有了似的，一直等到耳边有人对我说"不要看了，车走远了"，我才像梦醒似的回头看见人家都在向着我笑，我才很无味的回头就走。走进车子才知道我身旁还有一个人坐着。他（王赓）冷冷对我说："为什么你眼睛红了？哭么？"咳！他明知我心里有说不出的难受，还要假意儿问我，怄我；我知道他乐了，走了我的知己，他还不乐？

回家走进了屋子，四面都露出一种冷清的静，好像连钟都不走了似的，一切都无声无嗅了。我坐到书桌上，看见他给我的信、东西、日记，我拿在手里发怔，也不敢去看，也不想开口，只是呆坐着也不知道自己要做点什么才好。在这静默空气里我反觉得很有趣起来，我希望永远不要有人来打断我的静,让我永远这样地静坐下去。

　　昨天家里在广济寺做佛事,全家都去的,我当然是不能少的了,可是这几天我心里正在说不出的难过,还要我去酬应那些亲友们,叫我怎能忍受?没有法子,得一个机会我一个人躲到后边大院里去清静一下。走进大院看见一片如白画的月光,照得栏杆、花、木、石桌,样样清清楚楚,静悄悄的一个人都没有,可爱极了。那一片的静,真使人能忘却了一切的一切,我那时也不觉得怕了,一个人走过石桥在栏杆上坐着,耳边一阵阵送过别院的经声、钟声、禅声,那一种音调真凄凉极了。我到那个时光,几天要流不敢流的眼泪便像潮水般地涌了出来,我哭了半天也不知是哭的什么,心里也如同一把乱麻,无从说起。

　　今天早晨他去天津了。我上了三个钟头的课,先生给我许多功课,我预备好好地做起来。不过这几天从摩走后,这世界好像又换了一个似的,我到东也不见他那可爱的笑容,到西也不听见他那柔美的声音,一天到晚再也没有一个人来安慰我,真觉得做人无味极了;为什么一切事情都不能遂心适意呢?随处随地都有网包围着似的,使得手脚都伸不开,真苦极了。想起摩来更觉惆怅,现在不知道已经走到什么地方了,也许已过哈尔滨了罢。昨晚庙里回来就睡下,闭着眼细细回想在庙后大院子里得着的那一忽儿清闲,连回味都是甜的。像我现在过的这种日子,精神上,肉体上,同时地受着说不出的苦,不要说不能得着别人一点安慰与怜惜,就是单要求人家能明白我,了解我,已是不容易的了!

　　今天足足地忙了一天,早晨做了一篇法文,出去买了画具,饭后陈先生来教了半天,说我一定能进步得快,倒也有趣。晚饭时三伯母等来请我去吃饭,ML也来相约,我都回绝她们了,因为我只想一个人静静地坐坐,况且我还要给摩写信。在灯下不知不觉地就写了九张纸,还是不能尽意,薄薄的几张纸能写得上多少字呢?

　　临睡时又看了几张摩的日记,不觉又难受了半天。可叹我自小就是心高气傲，想享受别的女人不大容易享受得到的一切，而结果现在反成了一个一切都不如人的人。其实我不羡富贵，也不慕荣华，我只要一个安乐的家庭，如心的伴侣，谁知连这一点要求都不能得到，只落得终日里孤单，有话都没有人能讲，每天只是强自欢笑地在人群里混。又因为我不愿意叫人家知道我现在是不快乐，不如意，所以我装着是个快乐的人，我明知道这种办法是不长久的，等到一旦力尽心疲，要再装假也没有力气了，人家不是一样会看出来的么？所幸现在已有几个知己朋友们知道我，明白我，最知我者当然是摩！他知道我，他简直能真正地了解我，我也明白他，我也认识他是一个纯洁天真的人，他给我的那一片纯洁的爱，使我不能不还给他一个整个的圆满的永没有给过别人的爱的。

三月十四日

昨天忙了一天，起身就叫娘来赶了去，叫我陪她去医院，可是几件事一做，就晚了来不及去了。吃了饭回家写了一封信给摩，下午S来谈话，两人不知不觉说到晚上十一点才走，大家有相见恨晚的感想，痛快得很。

三月十七日

可恨昨天才写得有趣的时候，他忽然地回来了。我本想一个人舒舒服服地过几晚清闲的晚上的，借着笔发泄发泄心里的愁闷，谁知又不能如愿。W、C都来过，也无非是大家瞎谈一阵闲话，一无可记的，倒是前天S的几句话，引起我无限的怅惘。我现在正好比在黑夜里的舟行大海，四面空阔无边，前途又是茫茫的不知何日才能达到目的地，也许天空起了云雾，吹起狂风降下雷雨，将船打碎沉没海底永无出头之日；也许就能在黑雾中走出个光明的月亮，送给黑沉沉的大海一片雪白的光亮，照出了到达目的地去的方向。所以看起来一切还需命运来帮忙，人的力量是很有限的。S说当初他们都不大认识我的，以为不是同他们一类的，现在才知道我，咳，也难怪！我是一个没有学问的很浅薄的女子，本来我同摩相交自知相去太远，但是看他那样的痴心相向，而又受到了初恋的痛苦，我便怎样也不能再使他失望了。摩，你放心，我永不会叫你失望就是，不管有多少荆棘的路，我一定走向前去找寻我们的幸福，你放心就是！

　　S走后，我倒床就哭，自己也不知道何处来的那许多眼泪，我想也许是这一个礼拜实在过得太慢了，太凄惨了，以后的日子不知怎样才能度过呢？昨天接着摩给娘的信，看得我肝肠寸断了，那片真诚的心意感动了我，不怕连日车上受的劳顿，在深夜里还赶着写信，不是十二分的爱我怎能如此？摩，我真感谢你。在给我的信中虽然没有多讲，可是我都懂得的，爱！你那一个字一个背影我都明白的，我知道你一字一泪，也太费苦心了，其实你多写也不妨。我昨晚得一梦，早知你要来信，所以我早预备好了，不会叫他看见的。我近日常梦见你，摩，梦见你给我许多梅花，又香，又红，又甜，醒来后一切都没有了，可是那时我还闭着眼不敢动（怕吓走了甜蜜的梦境），来回地想——想起我们在月下清谈的那几天是多有趣呀！现在呢？远在千里外，叫亦不听见；要是我们能不受环境的压迫，携手同游欧美，度我们理想的日子，够多美呢！到今天我有些后悔不该不听你的话了。

　　刚才念信时心里一阵阵的酸，真苦了你了，我的爱，我害你了，使你一个人冷清清地受那孤单旅行的苦，我早知道没有人照顾你是不行的，你看是不是又着凉了？我真不放心，不知道有什么法子可以使你自己会当心一点冷暖才好，你要知道你在千里外生病，叫我怎能不急得发晕？

　　今天是礼拜，我偏有不能辞的应酬，非去不可，但是我的心直想得一个机会来静静地多写几张日记，多写几行信，哪有余情来做无谓的应酬？难怪我一晚上闹了几个笑话，现在自己想想都是可乐的，"心无二用"这句话真是透极了，一个人只要心里有了事情，随便做什么事都要错乱的。

　　S说，男女的爱一旦成熟结为夫妇，就会慢慢地变成怨偶的，夫妻间没有真爱可言，倒是朋友的爱较能长久。这话我认为对极了，我觉得我们现在精神上的爱情是不会变的，我也希望我们永远做一个精神上的好朋友，摩，不知你愿否？我现在才知道夫妻间没有真爱情而还需日夜相缠，身体上受的那种苦刑是只能苦在心，不能为外人道的。我今天写得很舒服，明天恐怕没有机会了，因为早晨须读书，饭后随娘去医院，下午又要到妹妹家去，晚上又是那法国人请客，许多不能不去做的事情又要缠着一整天，真是苦极了。

三月十九日

　　你瞧！一下就连着三天不能亲近我的日记。十六那天本想去妹妹家的，谁知是三太太的生日，又是不能不去，在她家碰见了寄妈，被她取笑得我泪往里滚，摩！我害了你了，我是不怕，好在叫人家说惯了，骂我的人、冤枉我的人也不知有多少，我反正不与人争辩，不过我不愿意连你也为我受骂，咳！我真恨，恨天也不怜我，你我已无缘，又何必使我们相见，且相见而又在这个时候，一无办法的时候！在这情况之下真用得着那句"恨不相逢未嫁时"的诗了。现在叫我进退两难，丢去你不忍心，接受你又办不到，怎不叫人活活地恨死！难道这也是所谓天数么？

　　今天是S请吃饭，有WH等几个人的清谈，倒使我精神一畅呢！回家就接着你由哈尔滨寄来的一首诗，咳！真苦了你了。我知道你是那样的凄冷，那样的想念我，而又不能在笔下将一片痴情寄给我，连说话都不能明说，反不如我倒可以将胸中的思念一字一句都寄给你，让你看了舒服，同时我也会感觉着安慰。因此我就想到你不能说的苦，慢慢的肚子一定要胀破的。不过你等着信的地址。今晚我无意中说了一句，这个礼拜为什么过得这样慢，W他们都笑起来，我叫他们笑得脸红耳热，越发地难过了，因为我本来就不好过，叫他们再一取笑，我真要哭出来了，还是S看我可怜救了我的。

三月二十二日

昨天才写完一信，T来了，谈了半天。他倒是个很好的朋友，他说他那天在车站看见我的脸吓一跳，苍白得好像死去一般，他知道我那时的心一定难过到极点了。他还说外边谣言极多，有人说我要离婚了，又有人说摩一定是不真爱我，若是真爱决不肯丢我远去的。真可笑，外头人不知道为什么都跟我有缘似的，无论男女都爱将我当一个谈话的好材料，没有可说也得想法造点出来说，真奇怪了。T也说现在是个很好的脱离机会，可是娘呢？咳，我的娘呀！你可害苦了我啦，我一生的幸福恐怕要为你牺牲了！

摩，为你我还是拼命干一下的好，我要往前走，不管前面有几多的荆棘，我一定直着脖子走，非到筋疲力尽我决不回头的。因为你是真正地认识了我，你不但认识我表面，你还认清了我的内心，我本来老是自恨为什么没有人认识我，为什么人家全拿我当一个只会玩只会穿的女子；可是我虽恨，我并不怪人家，本来人们只看外表，谁又能真生一双妙眼来看透人的内心呢？受着的评论都是自己去换得来的，在这个黑暗的世界有几个是肯拿真性灵透露出来的？像我自己，还不是一样成天埋没了本性以假对人的么？只有你，摩！第一个人能从一切的假言假笑中看透我的真心，认识我的苦痛，叫我怎能不从此收起以往的假而真正地给你一片真呢！我自从认识了你，我就有改变生活的决心，为你我一定认真地做人了。

因为昨晚一宵苦思，今晨又觉满身酸痛，不过我快乐，我得着了一个全静的夜。本来我就最爱清静的夜，静悄悄只有我一个人，只有嘀嗒的钟声做我的良伴，让我爱做什么就做什么，不论坐着、睡着、看书，都是安静的，再无聊时耽着想想，做不到的事情，得不着的快乐，只要能闭着眼像电影似的一幕幕在眼前飞过也是快乐的，至少也能得着片刻的安慰。昨晚我想你，想你现在一定已经看得见西伯利亚的白雪了，不过你眼前虽有不容易看得到的美景，可是你身旁没有了陪伴你的我，你一定也同我现在一般地感觉着寂寞，一般心内叫着痛苦的罢！我从前常听人言生离死别是人生最难忍受的事情，我老是笑着说人痴情，谁知今天轮到了我身上，才知道人家的话不是虚的，全是从痛苦中得来的实言，我今天才身受着这种说不出叫不明的痛苦，生离已经够受的了，死别的味儿想必更不堪设想罢。

回家去陪娘去看病，在车中我又探了探她的口气，我说照这样的日子再往下过，我怕我的身体上要担受不起了。她反倒说我自寻烦恼，自找痛苦，好好的日子不过，一天到晚只是去模仿外国小说上的行为，讲爱情，说什么精神上痛苦不痛苦，那些无味的话有什么道理。本来她在四十多年前就生出来了，我才生了二十多年，二十年内的变化与进步是不可计算的，我们的思想当然不能符合了。她们看来夫荣子贵是女子的莫大幸福，个人的喜、乐、哀、怒是不成问题的，所以也难怪她不能明了我的苦楚。本来人在幼年时灌进脑子里的知识与教育是永不会迁移的，何况是这种封建思想与礼教观念更不容易使她忘记。所以从前多少女子，为了怕人骂，怕人背后批评，甘愿自己牺牲自己的快乐与身体，怨死闺中，要不然就是终身得了不死不活的病，呻吟到死。这一类的可怜女子，我敢说十个里面有九个是自己明知故犯的，她们可怜，至死还不明白是什么害了她们。摩！我今天很运气能够蜷曲着你，在我不认识你以前，我的思想，我的观念，也同她们一样，我也是一样的没有勇气，一样的预备就此糊里糊涂地一天天往下过，不问什么快乐什么痛苦，就此埋没了本性过它一辈子完事的；自从见着你，我才像乌云里见了青天，我才知道自埋自身是不应该的，做人为什么不轰轰烈烈地做一番呢？我愿意从此跟你往高处飞，往明处走，永远再不自暴自弃了。

三月二十八日

一连又是几天不能亲近你了，摩！这日子真有点过不下去了，一天到晚只是忙些无味的酬应，你的信息又听不到，你的信也不来，算来你上工也有十几天了，也该有信来了，为什么天天拿进来的信我老也见不着你的呢？难道说你真的预备从此不来信了么？也许朋友们的劝慰是有理的。你应该离开我去海外洗一洗脑子，也许可以洗去我这污浊的黑影，使你永远忘记你曾经认识过我。我投进你的生命中也许是于你不利，也许竟可破坏你的终身的幸福的，我自己也明白，也看得很清，而且我们的爱是不能让社会明了，是不能叫人们原谅的。所以我不该盼你有信来，临行时你我不是约好不通信，不来往，大家试一试能不能彼此相忘的么？在嘴里说的时候，我的心里早就起了反对（不知你心里如何），口内不管怎样的硬，心里照样还是软绵绵的；那一忽儿的口边硬在半小时内早就跑远了，因此不等到家我就变了主意，我信你也许同我一样，不过今天不知怎样有点信不过你了，难道现在你真想实行那句话了么？难道你才离开我就变了方向了么？你若能真的从此不理我倒又是一件事了。本来我昨天就想退出了，大概你在第三封信内可以看见我的意思了，你还是去走那比较容易一点的旧路罢，那一条路你本来已经开辟得快成形了，为什么又半路中断去呢？前面又不是绝对没有希望，你不妨再去走走看，也许可以得到圆满的结果，我这边还是满地的荆棘，就是我二人合力的工作也不知几时才可以达到目的地呢！其中的情形还要你自己再三想想才好。我很愿意你能得着你最初的恋爱,我愿意你快乐,因为你的快乐就和我的一样。我的爱你,并不一定要你回答我,只要你能得到安慰,我心就安慰了,我还是能照样地爱你,并不一定要你知道的。是的,摩!我心里乱极了,这时候我眼里已经没有了我自己,我心里只有你的影子,你的身体,我不要想自身的安全,我只想你能因为爱我而得到一些安慰,那我看着也是乐的。

三月二十九日

前天写得好好的,他又回来了。本来这几天因为他在天津,所以我才得过着几天清闲的日子,在家里一个人坐着看看书、写写字,再不然想你时就同你笔上谈谈,虽然只是我一个人自写自意,得不着一点回音,可是我觉得反比同一个不懂的人谈话有趣得多。现在完了,我再也不能得到安慰了。所以昨天我就出去了一整天,吃饭,看戏,反正只要有一个去处,便能将青天快快地变成黑天。怪的倒是你为什么还有信来?你没有信来我就更坐立不安了。我的心每天只是无理由地跳,好好地跟人家说着话的时候我也会一阵阵的脸红心跳,自己也不知道是为了什么,这样下去,我怕要得心脏病了。

四月十二日

好,这一下有十几天没有亲近你了,吾爱,现在我又可以痛痛快快地来写了。前些日因为接不着你的信,他又在家,我心里又烦,就又忘了你的话,每天只是在热闹场中去消磨时候,不是东家打牌就是出外跳舞,有时精神萎顿下来也不管,摇一摇头再往前走,心里恨不得从此消灭自身,眼前又一阵阵地糊涂起来,你的话、你的劝告又在耳边打转了。有时娘看得我有些出了神似的就逼着我去看医生，碰着那位克利老先生又说得我的病非常沉重，心脏同神经都有了十分的病。因此父母为我又是日夜不安，尤其是伯伯每天跟着我像念经似的劝，叫我不能再如此自暴自弃，看了老年人着急的情形，我便只能答应吃药，可笑！药能治我的病么？再多吃一点也是没有用的，心里的病医得好么？一边吃药，一边还是照样地往外跑，结果身体还是敌不过，没有几天就真正病倒在床上了。这一来也就不得不安静下来，药也不能不吃了。还好，在这个时候我得着了你的安慰，你一连就来了四封信，他又出了远门，这两样就医好了我一半的病，这时候我不病也要求病了；因为借了病的名义我好一个人静静地睡在床上看信呀！摩！你的信看得我不知道蒙了被哭了几次，你写得太好了，太感动我了，今天我才知道世界上的男人并不都是像我所想象那样的，世界上还有像你这样纯粹的人呢，你为什么会这样的不同呢？

　　摩！我现在又后悔叫你走了，我为什么那样地没有勇气，为什么要顾着别人的闲话而叫你去一个人在冰天雪地里过那孤单的旅行生活呢？这只能怪我自己太没有勇气，现在我恨不能丢去一切飞到你的身边来陪你。我知道你的苦，摩，眼前再有美景也不会享受的了。咳！我的心简直痛得连话都说不出来了，这样的日子等不到你回来就要完的。这几天接不着你的信已经够害得我病倒，所以只盼你来信可以稍得安心，谁知来了信却又更加上几倍的难受。这一忽儿几百支笔也写不出我心头的乱，什么味儿自己也说不出，只觉得心往上钻，好像要从喉管里跳出来似的，床上再也睡不住了，不管满身热得多厉害，我也再按止不住了，在这深夜里再不借笔来自己安慰自己，我简直要发疯了。摩，你再不要告诉我你受了寒的话罢；你不病已经够我牵挂的了，你若是再一病那我是死定了。我早知道你是不会自己管自己的，所以临行时我是怎样叮咛你的，叫你千万多穿衣服，不要在车上和衣睡着，你看，走了不久就着凉了。你不知道过西伯利亚时候够多冷，虽然车里有热气，你只要想薄薄的一层玻璃哪能挡得住成年不见化的厚雪的寒气。你为什么又坐着睡着呢？这不是活活急死我么？受了一点寒还算运气，若是变了大病怎么办？我又不能飞去，所以只能你自己保重啊。

你也不要怨了，一切一切都是命，我现在看得明白极了，强求是无用，还是忍着气、耐着心等命运的安排罢。也许有那么一天，等天老父一看见了我们在人间挣扎的苦况、哀怜的叫声，也许能叫动他的怜恤心给我们相当的安慰，到那时我们才可以吐一口气了！现在纵然是苦死也是没有用的，有谁来同情你？有哪一个能怜恤你？还不如自认了罢。人要强命争气是没有用的，只要看我们现在一隔就是几千里，谁叫谁都叫不着，想也是枉然。一个在海外惆怅，一个在闺中呻吟，你看！这不是命运么？这难道不是老天的安排？这不是他在冥冥中使开他那蒲扇般的大手硬生生地撕开我们么？柔弱的我们，哪能有半点的倔强？不管心里有多少的冤屈，事实是会有力量使得你服服帖帖地违背着自己的心来做的。这次你问心是否愿意离着我远走的，我知道不是！谁都能知道你是勉强的，不过你看，你不是分明去了么？我为什么不留你？为什么会甘心地让你听了人家的话而走呢？为什么我们两人没有决心来挽回一切？我心里分明口口声声地叫你不要走，可是你还不是照样地走了！你明白不？天意如此，就是你有多大的力量也挽回不转的。所以我一到愁闷得无法自解的时候，就只好拿这个理由来自骗了。

现在我一个人静悄悄地独坐在书桌前，耳边只听见街上一声两声的打更声，院子里静得连风吹树叶的声音都没有，什么都睡了，为什么我放着软绵绵的床不去睡，别人都一个个正浓浓地做着不同的梦，我一个人倒肯冷清清的呆坐着呢？为谁？怨谁？麽，只怕只有你明白罢！我现在一切怨、恨、哀、痛，都不放在心里，我只是放心不下你，我闭着眼好像看见你一个人和衣耽在车厢里，手里拿了一本书，可是我敢说你是一句也没有看进去，皱着眉闭着眼地苦想，车声风声大得也分不出你我，窗外是黑得一样也看不出，车里虽有暗暗的一支小灯，可也照不出什么来。在这样惨淡的情形下，叫你一个人去受，叫我哪能不想着就要发疯？摩！我害了你，事到如今我也明知没有办法的了，只好劝你忍着些罢；你快不要独自惆怅，你快不要让眼前风光飞过，你还是安心多作点诗多写点文章罢，想我是免不了的。我也知道，在我们现在所处的地位，彼此想要强制着不想是不可能的，我自己这些日子何尝不是想得你神魂颠倒。虽然每天有意去寻事做，想减去想你的成分，结果反做些遭人取笑的举动，使人家更容易看得出我的心有别思，只要将我比你，我就知道你现在的情形是怎样了。别的话也不用说了，摩，忍着罢！我们现在是众人的俘虏了，快别乱动，一动就要招人家说笑的，反正我这一面由我尽力来谋自由，一等机会来了我自会跳出来，只要你耐心等着不要有二心。

  我今天提笔的时候是满心云雾，包围得我连光亮都不见了，现在写到这里，眼前倒像又有了希望，心底里的彩霞比我台前的灯光还亮，满屋子也好像充满了热气使人遍体舒适。摩！快不用惆怅，不必悲伤，我们还不至于无望呢！等着罢！我现在要去寻梦了，我知道梦里也许更能寻着暂时的安慰，在梦里你一定没有去海外，还在我身边低声地叮咛，在颊旁细语温存。是的，人生本来是梦，在这个梦里我既然见不着你，我又为什么不到那一个梦里去寻你呢？这一个梦里做事都有些碍手阻脚的，说话的人太多了，到了那一个梦里我相信你我一定能自由做我们所要做的事，决没有旁人来毁谤，再没有父母来干涉了！摩，要是我们能在那一个梦里寻得着我们的乐土，真能够做我们理想的伴侣，永远的不分离，不也是一样的么？我们何不就永远住在那里呢？咳！不要把这种废话再说下去了，天不等我，已经快亮了，要是有人看见我这样地呆坐着写到天明，不又要被人大惊小怪吗？不写了，说了许多废话有什么用处呢？你还是你，还是远在天边，我还是我，一个人坐在房里，我看还是早早地去睡罢！

四月十五日

　　病一好就成天往外跑，也不知哪儿来的许多事情，躲也躲不远，藏也没有地方藏，每天像囚犯似的被人监视着，非去不可，也不管你心里是什么味儿。更加一个娘，到处都要我陪着去，做女儿的这一点责任又好像无可再避，只得成天拿一个身体去酬应她们，不过心里的难过是没有人可以知道的了。害得我一连几天不能来亲近你，我的爱，这种日子也真亏我受得了！今天又和母亲大闹，我就问她："一个人做人是为自己做呢，还是为着别人做呢？"我觉得一个人只要自己对得住自己就成了，管别人的话是管不了许多的。这许多人你顺了这个做，那个也许不满意，听了那一个的话又违背了这一个，结果是永远不会全满意的。为了要博取人家一句赞美的话而牺牲了自己的幸福，我看这种人多得很呢！我不愿再去把自己牺牲了，我还是管了我自己的好，摩，你说对么？

　　真的，今天还有一件事使我难受到极点：今天我同娘争论了半天，她就说"我忘了告诉你一件事，你先慢慢地走我还有话呢"，说着她就从床前抽屉里拿出一封信往我面前一掷，我一看，原来是你的笔迹。我倒呆了半天，不知你写的什么，心里不由得就跳荡起来了，我拿着一口气往下看，看得我眼里的泪珠遮住了我的视线，一个字一个字都像被浓雾裹着似的，再也看不下去了。

　　摩！我的爱，你用心太苦了，你为我想得太周密了，你那一片清脆得像稚儿的真诚的呼唤声，打动了我这污浊的心胸，使我立刻觉得我自身的庸俗。你的信中哪一句话不是从心底里回转几遍才说出来的，哪一字不是隐含着我的？你为我，咳！你为我太苦了，摩！你以为你婉转劝导一定能打动她的心，多少给我们一条路走走，哪知道你明珠似的话好似跌入了没底的深海，一点光辉都不让你发，你可怜的求告又何尝打得动她像滑石一般硬的心呢!一切不是都白费了么?到这种情况之下你叫我不想死还去想什么呢?不死也要疯了,我再不能挣扎下去了,我想非去西山静两天不可了。只能暂时放下了你再讲,我也不管他们许不许,站起来就走,好在这不是跟人跑,同去的都是长辈亲友,他们再也说不出别样新鲜话了。只是一件,你要有几天接不到我的信呢。

四月十八日

那天写着写着他就回来了,一连几天乱得一点空闲也没有,本想跑到西山养病,谁知又改了期,下星期一定去得成了。事情是一天比一天复杂,他又有到上海去做事的消息,这次来进行的,若是事情办成,我又不知道要发配到何处呢?摩!看起来我们是凶多吉少。怎么办?我的身体又成天叫他们缠着,每次接着你的信,虽然片刻的安慰是有的,不过看着你一个人在那里呻吟痛苦,更使我心碎。我以前见着人家写心碎这两个字,我老以为是说得过分;一个人心若是碎了人不是也要死了么?谁知道天下的成句是无有不从经验中得来的,我现在真的会觉着心碎了。一到心里沉闷得无法解说时,我就会感得心内一阵阵的痛,痛得好似心在那儿一块一块撕下来,还同时觉得往下坠,那一种味儿我敢说世界上没有几个人能享受得到,摩!我也可算得不冤枉了,什么味儿我都尝过了,所谓人生,我也明白了。要是没有你,我真可以死了。

这两天我连娘的面都不敢见了,暂且躲过两天再说,我只想写信叫你回来,写了几次都没有勇气寄!其实你走了也不过一个多月,可是好像有几年似的,而且心里老有一种感想,好像今生再见不着你了。这是一种坏现象,我知道。我心里总是一阵阵的怕,怕什么我也不知道,只觉着我身边自从没有了你就好似没有了灵魂一样。我只怕没有了你的鞭督，我要随着环境往下流，没有自拔的勇气，又怕懦弱的我容易受人家的支配，眼前一切都乱得像一蓬乱发无从理起，就是我的心也乱得坐卧不宁，我知道一定又要有不幸的事情发生了，他又成天地在家，我简直连写日记的工夫都没有了。

四月二十日

昨天在酒筵前听到说你的小儿子死了，听了吓一跳，不幸的事为什么老接连着缠扰到我们身上来？为什么别人的消息倒比我快，你因何信中一字不提！不知你们见着最后的一面没有？我知道你很喜欢这个小的孩子，这一下又要害你难受几天。但愿你自己保重，摩！我这几日不大好，写信也不敢告诉你，怕你为我担忧，看起来我的身体要支撑不住了，每天只是无故地一阵阵心跳，自你走后我常无端地就耳热心跳。起头我还以为是想着你才有这现象，现在不好了，每天要来几回了。恐怕大病就在这眼前了，若是不立刻离开这环境，简直一两天内就要倒下来了。

四月二十四日

现在我要暂时与你告别，我的爱！我决定去大觉寺休养两礼拜了，在那儿一定没有机会写的，虽然我是不忍片刻离开你的，可是要是不走又要生出事来了，只好等你回来再细细地讲给你听罢！现在我拿你暂时锁起来！爱！让你独自闷在一方小屋子里受些孤单！好不？你知道！要是不将你锁起，一定有贼来偷你！一定要有人来偷看你！我怕你给别人看了去，又怕偷了去，只好请你受点闷气了，不要怨我、恨我！

五月十一日

这一回去得真不冤,说不尽的好,等我一件件的事告诉你。我们这几天虽然没有亲近,可是没有一天我不想你的,在山中每天晚上想写,只可恨没有将你带去,其实带去也不妨,她们都是老早上了床,只有我一个睡不着呆坐着,若是带了你去不是我可以照样每天亲近你吗?我的日记呀,今天我拿起你来心里不知有多少欢喜,恨不能将我要说的话像机器似的倒出来,急得我反不知从哪里说起了。

那天我们一群人到了西山脚下改坐轿子上大觉寺,一连十几个轿子一条蛇似的游着上去,山路很难走,坐在轿上滚来滚去像坐在海船上遇着大风一样的摇摆,我是平生第一次坐,差一点拿我滚了出来。走了三里多路快到寺前,只见一片片的白山,白得好像才下过雪一般,山石树木一样都看不清,从山脚一直到山顶满都是白,我心里奇怪极了。这分明是暖和的春天,身上还穿着夹衣,微风一阵阵吹着入夏的暖气,为什么眼前会有雪山涌出呢?打不破这个疑团,我只得回头向那抬轿的轿夫:"喂!你们这儿山上的雪,怎么到现在还不化呢?"那轿夫跑得面头流着汗,听了我的话他们也好像奇怪似的一面擦汗一面问我:"大姑娘,您说什么?今年的冬天比哪年都热,山上压根儿就没有下过雪,您哪儿瞧见有雪呀?"他们一边说着便四下里去乱寻,脸上都现出了惊奇的样子。那时我真急了,不由地就叫着说:"你们看那边满山雪白的不是雪是什么?"我话还没有说完,他们倒都狂笑起来了,"真是城里姑娘不出门!连杏花儿都不认识,倒说是雪,您想五六月里哪儿来的雪呢?"什么?杏花儿!我简直叫他们给笑呆了。顾不得他们笑,我只乐得恨不能跳出轿子一口气跑上山去看一个明白。天下真有这种奇景?乐极了也忘记我的身子是坐在轿子里呢,伸长脖子直往前看,急得抬轿的人叫起来了,"姑娘,快不要动呀，轿子要翻了。"一连几晃，几乎把我抛入小涧去。这一下才吓回了我的魂，只好老老实实地坐着再也不敢乱动了。

上山也没有路，大家只是一脚脚地从这块石头跳到那一块石头上，不要说轿夫不敢斜一斜眼睛，就是我们坐的人都连气都不敢喘，两只手使劲拉着轿杠儿，两个眼死盯着轿夫的两只脚，只怕他们一失脚滑下山涧去。那时候大家只顾着自己性命的出入，眼前不易得的美景连斜都不去斜一眼了。

走过一个石山顶才到了平地，一条又小又弯的路带着我们走进大觉寺的山脚下。两旁全是杏树林，一直到山顶，除了一条羊肠小路只容得一个人行走以外，简直满都是树。这时候正是五月里杏花盛开的时候，所以远看去简直像是一座雪山，走近来才看出一朵朵的花，坠得树枝都看不出了。

我们在树荫里慢慢地往上走，鼻子里微风吹来阵阵的花香，别有一种说不出的甜味。摩，我再也想不到人间还有这样美的地方，恐怕神仙住的地方也不过如此了。我那时乐得连路都不会走了，左一转右一转，四围不见别的，只是花。回头看见跟在后面的人，慢慢在那儿往上走，好像都在梦里似的，我自己也觉得我已经不是一个人了。这样的所在简直不配我们这样的浊物来，你看那一片雪白的花，白得一尘不染，哪有半点人间的污气？我一口气跑上了山顶，站上一块最高的石峰，定一定神往下一看，呀，摩！你知道我看见了什么？咳，只恨我这支笔没有力量来描写那时我眼底所见的奇景！真美！从上往下斜着下去只看见一片白，对面山坡上照过来的斜阳，更使它无限的鲜丽，那时我恨不能将我的全身滚下去，到花间去打一个滚，可是又恐怕我压坏了粉嫩的花瓣儿。在山脚下又看见一片碧绿的草，几间茅屋，三两声狗吠声，一个田家的景象，满都现在我的眼前，荡漾着无限的温柔。这一忽儿我忘记了自己，丢掉了一切的烦恼，喘着一口大气，拼命地想将那鲜甜味儿吸进我的身体，洗去我五脏内的浊气，重新变一个人，我愿意丢弃一切，永远躲在这个地方，不要再去尘世间见人。真是，摩，那时我连你都忘了。一个人呆在那儿，不是他们叫我我还不醒呢！

　　一天的劳乏，到了晚上，大家都睡得正浓，我因为想着你不能安睡，窗外的明月又在纱窗上映着逗我，便一个人就走到了院子里去，只见一片白色，照得梧桐树的叶子在地下来回地飘动。这时候我也不怕朝露里受寒，也不管夜风吹得身上发抖，一直跑出了庙门，一群小雀儿让我吓得一起就向林子里飞，我睁开眼睛一看，原来庙前就是一大片杏树林子。这时候我鼻子里闻着一阵芳香，不像玫瑰，不像白兰，只熏得我好像酒醉一般。慢慢地我不觉耽了下来，一条腿软得站都站不住了。晕沉沉的耳边送过来清呖呖的夜莺声，好似唱着歌，在嘲笑我孤单的形影；醉人的花香，轻含着鲜洁的清气，又阵阵地送进我的鼻管。忽隐忽现的月华，在云隙里探出头来从雪白的花瓣里偷看着我，也好像笑我为什么不带着爱人来。这恼人的春色，更引起我想你的真挚，逗得我阵阵心酸，不由得就睡在蔓草上闭着眼轻轻地叫着你的名字（你听见没有）。我似梦非梦地睡了也不知有多久，心里只是想着你——忽然好像听得你那活泼的笑声，像珠子似的在我耳边滚："曼，我来！"又觉得你那伟大的手，紧握着我的手往嘴边送，又好像你那顽皮的笑脸，偷偷地偎到我的颊边抢了一个吻去。这一下我吓得连气都不敢喘，难道你真回来了么？急急地睁眼一看，哪有你半点影子？身旁一无所有，再低头一看，原来才发现我自己的右手不知道在什么时候握住了我的左手，身上多了几朵落花，花瓣儿飘在我的颊边好似你来偷吻似的。真可笑！迷梦的幻影竟当了真！自己便不觉无味得很，站起来，只好把花枝儿泄气，用力一拉，花瓣儿纷纷落地，打得我一身；林内的宿鸟以为起了狂风，一声叫就往四外里乱飞。一个美丽的宁静的月夜叫我一阵无味的恼怒给破坏了。我心里也再不要看眼前的美景，一边走一边想着你，为什么不留下你，为什么让你走。

五月十四日

回来了不过三天,气倒又受了一肚子。你的信我都见着了,不要说你过的是什么日子,我又何尝是过的人的日子?两个人在两地受罪,为的是什么?想起来真恼人,这次山中去了几天,再受着无限的伤感,在城里每天沉醉在游戏场中、戏园里,同跳舞场里,倒还能暂时忘记自己,随着歌声舞影去附和。这次在清静的山中让自然的情景一熏,反激起我心头的悲恨,更引动我念你的深切。我知道你也是一般的痛苦,我相信你一个人也是独乐不了,这何苦——摩!你还是回来罢。

事情看起来又要变化了,这几天他又走了,听说这次上海事情若是成功,就要将家搬去,我现在只是每天在祝祷着不要如了他们的愿,不知道天能可怜我们不?在山中我探了一探亲友们的口气,还好!她们大半都同情于我的,却叫我做事情不要顾前顾后,要做就做,前后一顾倒将胆子给吓小了。这话是不错的,不过别人只会说,要是犯到自己身上,也是一样的没有主意。现在我倒不想别的,只想躲开这城市。

这一番山中的生活更打动了我的心,摩!我想到万不得已时我们还是躲到山里去罢!我这次看见好几处美丽的庄园,都是花二三千块钱买一座杏花山,满都是杏花,每年结的杏子,卖到城里就可以度日,山脚下造几间平屋,竹篱柴门,再种下几样四季吃的素菜,每天在阳光里栽栽花种种草,再不然养几个鸟玩玩,这样的日子比做仙人都美。

这次我们坐着轿出去玩的时候,走过好几处这样的人家,有的还请我吃饭呢,他们也不完全是乡下人,虽然他们不肯告诉我们名姓,我们也看得出是那些隐居的人;若是将他们的背景一看,也难说不是跟我们一样的。我真羡慕他们，我眼看他们诚实的笑脸，同那些不欺人的言语，使我更感觉到自己的渺小。摩！我看世间纯洁的心，只有山中还有一两颗。

我知道局面又要有转变，但不知转出怎样的面目来。为了心神的不安定，我更是坐立不安，不知道做什么才好，要想打电报去叫你回来，却又不敢，不叫又没有主意。摩！这日子真不如死去！我也曾同朋友们商量过，他们劝我要做就不可失去这个机会，不如痛痛快快地告诉了他们，求他们的同意，等他们不答应时，我们再想对付的办法；若是再低头跟他们走，那就再没有出头的日子了。摩！这时候我真没有主意了，这个问题一天到晚地在我脑中转，也决不定一个办法。你又不在，一封信来回就要几十天；不要说几十天，就是几天都说不定出什么变化呢！睡也睡不着，白天又要去酬应，所以精神觉得乏极，你看罢！大病快来了。

五月十九日

这几日无日不是浸在愁云中，看情形是一天不如一天了，我们家里除了爸爸之外，其余都是喜气冲冲，尤其是娘，脸上都饰了金，成天地笑。

看起来我以后的日子是没有法子过的了，在这个圈子里是没有我的位置的，就是有也坐不住的。摩！你还不回来，我怕你没有机会再见我了，我的心脏都要裂了，我实在没有法子自己安慰自己，也没有勇气去同她们争言语的短长了。今天和他大闹了一回，回进房里倒在床上就哭，摩！我为什么要受人的奚落！叫人家看着倒像我做了愧心事似的！这种日子我再也忍受不下了。

六月二十一日

好！这一下快一个月没有写了。昨天才回来的，摩，你一定也急死了，这许久没有接着我的信。自从同他闹过我就气病了，一件不如意，件件不如意，不然还许不至于病倒，实在是可气的事太多了，心里收藏不下便只好爆发。那天闹过的第三天又为了人家无缘无故地把意外的事情闹到我头上来，我当场就在饭店里病倒，晕迷得人事不知，也不知什么时候他们把我抬了回来，等我张开眼，已经睡在自己床上了。我只觉得心跳得好像要跑出喉管，身体又热得好像浸在火里一般，眼前只看见许多人围在床边叫我不要急，已经去请医生了。到三点多钟B才将医生打仗似的从床上拉了起来，立刻就打了两针，吃了一点药。这个老外国克利医生本是最喜欢我的，见我病了他更是尽心地看，坐在床边拉着我的手数脉跳的数目，屋子里的人却是满面愁容连大气都不敢出，我看大家的样子，也明白我病得不轻。等了二十几分钟我心跳还不停，气更喘得透不过来，话也一句说不出，只看见W、B同医生轻轻地走出外边唧唧地细语，也不知道说些什么。一忽儿W轻轻地走到床边在我耳旁细声地说："要不要打电报叫摩回来？"我虽然神志有些昏迷，可是这句话我听得分外清楚的。我知道病一定是十分凶险，心里倒也慌起来了："是不是我要死了？"他看我发急的样子，又怕我害怕，立刻和缓着脸笑眯眯地说："不是，病是不要紧，我怕你想他所以问你一声。"我心里虽是十二分愿意你立刻飞回我的身旁，可是懦弱的我又不敢直接地说出口来，只好含着一包热泪对他轻轻地摇了一摇头。

医生看我心跳不停也只好等到天亮将我送进医院，打血管针，照X光，用了种种法子才将我心跳止住。这一下就连着跳了一日一夜，跳得我睡在床上软得连手都抬不起来。到了第三天我才知道W已经瞒

红尘寂寞花一朵

徐志摩 陆小曼 著

当代世界出版社

图书在版编目（CIP）数据

红尘寂寞花一朵/徐志摩，陆小曼著．—北京：当代世界出版社，2016.2

ISBN 978-7-5090-1063-1

Ⅰ.①红… Ⅱ.①徐…②陆… Ⅲ.①书信集－中国－现代 Ⅳ.①I266.5

中国版本图书馆 CIP 数据核字（2015）第 314915 号

书　　名：	红尘寂寞花一朵
出版发行：	当代世界出版社
地　　址：	北京市复兴路4号（100860）
网　　址：	http://www.worldpress.com.cn
编务电话：	（010）83907332
发行电话：	（010）83908409
	（010）83908455
	（010）83908377
	（010）83908423（邮购）
	（010）83908410（传真）
经　　销：	全国新华书店
印　　刷：	北京欣睿虹彩印刷有限公司
开　　本：	710 毫米×1000 毫米　1/16
印　　张：	15.25
字　　数：	228 千字
版　　次：	2016 年 2 月第 1 版
印　　次：	2016 年 2 月第 1 次
书　　号：	ISBN 978-7-5090-1063-1
定　　价：	23.80 元

如发现印装质量问题，请与承印厂联系调换。
版权所有，翻印必究；未经许可，不得转载！

着我同你打了电报,不见你的回电,我还不知道呢!

自从接着你的电报我就急得要命,自己又没有力气写信,看你又急得那样子,又怕你不顾一切跑了回来,只好求W给你去信将病情骗过,安了你的心再说。头几天我只是心里害怕,他们又不肯对我实说,我只怕就此见不着你,想叫你回来,一算日子又怕等你到,我病已经好了,反叫人笑话。到第四天,医生坐在床上同我说许多安慰的话,他说,你若是再胡思乱想不将心放开,心跳不能停,再接连地跳一日一夜就要没有命了,医生再有天大的能力也挽不回来了。天下的事全凭人力去谋的,你若先失却了性命,你就自己先失败。听了他这一遍话我才真正地丢开一切,什么也不想;只是静静地休养,一个人住了一间很清静的病房,白天有W同B等来陪我说笑,晚上睡得很早,一个星期后才见往好里走。

在院里除了想你外,别的都很好。这次病中多亏W同B的好意,你回来必须好好地谢谢他们呢!这时候我又回到自己家里。他是早就在我病的第二天动身赴沪了,官要紧,我的病是本来无所谓的。走了倒好,使我一心一意地静养,总算过着二十天清闲日子,不过一个人静悄悄地睡在床上更是想你不完。你的信虽然给我不少安慰,可也更加深我的惆怅。现在出了院问题就来了,今天还是初次动笔,不能多写,明后天再说罢。

六月二十六日

今天又接着你的电报!真是要命的!我知道你从此不会安心的了,其实你也不必多忧,我已经好多了,回家后只跳了五天,时间并不长,不久一定要复原的。真急死我了,路又远,信的来回又日子长;打电报又贵,你叫我怎样安慰你呢?看着你干着急我心里也是难过,想要叫你回来又怕人笑,虽然半年的期限已经过了一半,以后的三个月恐怕更要比以前的难过。目前我是一切都拿病来推,娘那里也不敢多去,更不敢多讲,见面只是说我身体上种种的病,所以她们还没有开口叫我南去呢,这暂时的躲避是没有用的,我自己也很明白,不过想来想去也想不出个良善的法子来对付,真是过了一天算一天,你我的前程真不知是怎样一个了局呢?

六月二十八日

因为没有力气所以耽在床上看完一本 *The Painted Veil*(《假面》),看得我心酸到万分,虽然我知道我也许不会像书里的女人那样惨的。书中的主角是为了爱,从千辛万苦中奋斗,才达到了目的,可是欢聚了没有多少日子男的就死了,留下她孤单单地跟着老父苦度残年。摩!你想人间真有那样残忍的事么?我不知道为什么要为故人担忧,平空哭了半天,哭得我至今心里还是一阵阵地隐隐作痛呢!想起你更叫我发抖,但愿不幸的事不要寻到我们头上来。只可恨将来的将来,不能让我预先知道,你我若是有不幸的事临头,还不如现在大家一死了事的好。

我正在伤心的时候又接到你三封信,看了使我哭笑不能。摩,我知道你是没有一分钟不在那儿需要我,我也知道你随时随地地在那儿叫着我的名字。爱!你知道我的身体虽然远在此地,我的灵魂还不是成天环绕在你的身旁;你一举一动我虽不能亲眼看见,可是我的内心什么都感觉得到的。

今天在外边吃饭!同桌的人无意(也许是有意)说了一句话,使我好像一下从十八层楼上跌了下来。原来他有一个朋友新从巴黎回来,看见你成天在那里跳舞,并且还有一个胖女人同住。不管是真是假,在我听得的时候怎能不吃惊!况且在座的朋友们,都是知道你我交情很深,说着话的时候当然都对我发笑,好像笑我为什么不识人!

那时我虽然装着快乐的样子，混在里面有说有笑，其实我心里的痛苦真好比刀刺还厉害，恨不能立刻飞去看看真假。虽然我敢相信你不会那样做，不过人家也是亲眼看见的，这种话岂能随便乱说呢？这一下真叫我冷了半截，我还希望什么？我还等什么？我还有什么出头的日子？你看你写的那一封封的信，哪一封不是满含至诚的爱？哪一封不是千斛的相思？哪一字、哪一语不感动得我热泪直流，百般的愧恨？现在我才明白一切都是幻影，一切都是假的。咳，我不要说了，我不忍说了，我心已碎，万事完了，完了，一切完了。

七月十六日

为了一时的气愤平空丢了好些日子，也无心于此了。其实今天回过来一想，你一定不会如此的。虽然心里恨你，可是没有用，照样日夜地想你。前天实在忍受不住了，打了一个电报叫你回来，发出了电报又后悔，反正心里左也不是右也不是，白日虽跟着他们游玩，一到夜静，什么都又回到脑子里来了。

今天我的动笔是与你告别了，摩！你知道事情出了大变化——这变化本来是在我预料中的，我也早知道要这样结果的，我自问我的力量是太薄弱，没有勇气，所以只好希望你回来帮助我，或许能挽回一切。你知道，前天我还没有起床就叫家里来的人拉了回去，进门就看见一家人团团围坐在一个屋子里，好像议论什么国家大事似的：有的还正拿着一封信来回地看，有的聚在一起细声地谈论。看了这样严重的情形，倒吓我一跳，以为又是你来了什么信，使得他们大家纷纷议论呢。见我进去，娘就在母舅手里抢过信来掷在我身上，一边还说："你自己去看罢！倒是怎么办？快决定！"我拿起来一看才知道是他来的信。一封爱的美敦书，下令叫娘即刻送我到南方去，这次再不肯去就永远不要我去了。口吻非常严厉，好像长官给下属的命令一般，好大的口气。我一边看一边心里打算怎样对付。虽然我四面都像是满布着埋伏，不容我有丝毫的反响，可是我心里始终不愿意就此屈服，所以我看完了信便冷冷地说："我道什么大事！原来是这一点小事！这有什么为难之处呢？我愿意去就去，我不愿去难道能抢我去么？"娘听了这话立刻变了脸说："哪有这样容易，嫁鸡随鸡，嫁狗随狗，这是古话。不去算什么？"我那时也无心同他们争论，我只是心里算着你回来的日子，要是你接着电报就走，再有二十天也可以到了，无论如何这几天的工夫总可以设法迟延的，只是眼前先要拖得下才成。所以当时我决定不闹，老是敷衍他们，谁知他们更比我聪明，我心里的意思他们好似看得见一般，简直连这一点都不允许，非逼着我答应在这一个星期中动身不可，这一来可真恼恨了我，连气带急，将我的老毛病给请了回来。当时心跳得就晕了过去，到灵魂儿转回来时，一屋子的人都已静悄悄地不敢再争着讲话了。我回到家中，什么都不想要了，我觉得眼前一切都完了，希望也没有了，我这里又是处于这种环境之下，你那里要是别人带来的消息是真的话，我不是更没有所望了么？看起来我是一定要叫他们逼走的，也许连最后的一面都要见不着你，我还求什么？不过我明天还要去同他们做一个最后的争论，就是要我走，也非容我见着你永诀了再走不可。咳，摩，这时候你能飞来多好！你叫我一个人怎么办？说又没有地方去说，只有W还能相商，不过他又是主张决裂的，强霸的。我又有点不敢。天呀！你难道不能给我一点办法么？我难道连这点幸福都不能享得么？

七月十七日

昨晚苦思一宵，今晨决定去争闹，无论什么来都不怕，非达到目的不可，谁知道结果还是一样，现在又只剩我一个人大败而回。这一回是真绝望定了，我的力量也穷了。

我走去的时候是勇气百倍,预备拿性命来碰的,所以进内就对他们说,要是他们一定要逼我去的话,我立刻就死,反正去也是死,不过也许可以慢点,那何不痛快点现在就死了呢?这话他们听了一点也不怕,也不屈服,他们反说:"好的,要死大家一同死!"好,这一下倒使我无以下台。真死,更没有见你的机会,不死就要受罪,不过我心里是痛苦到万分,既然讲不明白我就站起来想走了。他们见我真下了决心倒又叫了我回去,改用软的法子来骗我,种种的解说,结果是二老对我双泪俱流地苦苦哀求。咳!可怜的他们!在他们眼下离婚是家庭中最羞惭的事,儿女做了这种事,父母就没脸见人了,母亲说只要我允许再给他一个机会,要是这次前去他再待我不好,再无理取闹,自有他们出面与我离,决不食言,不过这次无论如何再听他们一次。直说得太阳落了山,眼泪湿了几条手帕,我才真叫他们给软化了。父母到底是生养我的,又是上了年纪,生了我这样的女儿已经不能随他们的心,不能顺他们的志愿,岂能再害他们为我而死呢?所以我细细地一想,还是牺牲了自己罢!我们反正年轻,只要你我始终相爱,不怕将来没有机会。只是太苦了,话是容易讲的,只怕实行起来不知要痛苦到如何程度呢!我又是一身的病,有希望的日子也许还能多活几年,要是像现在的岁月,只怕过不了几个月就要萎颓下来了。

　　摩!我今天与你永诀了,我开始写这本日记的时候本预备从暗室走到光明,忧愁里变出欢乐,一直地往前走,永远地写下去,将来若是到了你我的天下时,我们还可以合写你我的快乐,到头发白了拿出来看,当故事讲,多美满的理想!现在完了,一切全完了,我的前程又叫乌云盖住了,黑暗暗的又不见一点星光。

　　摩!唯一的希望是盼你能在二星期中飞到,你我做一个最后的永诀。以前的一切,一个短时间的快乐,只好算是一场春梦,一个幻影,没有留下一点痕迹,可以使人们纪念的,只能闭着眼想想,就是我唯一的安慰了。从此我不知道要变成什么呢?也许我自己暗杀了自己的灵魂,让躯体随着环境去转,什么来都可以忍受,也许到不得已时我就丢开一切，一个跑入深山，什么都不要看见，也不要想，同没有灵性的树木山石去为伍，跟不会说话的鸟兽去做伴侣，忘却我自己是一个人，忘却世间有人生，忘却一切的一切。

　　摩！我的爱！到今天我还说什么？我现在反觉得是天害了我，为什么天公造出了你又造出了我？为什么又使我们认识而不能使我们结合？为什么你平白地来踏进我的生命圈里？为什么你提醒了我？为什么你来教会了我爱？爱，这个字本来我是不认识的，我是模糊的，我不知道爱也不知道苦，现在爱也明白了，苦也尝够了，再回到模糊的路上去倒是不可能了，你叫我怎办？

　　我这时候的心真是碎得一片片地往下落呢！落一片痛一阵，痛得我连笔都快拿不住了，我好怨！我怨命，我不怨别人。自从有了知觉我没有得到过片刻的快乐，这几年来一直是忧忧闷闷地过日子，只有自从你我相识后，你教会了我什么叫爱情，从那爱里我才享受了片刻的快乐——一种又甜又酸的味儿，说不出的安慰！可惜现在连那片刻的幸福也没福再享受了。好了，一切不谈了，我今后也不再写什么日记，也不再提笔了。

　　现在还有一线的希望！就是盼你回来再见一面，我要拿我几个月来所藏着的话全盘地倒了出来，再加一颗满含着爱的鲜红的心，送给你让你安排，我只要一个没有灵魂的身体让环境去践踏，让命运去支配。

　　你我的一段情缘，只好到此为止了，此后我的行止你也不要问，也不要打听，你只要记住那随着别人走的是一个没有灵魂的人。我的灵魂还是跟着你的，你也不要灰心，不要骂我无情，你只来回地拿我的处境想一想，你就一定会同情我的，你也一定可以想象我现在心头的苦也许更比你重三分呢！

　　要是我们来不及见面的话，你也不要怨我，不是我忍心走，也不是我要走，我只是已经将身体许给了父母！我一切都牺牲了，我留给你的是这本破书，虽然写得不像话，可是字字是从我热血里滚出来的，句句是从心底里转了几转才流出来的，尤其是最后这两天！哪一字、哪一句不是用热泪写的？几次写得我连字都看不清，连笔都拿不动，只是伏在桌上喘。我心里的痛也不用多说，我也不愿意多说，我一直是个硬汉，什么来都不怕，我平时最不爱哭，最恨流泪，可是现在一切都忍受不住了。

摩，我要停笔了，我不能再写下去了。虽然我恨不得永远写下去，因为我一拿笔就好像有你在边儿上似的，永远地写就好像永远与你相近一般，可是现在连这唯一的安慰都要离开我了。此后"安慰"二字是永远不再会跑上我的身了，我只有极大地加速前跑，走最近的路——最快的路——往老家走罢，我觉得一个人要毁灭自己是极容易办得到的。我本来早存此念的，一直到见着你才放弃。现在又回到从前一般的境地去了。

此后我希望你不要再留恋于我，你是一个有希望的人，你的前途比我光明得多，快不要因我而毁坏你的前途，我是没有什么可惜的，像我这样的人，世间不知要有多少，你快不要伤心，我走了，暂时与你告别，只要有缘也许将来会有重见天日的一天，只是现在我是无力问闻。我只能忍痛地走——走到天涯地角去了。不过——你不要难受，只要记住，走的不是我，我还是日夜地在你心边呢！我只走一个人，一颗热腾腾的心还留在此地等——等着你回来将它带去啊！

爱眉小札

一九二五年三月三日自北京

小曼：

　　这实在是太惨了，怎叫我爱你的不难受？假如你这番深沉的冤曲有人写成了小说故事，一定可使千百个同情的读者滴泪，何况今天我处在这最尴尬最难堪的地位，怎禁得不咬牙切齿的恨，肝肠迸裂的痛心呢？真的太惨了，我的乖，你前生作的是什么孽，今生要你来受这样惨酷的报应？无端折断一枝花，尚且是残忍的行为，何况这生生地糟蹋一个最美最纯洁最可爱的灵魂。真是太难了，你的四周全是铜墙铁壁，你便有翅膀也难飞，咳，眼看着一只洁白美丽的稚羊让那满面横肉的屠夫擎着利刀向着她刀刀见血地蹂躏谋杀——旁边站着不少的看客，那羊主人也许在内，不但不动怜惜，反而称赞屠夫的手段，好像他们都挂着馋涎想分尝美味的羊羔哪！咳，这简直不能想，实有的与想象的悲惨的故事我亦闻见过不少，但我爱，你现在所身受的却是谁都不曾想到过，更有谁有胆量来写？我倒劝你早些看哈代那本 *Jude The Obscure*（即《无名的裘德》）吧，那书里的女子 Sue 你一定很可同情她，哈代写的结果叫人不忍卒读，但你得明白作者的意思，将来有机会我对你细讲。

第一篇 前世恋情

咳,我真不知道你申冤的日子在哪一天!实在是没有一个人能明白你,不明白也算了,一班人还来绝对地冤你,阿呸,狗屁的礼教,狗屁的家庭,狗屁的社会,去你们的,青天里白白地出太阳,这群人血管的水全是冰凉的!我现在可以放怀地对你说,我腔子里一天还有热血,你就一天有我的同情与帮助;我大胆地承受你的爱,珍重你的爱,永葆你的爱,我如其凭爱的恩惠还能从我性灵里放射出一丝一缕的光亮,这光亮全是你的,你尽量用吧!假如你能在我的人格思想里发现有些许的滋养与温暖,这也全是你的,你尽量使吧!最初我听见人家诬蔑你的时候,我就热烈地对他们宣言,我说你们听着,先前我不认识她,我没有权利替她说话,现在我认识了她,我绝对地替她辩护,我敢说如其女人的心曾经有过纯洁的,她的就是一个。Her heart is as pure and unsoiled as any women's heart can be; and her soul as noble.(意为"她的心同其他女子的心一样纯洁无瑕;她的灵魂也同其他女子的灵魂一样高尚"。)现在更进一层了,你听着这分别,先前我自己仿佛站得高些,我的眼是往下望的,那时我怜你惜你疼你的感情是斜着下来到你身上的,渐渐地我觉得我的看法不对,我不应站得比你高些,我只能平看着你。我站在你的正对面,我的泪丝的光芒与你的泪丝的光芒针对地交换着,你的灵性渐渐地化入了我的,我也与你一样觉悟了一个新来的影响,在我的人格中四布地贯彻——现在我连平视都不敢了,我从你的苦恼与悲惨的情感里憬悟了你的高洁的灵魂的真际,这是上帝神光的反映,我自己不由地低降了下去,现在我只能仰着头献给你我有限的真情与真爱,声明我的惊讶与赞美。不错,勇敢,胆量,怕什么?前途当然是有光亮的,没有也得叫它有。一个灵魂有时可以到最黑暗的地狱里去游行,但一点神灵的光亮却永远在灵魂本身的中心点着——况且你不是确信你已经找着了你的真归宿,真想望,实现了你的梦?来,让这伟大的灵魂的结合毁灭一切的阻碍,创造一切的价值,往前走吧,再也不必迟疑!

你要告诉我什么,尽量地告诉我,像一条河流似的尽量把他地积聚交给天边的大海，像一朵高爽的葵花，对着和暖的阳光一瓣瓣地展露她的秘密。你要我的安慰，你当然有我的安慰，只要我有我能给；你要什么有什么，我只要你做到你自己说的一句话——"Fight on"（意为"搏斗吧"）——即使运命叫你在得到最后胜利之前碰着了不可躲避的死，我的爱，那时你就死，因为死就是成功，就是胜利。一切有我在，一切有爱在。同时你努力的方向得自己认清，再不容丝毫的含糊，让步牺牲是有的，但什么事都有个限度，有个止境；你这样一朵希有的奇葩，决不是为一对不明白的父母，一个不了解的丈夫牺牲来的。你对上帝负有责任，你对自己负有责任，尤其你对于你新发现的爱负有责任，你以往的牺牲已经足够，你再不能轻易糟蹋一分半分的黄金光阴。人间的关系是相对的，应职也有个道理，灵魂是要救度的，肉体也不能永远让人家侮辱蹂躏，因为就是肉体也是含有灵性的。

总之一句话：时候已经到了，你得 Assert your own personality（意为"维护自己的人格"）。你的心肠太软，这是你一辈子吃亏的原因，但以后可再不能过分的含糊了，因为灵与肉实在是不能绝对分家的，要不然 Nora（即易卜生《玩偶之家》中的女主人公娜拉）何必一定得抛弃她的家，永别她的儿女，重新投入渺茫的世界里去？她为的就是她自己人格与性灵的尊严，侮辱与蹂躏是不应得容许的。且不忙慢慢地来，不必悲观，不必厌世，只要你抱定主意往前走，决不会走过头，前面有人等着你。

以后的信，你得好好地收藏起来，将来或许有用，在你申冤出气时的将来，但暂时决不可泄漏，切切！

摩

一九二五年三月三日

一九二五年三月四日自北京

小龙：

你知道我这次想出去也不是十二分心愿的，假定老翁的信早六个星期来时，我一定绝无顾恋地想走了完事。但我的胸坎间不幸也有一个心，这个脆弱的心又不幸容易受伤，这回的伤不瞒你说又是受定的了，所以我即使走也不免咬一咬牙齿忍着些心痛的。这还是关于我自己的话，你一方面我委实有些不放心，不是别的，单怕你有限的勇气敌不过环境的压迫力，结果你竟许多少不免明知故犯，该走一百里路也只能走满三四十里，这是可虑的。

龙呀：你不知道我怎样深刻地期望你勇猛的上进，怎样地相信你确有能力发展潜在的天赋，怎样地私下祷祝有一天叫这浅薄的恶俗的势利的"一般人"开着眼惊讶，闭着眼惭愧——等到那一天实现时，那不仅是你的胜利也是我的荣耀哩！聪明的小曼，千万争这口气才是！我常在身旁自然多少于你有些帮助，但暂时分别也有绝大的好处，我人去了，我的思想还是在着，只要你能容受我的思想。我这回去是补足我自己的教育，我一定加倍地努力吸收可能的滋养，我可以答应你我决不枉费我的光阴与金钱，同时我当然也期望你加倍地勤奋，认清应走的方向，做一番认真的工夫试试，我们总要隔了半年再见时彼此无愧才好。你的情形固然不同，但你如其真有深彻的觉悟时，你的生活习惯自然会得改变的，我信F也能多少帮助你。

我并不愿意做你的专制皇帝，落后叫你害怕讨厌，但我真想相当地督饬着你，如其你过分顽皮时，我是要打的吓！有一件事不知你能否做到，如能倒是件有益而且有趣的事，我想要你写信给我，不是平常的写法，我要你当作日记写，不仅记你的起居等等，并且记你的思想情感——能寄给我当然最好，就是不寄也好，留着等我回来时一总看，先生再批分数，你如其能做到这点意思，那我就高兴而且放心了。同时我当然有信给你，不能怎样的密，因为我在旅行时怕不能多写，但我答应选我一路感到的一部分真纯思想给你，总叫你得到了我的消息，至少暂时可以不感觉寂寞，好不好，曼？关于游历方面，我已经答应做《现代评论》的特约通讯员，大概我人到眼到的事物多少总有报告，使我这里的朋友都能分沾我经验的利益。

顶要紧是你得拉紧你自己，别让不健康的引诱摇动你，别让消极的意念过分压迫你，你要知道我们一辈子果然能真相知真了解，我们的牺牲，苦恼与努力，也就不算是枉费的了。

摩

三月四日

一九二五年三月十日自北京

龙龙：

我的肝肠寸寸地断了，今晚再不好好地给你一封信，再不把我的心给你看，我就不配爱你，就不配受你的爱。我的小龙呀，这实在是太难受了，我现在不愿别的，只愿我伴着你一同吃苦——你方才心头一阵阵地作痛，我在旁边只是咬紧牙关闭着眼替你熬着，龙呀，让你血液里的讨命鬼来找着我吧，叫我眼看你这样生生地受罪，我什么意念都变了灰了！你吃现鲜鲜的苦是真的，叫我怨谁去？

离别当然是你今晚纵酒的大原因，我先前只怪我自己不留意，害你吃成这样，但转想你的苦，分明不全是酒醉的苦，假如今晚你不喝酒，我到了相当的时刻得硬着头皮对你说再会，那时你就会舒服了吗？再回头受逼迫的时候，就会比醉酒的病苦强吗？咳，你自己说的对，顶好是醉死了完事，不死也得醉，醉了多少可以自由发泄，不比死闷在心窝里好吗？所以我一想到你横竖是吃苦，我的心就硬了。我只恨你不该留这许多人一起喝，人一多就糟，要是单是你与我对喝，那时要醉就同醉，要死也死在一起，醉也是一体，死也是一体，要哭让眼泪合成一起，要心跳让你我的胸膛贴紧在一起，这不是在极苦里实现了我们想望的极乐，从醉的大门走进了大解脱的境界，只要我们灵魂合成了一体，这不就满足了我们最高的想望吗？

啊我的龙，这时候你睡熟了没有？你的呼吸调匀了没有？你的灵魂暂时平安了没有？你知不知道你的爱正在含着两眼热泪在这深夜里和你说话，想你，疼你，安慰你，爱你？我好恨呀，这一层的隔膜，真的全是隔膜，这仿佛是你淹在水里挣扎着要命，他们却掷下瓦片石块来算是救渡你，我好恨呀！这酒的力量还不够大，方才我站在旁边我是完全准备了的，我知道我的龙儿的心坎儿只嚷着"我冷呀，我要他的热胸膛偎着我，我痛呀，我要我的他搂着我，我倦呀，我要在他的手臂内得到我最想望的安息与舒服！"——但是实际上我只能在旁边站着看，我稍微的一帮助就受人干涉，意思说"不劳心，这不关你的事，请你早去休息吧，她不用你管！"

哼，你不用我管！我这难受，你大约也有些觉着吧！

方才你接连了叫着"我不是醉，我只是难受，只是心里苦"，你那话一声声像是钢铁锥子刺着我的心，愤、慨、恨、急的各种情绪就像潮水似的涌上了胸头。那时我就觉得什么都不怕，勇气像天一般的高，只要你一句话出口什么事我都干！为你我抛弃了一切，只是本分为你我，还顾得什么性命与名誉——真的，假如你方才说出了一半句着边际着颜色的话，此刻你我的命运早已变定了方向都难说哩！

你多美呀，我醉后的小龙，你那惨白的颜色与静定的眉目，使我想象起你最后解脱时的形容，使我觉着一种逼迫赞美崇拜的激震，使我觉着一种美满的和谐——龙，我的至爱，将来你永诀尘俗的俄顷，不能没有我在你的最近的边旁，你最后的呼吸一定得明白报告这世间你的心是谁的，你的爱是谁的，你的灵魂是谁的！龙呀，你应当知道我是怎样地爱你,你占有我的爱,我的灵,我的肉,我的"整个儿"。永远在我爱的身旁旋转着,永久地缠绕着。真的,龙龙,你已经激动了我的痴情。我说出来你不要怕,我有时真想拉你一同死去,去到绝对的死的寂灭里去实现完全的爱,去到普遍的黑暗里去寻求唯一的光明——咳,今晚要是你有一杯毒药在近旁,此时你我竟许早已在极乐世界了。说也怪,我真的不沾恋这形式的生命,我只求一个同伴,有了同伴我就情愿欣欣地瞑目。龙龙,你不是已经答应做我永久的同伴了吗?我再不能放松你,我的心肝,你是我的,你是我这一辈子唯一的成就,你是我的生命,我的诗;你完全是我的,一个个细胞都是我的——你要说半个不字叫天雷打死我完事。

　　我在十几个钟头内就要走了,丢开你走了,你怨我忍心不是?我也自认我这回不得不硬一硬心肠,你也明白我这回去是我精神的与知识的"散拿吐瑾"(一种药物),我受益就是你受益,我此去得加倍地用心,你在这时期内也得加倍地奋斗,我信你的勇气,这回就是你试验,实证你勇气的机会。我人虽走,我的心不离开你,要知道在我与你的中间有的是无形的精神线,彼此的悲欢喜怒此后是会相通的,你信不信?(身无彩凤双飞翼,心有灵犀一点通。)我再也不必嘱咐,你已经有了努力的方向,我预知你一定成功,你这回冲锋上去,死了也是成功!有我在这里,阿龙,放大胆子,上前去吧,彼此不要辜负了,再会!

摩
三月十日早三时

　　我不愿意替你规定生活,但我要你注意缰子一次拉紧了是松不得的,你得咬紧牙齿暂时对一切的游戏娱乐应酬说一声再会,你干脆的得谢绝一切的朋友。你得彻底的刻苦,你不能纵容你的 whims(意为"冲动"),再不能管闲事,管闲事空惹一身骚,也再不能发脾气。记住,只要你耐得住半年,只要你决意等我,回来时一定使你满意欢喜，这都是可能的。天下没有不可能的事——只要你有信心，有勇气，腔子里有热血，灵魂里有真爱。龙呀！我的孤注就押在你的身上了！

再如失望，我的生机也该灭绝了。

最后一句话：只有S是唯一有益的真朋友。

三月十日早

一九二五年三月十一日自奉天（沈阳）途中

眉：

方才无数美丽的雅致的信笺都叫你们抢了去，害我一片纸都找不着，此刻过西北时写一个字条给丁在君是撕下一张报纸角来写的，你看这多窘。幸亏这位先生是丁老夫子的同事，说来也是熟人，承他作成，翻了满箱子替我寻出这几张纸来，要不然我到奉天前只好搁笔，笔倒有，左边小口袋内就是一排三支。

方才那百子放得恼人，害得我这铁心汉也觉着有些心酸，你们送客的有掉眼泪的没有？（啊啊臭美！）小曼，我只见你双手掩着耳朵，满面的惊慌，惊了就不悲，所以我推想你也没掉眼泪。但在满月夜分别，咳！我孤孤单单地一挥手，你们全站着看我走，也不伸手来拉一拉，样儿也不装装，真可气。我想送我的里面，至少有一半是巴不得我走的，还有一半是"你走也好，走吧"。车出了站，我独自地晃着脑袋，看天看夜，稍微有些难受，小停也就好了。

我倒想起去年五月间那晚我离京向西时的情景。那时更凄怆些，简直的悲，我站在车尾巴上，大半个黄澄澄的月亮在东南角上升起，车轮阁的阁的响着，W还大声地叫"徐志摩哭了"（不确），但我那时虽则不曾失声，眼泪可是有的。怪不得我，你知道我那时怎样的心理，仿佛一个在俄国吃了大败仗往后退的拿破仑，天茫茫，地茫茫，心更茫茫，叫我不掉眼泪怎么着？但今夜可不同，上次是向西，向西是追落日，你碰破了脑袋都追不着，今晚是向东，向东是迎朝日，只要你认定方向，伸着手膀迎上去，迟早一轮旭红的朝日会得涌入你的怀中的。这一有希望，心头就痛快，暂时的小悱恻也就上口有味。半酸不甜的。生滋滋的像是啃大鲜果，有味！

娘那里真得替我磕脑袋道歉，我不但存心去恭恭敬敬地辞行，我还预备了一番话要对她说哪，谁知道下午六神无主地把她忘了，难怪令尊大人相信我是荒唐，这还不够荒唐吗？你替我告罪去，我真不应该，你有什么神通，小曼，可以替我"包荒"？

天津已经过了，（以上是昨晚写的，写至此，倦不可支，闭目就睡，睡醒便坐着发呆地想，再隔一两点钟就过奉天了。）韩所长现在车上，真巧，这一路有他同行，不怕了，方才我想打电话，我的确打了，你没有接着吗？往窗外望，左边黄澄澄的土直到天边，右边黄澄澄的地直到天边。这半天，天色也不清明，叫人看着生闷。方才遥望锦州城那座塔，有些像西湖上那座雷峰，像那倒坍了的雷峰，这又增添了我无限的惆怅。但我这独自的吁嗟，有谁听着来？

你今天上我的屋子里去过没有？希望沈先生已经把我的东西收拾起来，一切零星小件可以塞在那两个手提箱里，没有钥匙，贴上张封条也好，存在社里楼上我想够妥当了。还有我的书顶好也想法子点一点。你知道我怎样地爱书，我最恨叫人随便拖散，除了一两个我准许随便拿的（你自己一个）之外，一概不许借出，这你得告诉沈先生。至少得过一个多月才能盼望看你的信，这还不是刑罚！你快写了寄吧，别忘 via Siboria（意为"经西伯利亚"），要不一信就得走两个月。

志摩

星二　奉天

一九二五年三月十二日自哈尔滨

曼：

叫我写什么呢？咳！今天一早到哈，上半天忙着换钱，一个人坐着吃过两块糖，口里怪腻烦的，心里不很好过。国境不曾出，已经是举目无亲的了，再下去益发凄惨，赶快写信吧，干闷着也不是道理。但是写什么呢？写感情是写不完的，还是写事情的好。

日记大纲

星一　松树胡同七号分赃，车站送行百子响，小曼掩耳朵。

星二　睡至十二时正，饭车里碰见老韩，夜十二时到奉天，住日本旅馆。

星三　早上大雪缤纷，独坐洋车进城闲逛，三时与韩同行去长春。车上赌纸牌，输钱，头痛。看两边雪景，一轮日。夜十时换俄国车吃美味柠檬茶。睡着小凉，出涕。

星四　早到哈，韩待从甚盛。去懋业银行，予犹太鬼换钱买糖，吃饭，写信。

韩事未了，须迟一星期。我先走，今晚独去满洲里，后日即入西伯利亚了。这次是命定不得同伴，也好，可以省唾液，少谈天，多想，多写，多读。真倦，才在沙发上入梦，白天又沉西，距车行还有六个钟头叫我干什么去？

说话一不通，原来机灵人，也变成了木松松。我本来就机灵，这来去俄国真像呆徒了。今早撞进一家糖果铺去，一位卖糖的姑娘黄头发白围裙，来得标致。我晓风里进来，本有些冻嘴，见了她爽性愣住了，愣了半天，不得要领，她都笑了。

不长胡子真吃亏，问我哪儿来的，我说北京大学，谁都拿我当学生看。今天早上在一家钱铺子里，一群犹太人围着我问话，当然只当我是个小孩,后来一见我护照上填着"大学教授",他们一齐吃惊,改容相待,你说不有趣吗?我爱这儿尖屁股的小马车,顶好要一个戴大皮帽的大俄鬼子赶,这满街乱跳,什么时候都可以翻车,看了真有意思,坐着更好玩。中午我闯进一家俄国饭店去,一大群涂脂抹粉的俄国女人全抬起头看我,吓得我直往外退出门逃走了。我从来不看女人的鞋帽,今天居然看了半天,有一顶红的真俏皮。寻书铺,不得。我只好寄一本糖书去,糖可真坏,留着那本书吧。这信迟四天可以到京,此后就远了,好好地自己保重吧,小曼,我的心神摇摇的仿佛不曾离京,今晚可以见你们似的,再会吧!

摩

三月十二日

一九二五年三月十四日自满洲里途中

小曼:

昨夜过满洲里,有冯定一招呼,他也认识你的。难关总算过了,但一路来还是小心翼翼地只怕"红先生"们打进门来麻烦,多谢天,到现在为止,一切平安顺利。今天下午三时到赤塔,也有朋友来招呼,这国际通车真不坏,我运气格外好,独自一间大屋子,舒服极了。我闭着眼想,假如我有一天与"她"度蜜月,就这西伯利亚也不坏。天冷算什么?心窝里热就够了!路上饮食可有些麻烦,昨夜到今天下午简直没东西吃,我这茶桶没有茶灌顶难过,昨夜真饿,翻箱子也翻不出吃的来,就只陈博生送我的那罐福建肉松伺候着我,但那干束束的,也没法子吃。想起倒有些怨你青果也不曾给我买几个。上床睡时没得睡衣换,又得怨你那几天你出了神,一点也不中用了。但是我决不怪你,你知道,我随便这么说就是了。

同车有一个意大利人极有趣,很谈得上。他的胡子比你头发多得多,他吃烟的时候我老怕他着火,德国人有好几个,蠢的多,中国人有两个(学生),不相干。英美法人一个都没有。再过六天,就到莫斯科,我还想到彼得堡去玩哪!这回真可惜了,早知道西伯利亚这样容易走,我理清一个提包,把小曼装在里面带走不好吗?不说笑话,我走了以后你这几天的生活怎样的过法?我时刻都惦记着你,你赶快写信寄英国吧,要是我人到英国没有你的信,那我可真要怨了。你几时搬回家去,既然决定搬,早搬为是,房子收拾整齐些,好定心读书做事。这几天身体怎样?"散拿吐瑾"一定得不间断地吃,记着我的话!心跳还快否?什么细小事情都愿意你告诉我。能定心地写几篇小说,不管好坏,我一定有奖,你见着的是哪几个人,戏看否?早上什么时候起来,都得告诉我。我想给晨报写通信,老是提心不起,火车里写东西真不容易,家信也懒得写,可否恳你的情,常常为我转告我的客中情形,写信寄浙江硖石徐申如(徐志摩的父亲)先生。说起我临行忘了一本金冬心梅花册,他的梅花真美,不信我画几朵你看。

摩

三月十四日

一九二五年三月十八日自西伯利亚途中

小曼:

好几天没信寄你,但我这几天真是想家得厉害。每晚(白天也是的)一闭上眼就回北京,什么奇怪的花样都会在梦里变出来。曼,这西伯利亚的充军,真有些儿苦,我又晕车,看书不舒服,写东西更烦,车上空气又坏,东西也难吃,这真是何苦来。同车的人不是带着家眷便是回家去的,他们在车上多过一天便离家近一天,就只我这傻瓜甘心抛去暖和热闹的北京，到这荒凉境界里来叫苦！

再隔一个星期到柏林，又得对付她（徐志摩前妻张幼仪）了。小曼，你懂得不是？这一来柏林又变了一个无趣味的难关，所以总要到意大利等着老头（印度诗人泰戈尔）以后，我才能鼓起游兴来玩。但这单身的玩，兴趣终是有限的，我要是一年前出来，我的心里就不同，那时倒是破釜沉舟的决绝，不比这一次身心两处，梦魂都不得安稳。

但是曼，你们放心，我决不颓丧，更不追悔，这次欧游的教育是不可少的，稍微吃点子苦算什么，那还不是应该的。你知道我并没有多么不可动摇的大天才，我这两年的文字生活差不多是逼出来的，要不是私下里吃苦，命途上颠仆，谁知道我灵魂里有没有音乐？安乐是害人的，像我最近在北京的生活是不可以为常的，假如我新月社的生活继续下去，要不了两年，徐志摩不堕落也堕落了，我的笔尖上再也没有光芒，我的心上再没有新鲜的跳动，那我就完了——"泯然众人矣"！到那时候我一定自惭形秽，再也不敢谬托谁的知己，竟许在政治场中鬼混，涂上满面的窑煤——咳，那才叫作出丑哩！要知道堕落也得有天才，许多人连堕落都不够资格。我自信我够，所以更危险。因此我力自振拔，这回出来清一清头脑，补足了我的教育再说——爱我的，期望我成才的，都好像是我的恩主，又像债主，我真的又感激又怕他们！小曼，你也得尽你的力量帮助我往清明的天空上腾，谨防我一滑足陷入泥深潭，从此不得救度。小曼，你知道我绝对不慕荣华，不羡名利——我只求对得起我自己。

将来我回国后的生活，的确是问题，照我自己理想，简直想丢开北京，你不知道我多么爱山林的清静。前年我在家乡山中，去年在庐山时，我的性灵是天天新鲜天天活动的。创作是一种无上的快乐，何况这自然而然像山溪似的流着——我只要一天出产一首短诗，我就满意。所以我想望欧洲回去后到西湖山里（离家近些）去住几时。但须有一个条件，至少得有一个人陪着我。在山林清幽处与一如意友人共处——是我理想的幸福,也是培养,保全一个诗人性灵的必要生活,你说是否,小曼?

朋友像 S、M 他们,固然他们也很爱我器重我,但他们却不了解我——他们期望我做一点事业,譬如要我办报,等等,但他们哪能知道我灵魂的想望?我真的志愿,他们永远端详不到的。男朋友里真望我的,怕只有 B 一个,女友里 S 是我一个同志,但我现在只想望"她"能做我的伴侣,给我安慰,给我快乐,除了"她",这茫茫大地上叫我更问谁要去?

这类话暂且不提,我来讲些车上的情形给你听听。我上一封信上不是说在这国际车上我独占一大间卧室舒服极了不是?好,乐极生悲,昨晚就来了报应!昨夜到一个大站,那地名不知有多长,我怎样也念不上来。未到以前就有人来警告我说前站有两个客人上前,你的独占得满期了。我就起了恐慌,去问那和善的老车役,他张着口对我笑笑说:"不错,有两个客人要到你房里,而且是两位老太太!"(此地是男女同房的,不管是谁!)我说你不要开玩笑,他说:"那你看着,要是老太太还算是你的幸气,在这样荒凉的地方,哪里有好客人来。"过了一程,车到了站。我下去散步回来,果然,房间里有了新来的行李,一只帆布提箱,两大铺盖,一只篾篮装食物的,我看这情形不对,就问间壁房里人来了些什么客人,间壁住了肥美的德国太太,回答我"来人不是好对付的,先生这回怕要受苦了!"不像是好对付的,唉?来了,两位,一矮,一高,矮的青脸,高的黑脸,青的穿黑,黑的穿青,一个像老母鸭,一个像猫头鹰,衣襟上都带着列宁小照的御章,分明是红党里的将军!

我马上陪笑脸,凑上去说话,不成,高的那位只会三句英语,青脸的那位一字不提,说了半天,不得要领。再过一歇,他们在饭厅里,我回房,老车役进来铺床,他就笑着问我:"那两位老太太好不好?"我恨恨地说:"别打趣了,我真着急,不知来人是什么路道?"正说时,他掀起一个垫子,露出两柄明晃晃上足子弹的手枪,他就拿在手里，一头笑着说："你看，他们就是这个路道！"

今天早上醒来，恭喜我的头还是好好地在我的脖子上安着。小曼，你要看了他们两位好汉的尊容，准吓得你心跳，浑身抖擞！俄国的东西贵死了，可恨！车里饭坏得不成话，贵得更不成话，一杯可可五分钱像泥水，还得看侍者大爷们的嘴脸！地方是真冷，决不是人住的！一路风景可真美，我想专写一封《晨报》通讯，讲西伯利亚。

小曼，现在我这里下午六时，北京约在八时半，你许正在吃饭，同谁？讲些什么？为什么我听不见？咳！我恨不得——不写了。一心只想到狄更生那里看信去！

志摩

三月十八日

Omsk（鄂木斯克，苏联西西伯利亚城市）

一九二五年三月二十六日自柏林

小曼：

柏林第一晚。一时半。方才送C女士（徐志摩的前妻张幼仪）回去，可怜不幸的母亲，三岁的小孩子只剩了一撮冷灰，一周前死的。她今天挂着两行眼泪等我，好不凄惨。只要早一周到，还可见着可爱的小脸儿，一面也不得见，这是哪里说起？他人缘倒有，前天有八十人送他的殡，说也奇怪，凡是见过他的，不论是中国人德国人，都爱极了他，他死了，街坊都出眼泪，没一个不说的不曾见过那样聪明可爱的孩子。曼，你也没福，否则你也一定乐意看见这样一个孩儿的——他的相片明后天寄去，你为我珍藏着吧。真可怜，为他病也不知有几十晚不曾合眼，瘦得什么似的，她到这时还不能相信，昏昏的只似在梦中过活。小孩儿的保姆比她悲伤更切。她是一个四十左右的老姑娘，先前爱上了一个人，不得回音，足足地痴等这六七年，好容易得着了宝贝，容受她母性的爱。她整天地在他身上用心尽力，每晚每早为他祷告，如今两手空空的，两眼汪汪的，连祷告都无从开口，因为上帝待她太惨酷了。我今天赶来哭他，半是伤心，半是惨目，也算是天罚我了。

唉！家里有电报去，堂上知道了更不知怎样地悲惨，急切又没有相当人去安慰他们，真是可怜！曼！你为我写封信去吧，好么？听说泰戈尔也在南方病着，我赶快得去，回头老人又有什么长短，我这回到欧洲来，岂不是老小两空！而且我深怕这兆头不好呢。

C可是一个有志气有胆量的女子，她这两年来进步不少，独立的步子已经站得稳，思想确有通道，这是朋友的好处，老K的力量最大，不亚于我自己的。她现在真是"什么都不怕"，将来准备丢几个炸弹，惊惊中国鼠胆的社会，你们看着吧！

柏林还是旧柏林，但贵贱差得太远了，先前花四毛现在得花六元八元，你信不信？

小曼，对你不起，收到这样一封悲惨乏味的信，但是我知道你一定生气我补这句话，因为你是最柔情不过的，我掉眼泪的地方你也免不了掉，我闷气的时候你也不免闷气，是不是？

今晚与C看茶花女的乐剧解闷，闷却并不解。明儿有好戏看，那是萧伯纳的 *Jean Dare*（《圣女贞德》），柏林的咖啡（叫 macoa）真好，peachmelba（蜜桃面包）也不坏，就是太贵。

今年江南的春梅都看不到，你多多寄些给我才是！

志摩
三月二十六日

一九二五年四月十日自伦敦

小曼：

　　我一个人在伦敦瞎逛，现在在"采花楼"一个人喝乌龙茶等吃饭。再隔一点钟，去看 John Barrymore（约翰·巴里摩）的 Hamlet（《哈姆雷特》）。这次到英国来就为看戏。你要一时不得我的信，我怕你有些着急，我也不知怎的总是懒得动笔，虽则我没有一天不想把那天的经验整个儿告诉你。

　　说也奇怪，我还是每晚做梦回北京，十次里有九次见着你，每次的情形，总令人难过。真的。像 C 他们说我只到欧洲来了一双腿，"心"有别用的，还说肠胃都不曾带来，因为我胃口不好！你们那里有谁做梦会见我的魂没有？我也愿意知道。我到现在还不曾接到中国来的半个字。怕掉了，我真着急。我想别人也许没有信，小曼你总该有，可是到哪一天才能得到你的信我自己都不知道！我这次来一路上坟送葬，惘惘极了，我有一天想立刻买票到印度去还了愿心完事，又想立刻回头赶回中国，也许有机会与你一同到小林深处过夏去，强如在欧洲做流氓。其实到今天为止我也是没有想定要流到哪里去，感情是我的指南，冲动是我的风！

　　这是永远是今日不知明日事的办法。印度我总得去，老头在不在我都得去，这比菩萨面前许下的愿心还要紧。照我现在的主意是至迟六月初动身到印度，八九月间可回国，那就快乐了。

　　我前晚到伦敦的，这里大半朋友全不在，春假旅行去了。

　　只见着那美术家 Roger Fry（罗杰·弗赖，英国画家），翻中国诗的 Arthur Waley（阿瑟·韦利，英国汉学家）。昨晚我住在他那里，今晚又得做流氓了。今天看完了戏，明早就回巴黎，张女士等着要跟我上意大利玩去。我们打算先玩威尼斯，再去佛罗伦斯与罗马，她只有两星期就得回柏林去上学，我一个人还得往南；想到 Sicily（意大利的西西里岛）去洗澡，再回头来。我这一时一点心的平安都没有，烦极了，"先生"那里信也一封没有着笔，诗半行也没有——如其有什么可提的成绩，也许就只晚上的梦，那倒不少，并且多的是花样，要是有法子理下来时，早已成书了。

这回旅行太糟了，本来的打算多如意多美，泰戈尔一跑，我就没了落儿，我倒不怨他，我怨的他的书记那恩厚之小鬼，一面催我出来，一面让老头回去，也不给我个消息，害我白跑一趟。同时他倒舒服，你知道他本来是个不名一文的光棍，现在可大抖了，他做了 Mrs. Willard（美国富孀威拉德太太）的老爷，她是全世界最富女人的一个，在美国顶有名的。这小鬼不是平地一声雷，脑袋上都装了金了吗？我有电报给他，已经四天了，也不得回电，想是在蜜月里蜜昏了，哪晓得我在这儿空宕。

小曼你近来怎样？身体怎样？你的心跳病我最怕，你知道你每日一发病，我的心好像也掉了下去似的。近来发不发？我盼望不再来了。你的心绪怎样？这话其实不必问，不问我也猜着。真是要命，这距离不是假的，一封信来回，至少得四十天，我问话也没有用，还不如到梦里去问吧！

说起现在无线电的应用真是可惊，我在伦敦可以听到北京饭店礼拜天下午的音乐或是旧金山市政所里的演说，你说奇不奇？现在德国差不多每家都装了听音机，就是限制（每天报什么时候听什么）并且自己不能发电，将来我想无线电话有了普遍的设备，距离与空间就不成问题了。

比如我在伦敦，就可以要北京电话，与你直接谈天你说多美！

在曼殊斐儿坟前写的那张信片到了没有？我想另作一首诗。

但是你可知道她的丈夫已经再娶了，也是一个有钱的女人。那虽则没有什么，曼殊斐儿也不会见怪，但我总觉得有些尴尬，我的东道都输了。你那篇 something childish（孩子气的东西）改好没有？近来做些什么事？英国寒伧得很，没有东西寄给你，到了意大利再寄好玩儿的给你，你乖乖地等着吧！

摩
四月十日
伦敦

一九二五年五月二十六日自佛罗伦萨

小曼：

　　W的回电来后，又是四五天了，我早晚忧巴巴地只是盼着信，偏偏信影子都不见，难道你从四月十三写信以后，就没有力量提笔？W的信是二十三，正是你进协和的第二天，他说等"明天"医生报告病情，再给我写信，只要他或你自己上月寄出信，此时也该到了，真闷煞人！

　　回电当然是个安慰，否则我这几天哪有安静日子过？电文只说"一切平安"，至少你没有危险了是可以断定的，但你的病情究竟怎样？进院后医治见效否？此时已否出院？已能照常行动否？我都急得要知道，但急偏不得知道，这多别扭！

　　小曼，这回苦了你，我想你病中一定格外地想念我，你哭了没有？我想一定有的，因为我在这里只要上床一时睡不着，就叫曼，曼不答应我，就有些心酸，何况你在病中呢！早知你有这场病，我就不应离京，我老是怕你病倒，但是总希望你可以逃过，谁知你还是一样吃苦，为什么你不等着我在你身边的时候生病？

　　这话问得没理，我知道我也不一定会侍候病人，但是我真想倘如有机会伴着你养病，就是乐趣。你枕头歪了，我可以替你理正，你要水喝，我可以拿给你，她不厌烦我念书给你听，你睡着了我轻轻地掩上了门，有人送花来我给你装进瓶子去。现在我没福享受这种想象中的逸趣，将来或许我病倒了，你来伴我也是一样的。你此番病中有谁侍候着你？娘总常常在你身边，但她也得管家，朋友中大约有些人是常来的，歆海也不会缺席的，慰慈不在，梦绿来否？讷唐呢？叔华两月来没有信，不知何故，她来看你否？你病中感念一定很多，但不想也就忘了。

近来不说功课，不说日记，连信都没有，可见你病得真乏了。你最后倚病勉强写的那两封信，字迹潦草，看出你腕劲一些也没有，真可怜，曼呀，我那时真着急，简直怕你死，你可不能死，你答应为我活着。你现在又多了一个仇敌——病，那也得你用意志力量来奋斗的，你究竟年轻，你的伤损容易养得过来的，千万不要过于伤感。病中面色是总不好看的，那也没法，你就少照镜子，等精神回来的时候，再自己看自己也不迟。你现在虽则瘦，还是可以回复你的丰腴的，只要你生活根本地改样。

我月初连着寄的长信，应该连续地到了，但你的回信不知要到什么时候才来？想着真急。据有人说娘疑心我的信激成你的病的，所以常在那里查问我。我的信不会丢漏的么？我盼望寄你的信只有你看见再没有第二人看，不是看不得，是不愿意叫人家随便讲闲话，是真的。但你这回可真得坚决了，我上封信要你跟W来欧，你仔细想过没有？这是你一生的一个大关键。俗语说的快刀斩乱丝，再痛快不过的。我不愿意你再有踌躇，上帝帮助能自助的人，只要你站起来就有人在你前面领路。W真是"解人"，要不是他，岂不是我你在两地着急，叫天天不应的多苦。现在有他做你的红娘，你也够放心，我真盼望你们俩一同到欧洲来，我一定请你们喝香槟接风，有好消息时，最好打电报来就可以。B在瑞士，月初或到斐伦翠（意大利中部城市佛罗伦萨）来，我们许同游欧洲再报告你。盼望你早已健全，我永远在你的身边，我的曼。

摩

五月二十六日

一九二五年六月二十五日自巴黎

曼：

　　我唯一的爱龙，你真得救我了！我这几天的日子也不知怎样过的，一半是痴子，一半是疯子，整天昏昏的，惘惘的，只想着我爱你，你知道吗？早上梦醒来，套上眼镜，衣服也不换就到楼下去看信——照例是失望，那就好比几百斤的石子压上了心去，一阵子悲痛，赶快回头躲进了被窝，抱住了枕头叫着我爱的名字，心头火热的，浑身冰冷的，眼泪就冒了出来，这一天的希冀又没了。说不出的难受，恨不得睡着从此不醒，做梦倒可以自由些。龙呀，你好吗？为什么我这心惊肉跳的一息也忘不了你，总觉得有什么事不曾做妥当或是你那里有什么事似的。龙呀，我想死你了，你再不救我，谁来救我？为什么你信寄得这样稀？笔这样懒？我知道你在家忙不过来，家里人烦着你，朋友们烦着你，等得清静的时候你自己也倦了，但是你要知道你那里日子过得容易，我这孤鬼在这里，把一个心悬在那里收不回来，平均一个月盼不到一封信，你说能不能怪我抱怨？龙呀，时候到了，这是我们，你与我，自己顾全自己的时候，再没有功夫去敷衍人了。现在时候到了，你我应当再也不怕得罪人——哼，别说得罪人，到必要时天地都得捣烂他哪！

　　龙呀，你好吗？为什么我心里老是这怔怔的？我想你亲自给我一个电报，也不曾想着——我倒知道你又做了好几身时式的裙子！你不能忘我，爱，你忘了我，我的天地都昏黑了，你一定骂我不该这样说话，我也知道，但你得原谅我，因为我其实是急慌了。（昨晚写的墨水干了所以停的。）

　　走后我简直是"行尸走肉"，有时到赛因河边去看水，有时到清凉的墓园里默想。这里的中国人，除了老K都不是我的朋友，偏偏老K整天做工，夜里又得早睡，因此也不易见着他。昨晚去听了一个Opera 叫 *Tristan et Isolde*（歌剧《特里斯丹和伊索德》）。音乐，唱都好，我听着浑身只发冷劲，第三幕 Tristan 快死的时候，Isolde 从海湾里转出来拼了命来找她的情人，穿一身浅蓝带长袖的罗衫——我只当是我自己的小龙，赶着我不曾脱气的时候，来搂抱我的躯壳与灵魂——那一阵子寒冰刺骨似的冷，我真的变了戏里的 Tristan 了！

那本戏是最出名的"情死"剧（Love—Death），Tristan 与 Isolde 因为不能在这世界上实现爱，他们就死，到死里去实现更绝对的爱，伟大极了，猖狂极了，真是"惊天动地"的概念，"惊心动魄"的音乐。龙，下回你来，我一定伴你专看这戏，现在先寄给你本子，不长，你可以先看一遍。你看懂这戏的意义，你就懂得恋爱最高、最超脱、最神圣的境界，几时我再与你细谈。

龙儿，你究竟认真看了我的信没有？为什么回信还不来？你要是懂得我，信我，那你决不能再让你自己多过一半天糊涂的日子。我并不敢逼迫你做这样，做那样，但如果你我间的恋情是真的，那它一定有力量，有力量打破一切的阻碍，即使得渡过死的海，你我的灵魂也得结合在一起——爱给我们勇，能勇就是成功，要大抛弃才有大收成，大牺牲的决心是进爱境唯一的通道。我们有时候不能因循，不能躲懒，不能姑息，不能纵容"妇人之仁"。现在时候到了，龙呀，我如果往虎穴里走（为你），你能不跟着来吗？

我心思杂乱极了，笔头上也说不清，反正你懂就好了，话本来是多余的。

你决定的日子就是我们理想成功的日子——我等着你的信号，你给 W 看了我给你的信没有？我想从后为是，尤是这最后的几封信，我们当然不能少他的帮忙，但也得谨慎，他们的态度你何不讲给我听听。

照我的预算在三个月内（至多）你应该与我一起在巴黎！

你的心他
六月二十五日

一九二五年六月二十六日自巴黎

曼：

居然被我急出了你的一封信来，我最甜的龙儿！再要不来，我的心跳病也快成功了！让我先来数一数你的信：（1）四月十九，你发病那天一张附着随后来的；（2）五月五号（邮章）；（3）五月十九至二十一（今天才到，你又忘了西伯利亚）；（4）五月二十五英文的。

我发的信只恨我没有计数，论封数比你来的多好几倍。在斐伦翠四月上半月至少有十封多是寄中街的。以后，适之来信以后，就由他邮局住址转信，到如今全是的。到巴黎后，至少已寄五六封，盼望都按期寄到。

昨天才寄信的，但今天一看了你的来信，胸中又涌起了一海的思感，一时哪说得清。第一，我怨我上几封信不该怨你少写信，说的话难免有些怨气，我知道你不会怪我的。但我一想起我的曼已是满身的病，满心的病，我这不尽责的□□□，溜在海外，不分你的病，不分你的痛，倒反来怨你笔懒——咳，我这一想起你，我唯一的宝贝，我满身的骨肉就全化成了水一般的柔情，向着你那里流去。我真恨不得剖开我的胸膛，把我爱放在我心头热血最暖处窝着，再不让你遭受些微风霜的侵暴，再不让你受些微尘埃的沾染。曼呀，我抱着你，亲着你，你觉得吗？

我在斐伦翠知道你病，我急得什么似的，幸亏适之来了回电，才稍为放心了些。但你的病情的底细，直到今天看了你五月十九至二十一日的信才知道清楚。真苦了你，我的乖！真苦了你。但是你放心，我这次虽然不曾尽我的心，因为不在你的身旁，眼看那特权叫旁人享受了去，但是你放心，我爱！我将来有法子补我缺憾。你与我生命合成了一体以后，日子还长着哩，你可以相信我一定充分酬报你的。不得你信我急，看你信又不由我不心痛。可怜你心跳着，手抖着，眼泪咽着，还得给我写信。哪一个字里，哪一句里，我不看出我曼曼的影子。你的爱，隔着万里路的灵犀一点，简直是我的命水，全世界所有的宝贝买不到这一点子不朽的精诚——我今天要是死了，我是要把你爱我的爱带了坟里去，做鬼也以自傲了！你用不着再来叮嘱，我信你完全的爱，我信你比如我信我的父母，信我自己，信天上的太阳。岂止，你早已成我灵魂的一部，我的影子里有你的影子，我的声音里有你的声音，我的心里有你的心。鱼不能没有水，人不能没有氧，我不能没有你的爱。

曼，你连着要我回去。你知道我不在你的身旁，我简直是如坐针毡，哪有什么乐趣！你知道我一天要咬几回牙，顿几回脚，恨不踹破了地皮，滚入了你的交抱。但我还不走，有我踌躇的理由。

曼，我上几封信已经说得很亲切，现在不妨再说过明白。你来信最使我难受的是你多少不免绝望的口气。你身在那鬼世界的中心，也难怪你偶尔的气馁。我也不妨告诉你，这时候我想起你还是与他同住，同床共枕，我这心痛，心血都迸了出来似的！

曼，这在无形中是一把杀我的刀，你忍心吗？你说老太太的"面子"。咳！老太太的面子——我不知道要杀灭多少性灵，流多少的人血，为要保全她的面子！不，不，我不能再忍。曼，你得替我——你的爱，与你自己，我的爱——想一想哪！不，不。这是什么时代，我们再不能让社会拿我们血肉去祭迷信！Oh! Come, love! Assert your passion, let our love conquer; we can't suffer any longer such degradation and humiliation. （哦，来吧，爱人！坚持你的激情，让我们的爱战胜一切；我们不能再忍受这样的堕落和羞辱了。）退步让步，也得有个止境。来！我的爱，我们手里有刀，斩断了这把乱丝才说话。要不然，我们怎对得起给我们灵魂的上帝！是的，曼，我已经决定了，跳入油锅，上火焰山，我也得把我爱你洁净的灵魂与洁净的身子拉出来。我不敢说，我有力量救你，救你就是救我自己，力量是在爱里。

再不容迟疑，爱，动手吧！我在这几天内决定我的行期，我本想等你来电后再走，现在看事情急不及待，我许就来了。但同时我们得谨慎，万分地谨慎，我们再不能替鬼脸的社会造笑话，有勇还得有智，我的计划已经有了。

一九二六年二月六日自天津

眉眉：

接续报告，车又误点，二时半近三时才到老站。苦了王麻子直等了两个钟头，下车即运行李上船。舱间没你的床位大，得挤四个人，气味当然不佳。这三天想不得舒服，但亦无法。船明早十时开，今晚未有住处。文伯家有客住满，在君不在家，家中仅其夫人，不便投宿。也许住南开，稍远些就是，也许去国民饭店，好好地洗一个澡，睡一觉，明天上路。那还可以打电话给你。盼望你在家；不在，骂你。

奇士林（老字号的天津饭馆）吃饭，买了一大盒好吃糖，就叫他们寄了，想至迟明晚可到。现在在南开中学张伯苓（教育家，早年创办南开中学和南开大学）处，问他要纸笔写信，他问写给谁，我说不相干的，仲述（张伯苓的胞弟张彭春）在旁解释一句："顶相干的。"方才看见电话机，就想打，但有些不好意思。回头说吧，如住客栈一定打。这半天不见，你觉得怎样？好像今晚还是照样见你似的。眉眉，好好养息吧！我要你听一句话。你爱我，就该听话。晚上早睡，早上至迟十时得起身。好在扰乱的摩走了，你要早睡还不容易？初起一两夜许觉不便，但扭了过来就顺了。还有更要紧的一句话，你得照做。每天太阳好到公园去，叫 lilia 伴你，至少至少每两天一次！

记住太阳光是健康唯一的来源，比什么药都好。

我愈想愈觉得生活有改样的必要。这一时还是糊涂，非努力想法改革不可。眉眉你一定得听我话。你不听，我不乐！

今晚范静生先生请正昌（老字号的天津饭馆）吃饭，晚上有余叔岩（京剧演员，擅演老生戏），我可不看了，文伯的新车子漂亮极了，在北方我所见的顶有 taste（意为"品位"）的一辆，内外都是暗蓝色，里面是顶厚的蓝绒，窗靠是真柚木，你一定欢喜。只可惜摩不是银行家，眉眉没有福享。但眉眉也有别人享不到的福气对不对？也许是摩的臭美？

　　眉，我临行不曾给你去看，你可以问 Lilia、老金，要书七号（北京石虎胡同七号的松坡图书馆）拿去。且看你，你连 Maugham 的 *Rain*（《雨》，英国小说家毛姆所作）都没有看哪。

　　你日记写不写？盼望你写，算是你给我的礼，不厌其详，随时涂什么都好。我写了一忽儿，就得去吃饭。此信明日下午四五时可到，那时我已经在大海中了。告诉叔华（凌叔华）他们准备灯节热闹。别等到临时。眉眉，给你一把顶香顶醉人的梅花。

你的亲摩
二月六日下午二时

一九二六年二月七日自烟台途中

眉眉：

　　上船了，挤得不堪，站的地方都没有，别说坐，这时候写字也得拿纸贴着板壁写，真要命！票价临时飞涨，上了船，还得敲了十二块钱的竹杠去。上边大菜间也早满了，这回买到票，还算是运气，比我早买的都没有买到。

　　文伯昨晚伴我谈天，谈他这几年的经过。这人真有心计，真厉害，我们朋友中谁都比不上他。我也对他讲些我的事，他懂我很深，别看这麻脸。

到塘沽了，吃过饭，睡过觉，讲些细情给你听了。同房有两位（一个订位没有来）：一是清华学生，新从美国回的；一是姓杨，躺着尽抽大烟，一天抽"两把膏子"的一个鸦片老生。徐志摩大名可不小，他一请教大名，连说："真是三生有幸。"

　　我的床位靠窗，圆圆的一块，望得见外面风景；但没法坐，只能躺，看看书，冥想想而已。写字苦极了，这贴着壁写，手酸不堪。吃饭像是喂马，一长条的算是桌子，活像你们家的马槽，用具的龌龊就不用提了；饭菜除了白菜，绝对放不下筷去，饭米倒还好，白净得很。昨天吃奇士林、正昌，今天这样吃法，分别可不小！

　　这其实真不能算苦。我看看海，心胸就宽。何况心头永远有眉眉我爱蜜甜的影子，什么苦我吃不下去？别说这小不方便！船家多宁波佬，妙极了。

　　得寄信了，不写了，到烟台再写。

　　爹爹娘请安。

你的摩摩
二月七日

一九二六年二月十七日自上海

眉爱：

　　我又在上海了。本与适之约定，今天他由杭州来同车。谁知他又失约，料想是有事绊住了，走不脱，我也懂得。只是我一人凄凄凉凉地在栈房里闷着。遥想我眉此时亦在怀念远人，怎不怅触！南方天时真坏，雪后又雨，屋内又无炉火。我是只不惯冷的猫，这一时只冻得手足常冰。见报北京得雪，我们那快雪同志会，我不在，想也鼓不起兴来。户外雪重，室内衾寒，眉眉我的，你不想念摩摩否？

昨天整天只寄了封没字梅花信给你,你爱不爱那碧玉香囊?寄到时,想多少还有余甘。前晚在杭州,正当雪天奇冷,旅馆屋内又不生火。下午风雪猛厉,只得困守。晚饭喝了几杯酒,暖是暖些,情景却是百无聊赖,真闷得凶。游灵峰时坐轿,脚冻如冰,手指也直了。下午与适之去肺病院看郁达夫,不见。我一个人去买了点东西,坐车回硖。过年初四,你的第二封信等着我。爸说有信在窗上我好不欢喜。但在此等候张女士(张幼仪),偏偏她又不来,已发两电,亦未得复。咳!"这日子叫我如何过?"我爸前天不舒服,发寒热、咳嗽,今天还不曾全好。他与妈许后天来沪。新年大家多少有些兴致,只我这孤零零心魂不定,眠食也失了常度,还说什么快活?爸妈看我神情,也觉着关切。其实这也不是一天的事,除了张眼见我眉眉的妙颜,我的愁容就没有开展的希望。眉你一定等急了,我怎不知道?但急也只能耐心等着。现在爸妈要我。到京后自当与我亲亲好好地欢聚。就我自己说,还不想变一只长小毛翅的小鸟,波地飞向最亲爱的妆前?谭宜孙(即丁尼生,英国维多利亚时代诗人)诗人那首燕儿歌,爱,你念过没有?你的脆弱的身体没一刻不在我的念中。你来信说还好,我就放心些。照你上函,又像是不很爽快的样子。爱爱,千万保重要紧!为你摩摩。适之明天回沪,我想与他同车走。爸妈一半天也去,再容通报。动身前有电报去,弗念。前到电谅收悉。要赶快车寄出,此时不多写了。堂上大人安健,为我叩叩。

汝摩
年初五

一九二六年二月十八日自上海

我等北京人(张幼仪)来谈过,才许走,这事情又是少不了的关键。我怎敢迷拗呢？眉眉，你耐着些吧，别太心烦了。有好戏就伴爹娘去看看，听听锣鼓响暂时总可忘忧。说实话，我也不要你老在火炉生得太热的屋子里窝着，这其实只有害处，少有好处，而况你的身体就要阳光与鲜空气的滋补，那比什么神仙药都强。我只收了你两回的信，你近来起居情形怎样，我恨不立刻飞来拥着你，一起翻看你的日记。那我想你总是为在远的摩摩不断地记着。陆医的药你虽怕吃，娘大约是不肯放松你的。据适之说，他的补方倒是吃不坏的。我始终以为你的病只要养得好就可以复原的。绝妙的养法是离开北京到山里去嗅草香吸清鲜空气，要不了三个月，保你变一只小活老虎。你生性本来活泼，我也看出你爱好天然景色，只是你的习惯是城市与暖屋养成的，无怪缺乏了滋养的泉源。你这一时听了摩摩的话否？早上能比先前早起些，晚上能比先前早睡些否？读书写东西，我一点也不期望你，我只想你在日记本上多留下一点你心上的感想。你信来常说有梦，梦有时怪有意思的，你何不闲着没事，描了一些你的梦痕来给你摩摩把玩？

  但是我知道我们都是太私心了，你来信只问我这样那样，我去信也只提眉短眉长，你那边二老的起居我也常在念中。娘过年想必格外辛苦，不过劳否？爸爸呢，他近来怎样，兴致好些否？糖还有否？我深恐他们也是深深地关念我远行人，我想起他们这几月来待我的恩情，便不禁泫然欲涕！眉，你我真得知感些，像这样慈爱无所不至的爹娘，真是难得又难得，我这来自己尝着了味道，才明白娘真是了不得，了不得！到我们恋爱成功日，还不该对她磕一万个响头道谢吗？我说"恋爱成功"，这话不免有语病，因为这好像说现在还不曾成功似的。但是亲亲的眉，要知道爱是做不尽的，每天可以登峰，明天还一样可以造极，这不是缝衣，针线有造完工的一天。在事实上呢，当然俗话说的"洞房花烛夜"是一个分明的段落，但你我的爱，眉眉，我期望到海枯石烂日，依旧是与今天一样的风光、鲜艳、热烈。眉眉，我们真得争一口气，努力来为爱做人，也好叫这样疼惜我们的亲人，到晚年落一个心欢的笑容！

　　我这里事情总算是有结果的。成见的力量真是不小，但我总想凭至情至性的力量去打开他，哪怕他铁山般的牢硬。今午与我妈谈，极有进步，现在得等北京人到后，方有明白结束，暂时只得忍耐。老金与L想常在你那里，为我道候，恕不另，梅花香柬到否？

摩祝眉喜
年初六

一九二六年二月十九日自上海

眉眉我亲亲：

　　今天我无聊极了，上海这多的朋友，谁都不愿见，独自躲在栈房里耐闷。下午几个内地朋友拉住了打牌，直到此刻，已经更深，人也不舒服，老是这要呕心的。心想着的眼看着的一个倩影，慰我孤独，此外都只是烦心事。唐有壬本已替我定好初十的日本船，十二就可到津，那多快！不是不到一星期就可重在眉眉的左右，同过元宵，是多么一件快心事！但为北京来人杳无消息，我为亲命又不能等，只得把定票回了，真恨人！适之今天才来，方才到栈房里来，两眼红红的，不知是哭了还是少睡，也许两样全有！他为英国赔款委员（即斯科塞尔——W. E. Scothll。当时胡适是"中英庚款顾问委员会"中方顾问，正在上海等候斯科塞尔）快到，急得又不能走。本说与我同行，这来怕又不成。其实他压根儿就不热心回京，不比我。我觉得不好受，想上床了，明天再接写吧！

一九二六年二月二十日自上海

眉眉：

你猜我替你买了些什么衣料？就不说新娘穿的，至少也得定亲之类用才合适才配，你看了准喜欢，只是小宝贝，你把摩摩的口袋都掏空了，怎么好！

昨天没有寄信，今天又到此时晚上才写。我希望这次发信后，就可以决定行期，至多再写一次上船就走。方才我们一家老小、爸妈、小欢（徐志摩与前妻张幼仪所生的儿子积锴）都来了。老金有电报说幼仪二十以前动身，那至早后天可到，她一到我就可以走，所以我现在只眼巴巴地盼她来，这闷得死人，这样的日子。今天我去与张君劢（张幼仪的哥哥）谈了一上半天连着吃饭，下午又在栈里无聊，人来邀我看戏什么都回绝。方之老高忽然进我房来，穿一身军服，大皮帽子，好不神气。他说南边住了五个月，主人给了一百块钱，在战期内跑来跑去吃了不少的苦。心里真想回去，又说不出口。他说老太太叫他有什么写信去，但又说不上什么所以也没写。受（陆小曼的前夫王庚，字受庆）又回无锡去了。新近才算把那买军火上当的一场官司了结。还算好，没有赔钱。差事名目换了，本来是顾问，现在改了谘议，薪水还是照旧三百。按老高的口气，是算不得意的。他后天从无锡回来，我倒想去看他一次，你说好否？钱昌照我在火车里碰着。他穿了一身衣服，修饰得像新郎官似的，依旧是那满面笑容。我问起他最近的"计划"，他说他决意再读书，孙传芳请他他不去，他决意再拜老师念老书。现在瞒了家里在上海江湾租了一个花园，预备"闭户三年"，不能算没有志气，这孩子！但我每回见他总觉得有些好笑，你觉不觉得？不知不觉尽说了旁人的事情。妈坐在我对面，似乎要与我说话的样子。我得赶快把信寄出，动身前至少还有一两次信。眉眉，你等着我吧，相见不远了，不该欢慰吗？

摩摩

年初八

一九二六年二月二十一日自硖石

眉爱：

今天该是你我欢喜的日子了，我的亲亲的眉眉！方才已经发电给适之，爸爸也写了信给他。现在我把事情的大致讲一讲。我们的家产差不多已经算分了，我们与大伯一家一半。但为家产都系营业，管理仍需统一。所谓分者即每年进出各归各就是了，来源大都还是共同的。例如酱业、银号以及别种行业。然后在爸爸名下再作为三份开：老辈（爸妈）自己留开一份，幼仪及欢儿立开一份，我们得一份。这是产业的暂时支配法。

第二是幼仪与欢儿问题。幼仪仍居干女儿名，在未出嫁前担负欢儿教养责任，如终身不嫁，欢儿的一分家产即归她管；如嫁则仅能划取一份奁资，欢儿及余产仍归徐家，尔时即与徐家完全脱离关系。嫁资成数多少，请她自定，这得等到上海时再说定。她不住我家，将来她亦自寻职业，或亦不在南方，但偶尔亦可往来，阿欢两边跑。

第三，离婚由张公权（张幼仪的哥哥）设法公布；你们方面亦请设法于最近期内登报声明。

这几条都是消极方面，但都是重要的，我认为可以同意。只要幼仪同意即可算数。关于我们的婚事，爸爸说这时候其实太热，总得等暑后才能去京。我说但我想夏天同你避暑去，不结婚不便。爸说，未婚妻还不一样可以同行？我说但我们婚都没有订。爸说："那你这回回去就定好了。"我说那也好，媒人请谁呢？他说当然适之是一个，幼伟来一个也好。我说那爸爸就写个信给适之吧。爸爸说好吧。订婚手续他主张从简，我说这回通伯、叔华是怎样的，他说照办好了。

眉，所以你我的好事，到今天才算磨出了头，我好不快活。今天与昨天心绪大大地不同了。我恨不得立刻回京向你求婚，你说多有趣。闲话少说，上面的情形你说给娘跟爸爸听。我想办法比较合理，他们应当可以满意。

但今年夏天的行止怎样呢？爸爸一定去庐山，我想先回京赶速订婚，随后拉了娘一同走京汉下去，也到庐山去住几时。我十分感到暑天上山的必要，与你身体也有关系，你得好好劝娘及早预备！多快活，什么理想都达到了！我还说北京顶好备一所房子，爸说北京危险，也许还有大遭灾的一天。我说那不见得吧！我就说陶太太说起的那所房子，爸似乎有兴趣，他说可以看看去。但这且从缓，好在不急。我们婚后即得回南，京寓布置尽来得及也。我急想回京，但爸还想留住我，你赶快叫适之来电要我赶他动身前去津见面，那爸许放我早走。有事情，再谈吧！

你的欢畅了的摩摩

一九二六年二月二十三日自上海

眉：

我在适之这里。他新近照了一张相，荒谬！简直是个小白脸儿哪！他有一张送你的，等我带给你。我昨晚独自在硖石过夜（爸妈都在上海）。十二时睡下去，醒过来以为是天亮，冷得不堪，头也冻，脚也冻，谁知正打三更。听着窗外风声响，再也不能睡熟，想爬起来给你写信。其实冷不过，没有钻出被头勇气。但怎样也睡不着，又想你，蜷着身子想梦，梦又不来。从三更听到四更，从四更听尽五更，才又闭了一回眼。早车又回上海来了。北京来人还是杳无消息。你处也没信，真闷。栈房里人多，连写信都不便，所以我特地到适之这里来，随便写一点给你。眉眉，有安慰给你，事情有些眉目了。昨晚与娘舅寄父谈，成绩很好。他们完全谅解，今天许有信给我爸，但愿下去顺手，你我就登天堂了，妈昨天笑着说我："福气太好了，做爷娘的是孝子孝到底的了。"但是眉眉，这回我真的过了不少为难的时刻。也该的，"为我们的恋爱"可不是？昨天随口想诌几行诗，开头是：

> 我心头平添了一块肉，
> 这辈子算有了归宿！
> 看白云在天际飞。
> 听雀儿在枝上啼。
> 忍不住感恩的热泪，
> 我喊一声天，我从此知足！
> 再不想望更高远的天国！

眉眉，这怎好？我有你什么都不要了。文章、事业、荣耀，我都不要了。诗、美术、哲学，我都想丢了。有你我什么都有了。抱住你，就比抱住整个的宇宙，还有什么缺陷，还有什么想望的余地？你说这是有志气还是没志气？你我不知道，娘听了，一定骂。别告诉她，要不然她许不要这没出息的女婿了。你一定在盼着我回去，我也何尝不时刻想往眉眉胸怀里飞。但这情形真怕一时还走不了。怎好？爸爸与娘近来好吗？我没有直接信，你得常常替我致意。他们待我真太好了，我自家爹娘，也不过如此。适之在下面叫了，我们要到高梦旦家吃饭去，明天再写。

摩摩祝眉眉福

正月十一日

一九二六年二月二十四日自上海

小龙我爱：

真烦死人。至少还得一星期才能成行！明早有船到，满望幼仪来，见过就算完事一宗，转身就走。谁知她乘的是新丰船，十六日方能到此，她到后至少得费我两三天才能了事。故预期本月二十前才能走，至少得十天后才能见你，怎不闷死了我？同时你那里天天盼着我，又不来信，我独自在此连信札的安慰都得不到，真太苦了！你也不算算，怎的年内写了两封就不再写，就算寄不到，打往回，又有什么要紧。你摩摩在这里急。你知道不？明天我想给你一个电报，叫你立刻写信或是来电，多少也给我点安慰。眉眉，这日子没有你，比白过都不如。怎么我都不要，就要你。我几次想丢了这里。牟妻运虽则不好，但我此后艳福是天生的。我的太太不仅绝美，而且绝慧，说得活现，竟像对准了我只美又慧的小眉娘说的。你说多怪！又说：就我有以白头到老，十分的美满，没有缺陷，也不会出乱子。我听了，不能不谢谢金口！眉眉，真的，我妈说的对，她说我太享福了！眉，我有福消受你吗？

近来《晨报》不知道怎样，你看不看？江绍原盼望我有东西往回寄，但我如何有心思写？不但现在，就算这回事情办妥当了，回北京见了你，我哪还舍得一刻丢开你。能否提起心来写文章与否，很是问题，这怎好？而且这来，无谓地捱了至少一星期十天工夫。回京时编辑教书的任务，又逼着来，想起真烦。我真恨不得一把拖了你往山里一躲，什么人事都不问，单只你我俩细细地消受蜜甜的时刻！娘又该骂我了，明天再写。

摩问眉好

正月十二日

一九二六年二月二十五日自上海

至亲爱的小眉：

　　昨晚发信后，正在踌躇，怎样给你去电。今早上你的电从硖石转了来。我怎不知道你急？我的眉眉！盼望我的复电可以给你些安慰。我的信想都寄到，"蓝信"英文的十封，中文的一封，此外非蓝信不编号的不知有多少封。除了有一天没有写，总算天天给我眉做报告的。白天的事情其实是太平常。一天足写。夜里睡不着的时候多，梦不很有，有也记不清，将来还是看你的吧。今天我得到消息，更觉得愁了，张女士坐新丰轮来，要二月二十七日才从天津开，真把我肚子都气瘪。这来她至少三月一二才能到，我得待着在这里等，你说多冤！方才我又对爸爸提了，我说眉急得凶，我想走了。他说，他知道，但是没办法，总得等她到后，结束了才能走，否则你自己一样不安心不是；北京那里你常有信去，想也不至过分急。所以我只得耐心等，这是一个不快消息。第二件事叫我操心的，是报上说李景林打了胜仗，又逼近天津了，这可不是玩，万一京津路再像上回似的停顿起来，那怎么好？我们只能祷告天帮忙着我们：一，我们大家圆满解决；二，我们及早可以重聚，不至再有麻烦。眉你怎不来信？你说我在上海过最干枯的日子，连你的信都见不着，怎过得去？

　　眉眉，我们尝受过的阻难也不少了，让我们希望此后永远是平安。我倒也不是完全为我们自己着想，为两边的高堂是真的。明明走了，前两天唐有壬、欧阳予倩走，我眼看他们一个个的往回走。就只我落在背后，还有满肚子的心事，真是无从叫苦。英国的赔款委员全到了，开会在天津，我一定拉适之同走。回头再接写！

摩问眉
正月十三日

一九二六年二月二十六日自上海

久之今天走,我托他带走一网篮,但是里面你的东西一样也没有,偏熬熬你,抵拼将来受你的!我不能就走,真急,但我去定船了,至迟三月四一定动身。这来我的牺牲已经不小不小!

现在房里有不少人,写信不便,我叫久之过来面见你,对你说我的近况,叫你放心等着,只要路上不发生乱子,我十天内总有希望见眉眉了,这信托久之面交,你有话问他。下午另函再写。

堂上问候!

摩摩
正月十四日

一九二六年二月二十六日自上海

眉眉乖乖:

今天托久之带京网篮一只,内有火腿茶菊,以及家用托买的两包。你一双鞋也带去,看适用否,缎鞋年前已卖完,这双尺寸恰好,但不怎么好。茶菊你替我留下一点,我要另送人。今天我又替你买了一双我自以为极得意的鞋,你一定欢喜,北京一定买不出,是外国做来的,价钱可不小。你的大衣料顶麻烦,我看过,也问过,但始终没有买,也许不买,到北京再说。你说要厚呢夹大衣,那还不是冬天用的,薄的倒有好看的,怕又买不合适。天台桔子倒有,临走时再买,早买要坏。火腿恐不十分好,包头里的好,我还想去买些,自己带。

适之真可恶,他又不走了!赔款委员会仍在上海开,他得在此接洽，他不久搬去沧州别墅。

昨晚有人请我妈听戏，我也陪了去，听的你说是什么？就是上次你想听没听着的《新玉堂春》。尚小云唱得真不坏。下回再有，一定请眉眉听去。

朱素云也配得好，昨晚戏园里挤得简直是水泄不通。戏情虽则简单，却是情形有趣。三堂会审后，穿蓝的官与王金龙作对，他知道王三一定去监牢里会苏三，故意守他们正在监内绸缪的时候，带了衙役去查监。吓得王三涂了满面窑煤，装疯混了出去。后来穿红的官做好人，调和了他们，审清了案子，苏三挂红出狱。苏三到客店里去梳妆一节，小云做得极好，结局拜天地团圆，成全了一对恩爱夫妻。这戏不坏。但我看时也只想着眉眉，她说不定几时候怎样坐立不安地等着我哩！

眉眉，我真的心烦。什么事也做不成。今天想写一点给副刊，提了笔直发愣，什么也没有写成。大约在我见眉之前，什么事都不用想了，这几十天就算是白活的，真坑人！思想也乱得很，一时高飞，一时沉底，像在梦里似的，与人谈话也是心不在焉地慌。眉眉，不知道你怎样，我没有你简直不能做人过日子。什么繁华，什么声色，都是甘蔗滓，前天有人很热心地要介绍电影明星，我一点也没兴趣，一概婉辞谢绝。上海可不了，这班所谓明星，简直是"火腿"的变相，哪里还是干净的职业，眉眉，你想上银幕的意思趁早打消了吧！我看你还是往文学美术方面，耐心地做去。不要贪快，以你的聪明，只要耐心，什么事不成，你真的争口气，羞羞这势利世界也好！

你近来身体怎样，没有信来真急人，昨天有船到，今天还是没有信。大概你压根儿就没有写。我本该明天赶到京和我的爱眉宝贝同过元宵的，谁知我们还得磨折，天罚我们冷清清地一个在南，一个在北，冷眼看人家热闹，自己伤心！

新月社一定什么举动也没，风景煞尽的了！你今晚一定特别地难过，满望摩摩元宵回京，谁知道还是这形单影只的！你也只能自己譬解譬解，将来我们温柔的福分厚着，蜜甜的日子多着，名分定了，谁还抢得了？

我今晚仍伴妈睡，爸在杭未回。昨晚在第一台见一女，长得真美，妈都看呆了。那一双大眼真惊人，少有得见的。见时再详说。

堂上请安。

摩摩问候
元宵前夜

一九二六年二月二十七日自上海

眉我的乖：

昨晚写了信，托沈久之带走，他又得后天才走，我恨不能打长电给你。将来无线电实行后，那就便了。本来你知道一百五十年前寄信，不但在中国是麻烦不堪的事，俗话说的一纸家书值万金，就在外国也是十二分的不方便。在英国邮政是分区域的，越远越贵，从伦敦寄信到苏格兰要花不少的钱。后来有一个叫威廉什么的，他住在伦敦，他的爱人在苏格兰，通信又慢又贵。他气极了，就想了一个办法，就是现在邮政的制度。寄信不论远近，在国内收费一律。他在议会上了一个条陈，叫作"便士信"，意思是一便士可以寄一封信。这条陈提出议会时，大家哄堂大笑。有一个有名的政治家宣言，他一辈子从不曾听见过这样荒谬透顶的主张，说这个人一定是疯的，怎么一便士可以寄信到苏格兰，不是太匪夷所思了！但后来这位情急先生的主张竟然普遍实行了。现在我们邮政有这样利便，追溯源委，也还全亏"恋爱的灵感"，你说有趣不？但这一打仗，什么都停顿了。手边又没有青鸟，这灵犀耿耿，向何处慰情去？从前欧洲大战时，邦交断绝时，邮政不通，有隔了五年才寄到的信！现在我们中间，只差了二三千里路,但为政治捣乱,害得我们信都不得如意地通。将来飞机邮政一定得实行,那就不碍事了,眉眉你也一定有同样的感想!方才派人去买船票了,至迟三日四日不能不动身。再要走不成,我一定得疯了。这来已经是够危险,李景林已取马厂,第三军无能,天津旦夕可下。假如在我赶到之前,京津要是又断了,那真怎么好!我立定主意冒险也得赶进京。眉,天保佑,你等着吧。今天与徐振飞谈得极投机,他也懂得我,银行界中就他与王文伯有趣,此外市侩居多,例如子美。怎好,今天还不是元宵?你我中秋不曾过成,新年没有同乐,元宵又毁了。眉爱,你怎样想我,我是"心头如火"。振铎(郑振铎,主编《小说月报》《世界文库》等)邀去吃饭,有几个文学家要会我,我得喝几杯,眉眉,我祝福你!

你的顶亲亲的摩摩
元宵

一九二六年七月九日自硖石

眉爱:

只有十分钟写信,迟了今晚就寄不出。我现在在硖石了,与爸爸一同回来的,妈还留在上海,住在何家。今晚我与爸爸去山上(硖西的西山)住,大约正式的"谈天"该在今晚吧!我伯父日前中了"半肢疯",身体半边不能活动,方才去看他,谈了一回,所以连写信的时间都没有了。

眉,我还只是满心的不愉快,身体也不好,没有胃口,人瘦得凶,很多人说不认识了,你说多怪。但这是暂时的,心定了就好,你不必替吾着急。今天说起回北京,我说二十边,爸爸说不成,还得到庐山去哪!我真急,不明白他意思究竟是怎么样!快写信吧!

今晚明天再写！祝你好，盼你信。（还没有！孙延杲的倒来了。）

摩摩吻你
七月九日

一九二六年七月十七日自硖石

小眉芳睐：

昨宿西山，三人谑浪笑傲，别饶风趣。七搔首弄姿，竟像煞有介事。海梦呓连篇，不堪不堪！今日更热，屋内升九十三度，坐立不宁，头昏犹未尽去。今晚决赴杭，西湖或有凉风相邀待也。

新屋更须月许方可落成，已决安置冷热水管。楼上下房共二十余间，有浴室二。我等已派定东屋，背连浴室，甚符理想。新屋共安电灯八十六，电料我自去选定，尚不太坏，但系暗线，又已装妥，将来添置不知便否？眉眉爱光，新床左右，尤不可无点缀也。此屋尚费商量，因旧屋前进正挡前门，今想一律拆去，门前五开间，一律作为草地，杂种花木，方可像样。惜我爱卿不在，否则即可相偕着手布置矣，岂不美妙。楼后有屋顶露台，远瞰东西山景，颇亦不恶。不料辗转结果，我父乃为我眉营此香巢；无此固无以寓此娇燕，言念不禁莞尔。我等今夜去杭，后日（十九）乃去天目。看来二十三快车万赶不及，因到沪尚须看好家具陈设，煞费商量也。如此至早须月底到京，与眉聚首虽近，然别来无日不忐忑若失。眉无摩不自得，摩无眉更手足不知所措也。

昨回硖，乃得适之复电，云电码半不能读，嘱重电知。但期已过促，今日计程已在天津，电报又因水患不通，竟无以复电。然去函亦该赶到，但愿冯六处已有接洽，此是父亲意，最好能请到，想六爷自必乐为玉成也。

眉眉，日来香体何似？早起之约尚能做到否？闻北方亦奇热，遥念爱眉独处困守，神驰心塞，如何可言？闻慰慈将来沪，帮丁在君办事，确否？京中友辈已少，慰慈万不能秋前让走；希转致此意，即此默吻眉肌颂儿安好。

摩

七月十七日

一九二六年七月十八日自硖石

眉眉：

简直的热死了，昨夜还在西山上住。又病了，这次的病妙得很，完全是我眉给我的。昨天两顿饭也没有吃，只吃了一盆蒸馄饨当点心，水果和水倒吃了不少。结果糟透了，不到半夜就发作，也和你一样，直到天亮还睡不安稳。上面尽打嗝儿，胃气直往上冒，下面一样的连珠。我才知道你屡次病的苦。简直与你一模一样，肚子胀，胃气发，你说怪不怪？今天吃了一顿素餐，肚又胀了。天其实热不过，躲在屋子里汗直流。这样看来，你病时不肯听话，也并不是你特别倔强，我何尝不知道吃食应该十分小心，但知道自知道，小心自不小心，有什么办法？今晚我们玩西湖去，明早六时坐长途汽车去天目山，约正午可到。这回去本不是我的心愿，但既然去了，我倒盼望有一两天清凉日子过，多少也叫我动身北归以前喘一喘气。想起津浦的铁篷车其实有些可怕。天目的景致另函再详。适之回爸爸的信到了，我倒不曾想到冯六有这层推托。文伯也好，他倒是我的好友。但适之何以托蒋梦麟代表，我以为他一定托慰慈的。梦麟已得行动自由吗？

昨天上海邮政罢工，你许有信来，我收不到。这恐怕又得等好几天，天目回头，才能见到我爱的信，此又一闷。我到上海，要办几桩事。一是购置我们新屋里的新家具。你说买什么的好？北京朱太太家那套藤的我倒看的对，但卧房似乎不适宜。床我想买 twin 的，别致些。你说哪样好？赶快写回信，许还来得及。我还得管书屋的布置。这两件事完结，再办我们的订婚礼品。我想就照我们的原议，买一只宝石戒，另配衣料。眉乖！你不知道，我每天每晚怎样急得要回京，也不全为私。《晨报》这老托人也不是事，不是？但老太爷看得满不在乎，只要拉着我伴他。其实呢，也何尝才应该，独生儿子在假期中难得随侍几天。无奈我的神魂一刻不得眉在左右，便一刻不安。你那里也何尝不然？老太爷若然体谅，正应得立即放我走哩。按现在情形看来，我们的婚期至早得在八月初。因为南方不过七月半，不会天凉。像这样天时，老太爷就是愿意走，我都要劝阻他的。并且家祠屋子没有造起，杂事正多着哩！

乖囡！你耐一点子吧。迟不到月底，摩摩总可以回到"眉轩"来温存我唯一的乖儿。这回可不比上次，眉眉，你得好好替我接风才是。老金他们见否？前天见一余寿昌，大骂他，骂他没有脑筋。堂上都好否？替我叩安。写不过二纸，满身汗已如油，真受不了。这天时便亲吻也嫌太热也？但摩摩深吻眉眉不释。

七月十八日

一九二六年七月二十一日自西天目山

眉儿：

在深山中与世隔绝，无从通问，最令悁悁。三日来由杭而临安，行数百里，纤道登山。旅中颇不少可纪事，皆愿为眉一一言之，恨邮传不达，只得暂纪于此，归时再当畅述也。

前日发函后，即与旅伴（歆海、老七及李藻孙）出游湖，以为晚凉可有乐者,岂意湖水尚热如汤,风来烘人,益增烦懑。舟过锦华桥,便访春润庐,适值蔡鹤卿(即蔡元培)先生驻踪焉。因遂谒谈有倾。蔡氏容貌甚癯,然肤色如棕如铜,若经鞣然,意态故蔼婉恂恂,所谓"婴儿"者非欤?谈京中学业,甚愤慨,言下甚坚绝,决不合作:"既然要死,就应该让他死一个透,这样时局,如何可以混在一起?适之倒是乐观,我很感念他,但事情还是没有办法的,我无论如何不去。"

平湖秋月已设酒肆,稍近即闻汗臭。晚间更有猥歌声,湖上风流更不可问矣。移棹向楼外楼,满拟一棹幽静,稍远尘嚣。讵此楼亦经改作,三层楼房,金漆辉煌,有屋顶,有电扇。昔日闲逸风趣竟不可复得。因即楼下便餐,菜亦视前劣甚。柳梢头明月依然,仰对能毋愧煞!

仁圃蟠桃味甘乃无伦,新莲亦冽香激齿。眉此时想亦在莲瓢中讨生活也。

夜间旅客房中有一趣闻:一土妓伴客即宿矣,忽遁迹不见。遍觅无有,而前后门固早扃。迨日向晨,始于楼上便室中发现,殊可噱。

十九日早六时起,六时二十分汽车开行,约八时到临安。修道甚佳,一路风色尤媚绝,此后更不虞路难矣。临安登轿,父亲体重,舆夫三名不胜,增至四,四犹不胜,增至六。上山时簇拥邪许而前,态至狼狈。十时半抵螺丝岭,新筑有屋,住僧为备饭。十二时又前行,及四时乃抵山麓。小憩龙泉寺,啖粥点心。乃盘道上山,幸云阻日光,山风稍动,不过热。轿夫皆称老爷福量大。登山一里一凉亭,及第五亭乃见瀑,猥泻石罅间,殊不庄严。近人为筑亭,颜天琴,坐此听瀑,远瞰群岗,亦一小休。到此东天目钟声剪空而来,山林震荡,意致非常。

今寓保福楼,窗前山色林香,别有天地。左一峦顶,松竹丛中,钟楼在焉。昨晚月色朦胧,忽复明爽,约藻孙与七步行入林,坐石上听泉,有顷乃归,所思邈矣。夜凉甚重,厚衾裹卧,犹有寒意。

二十日早上山,去昭明太子分经台,欲上寻龙潭,不成,悻悻折回。登山不到顶,此第一次也。又去寺右侧洗眼池。山中风色描写不易。杉佳、竹佳、钟声佳，外此则远眺群山，最使怡旷。

二十一日早下山。十时到西天目。地当山麓，寺在胜间，胜地也。

一九二七年十一月二十七日自南京

眉：

昨刘太太亦同行，剪发烫发，又戴上霞飞路十八元毡帽，长筒丝袜，绣花手套，居然亭亭艳艳，非复"吴下阿蒙"，甚矣巴黎之感化之深也。

午快车等于慢车。每站都停，到南京已九时有余。一路幸有同伴，尚不难过。忆上次到南京，正值龙潭之役。昨夜月下经过，犹想见血肉横飞之惨。在此山后数十里，我当时坐洋车绕道避难，此时都成陈迹矣。

歆海家一小洋房，平屋甚整洁。湘玫理家看小孩，兼在大学教书，甚勤。因我来特为制新被褥借得帆布床，睡客堂中，暖和舒服不让家中。昨夜畅睡一宵，今晨日高始起。即刻奚若、端升光临了。你昨夜能熬住不看戏否？至盼能多养息。我事毕即归，弗念。阿哥已到否？为我候候。

此间天气甚好，十月小阳春也。

摩摩
十一月二十七日
父母前叩安湘玫附候

一九二八年五月九日自北京

眉爱：

这可真急死我了，我不说托汤尔和（曾任北洋政府教育总长）给设法坐小张（即张学良）的福特机吗？好容易五号的晚上，尔和来信说：七号顾少川走，可以附乘。我得意极了。东西我知道是不能多带的，我就单买了十几个沙营，胡沈的一大篓子，专为孝敬你的。谁知六号晚上来电说：七号不走，改八号；八号又不走，改九号；明天（十号）本来去了，凭空天津一响炮，小顾又不能走。方才尔和通电：竟连后天走得成否都不说了。你说我该多么着急？我本想学一个飞将军从天而降，给你一个意外的惊喜，所以不曾写信。同时你的信来，说又病的话，我看愣了简直的。咳！我真不知怎么说、怎么想才是。乖！你也太不小心了，如果真是小产，这盘账怎么算？我为此待了这两天，又急于你的身体，满想一脚跨到。飞机六小时即可到南京，要快当晚十一点即可到沪，又不花本，那是多痛快的事！谁想又被小鬼的炮声给耽误了，真可恨！

你想，否则即使今天起，我此时也已经到家了。孩子！现在只好等着，他不走，我更无法，如何是好？但也许说不定他后天走，那我也许和这信同时到也难说。反正我日内总得回，你耐心候着吧，孩子！

请告瑞午，大雨的地是本年二月押给营业公司一万二千两。他急于要出脱，务请赶早进行。他要俄国羊皮帽，那是天津盛锡福的，北京没有。我不去天津，且同样货有否不可必，有的贵到一二百元的，我暂时没有法子买。天津还不知闹得怎样了，北京今天谣言蜂起，吓得死人。我也许迁去叔华家住几天，因她家无男子，仅她与老母幼子，她又胆小。但我看北京不至出什么大乱子，你不必为我担忧，我此行专为看你，生意能成固好，否则你也顾不得。且走颇不易，因北大同人都相约表示精神，故即成行亦须于三五日内赶回，恐你失望，故先说及。

文伯信多谢。我因不知他地址，他亦未来信，以致失候，负罪之至，但非敢疏慢也。临走时趣话早已过去忘却，但传闻麻兄演成妙语，真可谓点金妙手。麻兄毕竟可爱！一笑。但我实在着急你的身体，这样下去怎么得了。我真恨日本人，否则今晚即可欢然聚话矣。

相见不远，诸自珍重！

摩摩吻上
九日

一九二八年六月十七日自神户途中[1]

亲爱的：

离开了你又是整一天过去了。我来报告你船上的日子是怎么过的。我好久没有甜甜地睡了。这一时尤其是累，昨天起可有了休息了，所以我想以后生活觉得太倦了的时候，只要坐船，就可以养过来。长江船实在是好，我回国后至少我得同你去来回汉口坐一次。你是城里长大的孩子，不知道乡居水居的风味，更不知道海上河上的风光，这样的生活实在是太窄了，你身体坏一半也是离天然健康的生活太远的缘故。你坐船或许怕晕，但走长江乃至走太平洋决不至于。因为这样的海程其实说不上是航海，尤其在房间里，要不是海水和机轮的声响，你简直可以疑心这船是停着的。昨晚给你写了信就洗澡上床睡，一睡就着，因为太倦了，一直睡到今早上十点钟才起来。早饭已吃不着，只喝一杯牛奶。穿衣服最是一个问题，昨晚上吃饭，我穿新做那件米色华丝纱，外罩春舫式的坎肩，照照镜子，还不至于难看。文伯也穿了一件艳绿色的绸衫子，两个人联袂而行，趾高气扬地进餐堂去。我倒懊恼中国衣带太少了，尤其那件新做蓝的夹衫，我想你给我寄纽约去，只消挂号寄，不会遗失的，也许有张单子得填，你就给我寄吧，用得着的。还有人和里我看中了一种料子，只要去信给田先生，他知道给染什么颜色。染得了，让拿出来叫云裳（指徐志摩在上海开设的

---

[1] 徐志摩此次出国旅行历时五个月，六月中旬赴日本，下旬抵美国，八月由美去英国，九月抵巴黎，十月到印度，十一月经新加坡回国。

云裳服装公司）按新做那件尺寸做，安一个嫩黄色的极薄绸里子最好。因为我那件旧的黄夹衫已经褪色，宴会时不能穿了。你给我去信给爸爸。或是他还在上海，让老高去通知关照人和要那件料子。我想你可以替我办吧。还有衬里的绸裤褂（扎脚管的）最好也给做一套，料子也可以到人和要去，只是你得说明白材料及颜色。你每回寄信的时候不妨加上"via Vancouver"（意为"经由温哥华"）也许可以快些。

今天早上我换了洋服，白哔叽裤，灰法兰绒褂子，费了我好多时候，才给打扮上了，真费事。最糟的是我的脖子确先从十四吋半长到了十五吋，而我的衣领等都还是十四吋半，结果是受罪。尤其是瑞午送我那件特别 shirt，领子特别小，正怕不能穿，那真可惜。穿洋服是真不舒服，脖子、腰、脚，全上了镣铐，行动都感到拘束，哪有我们的服装合理，西洋就是这件事情欠通，晚上还是中装。

饭食也还要得，我胃口也有渐次增加的趋向。最好一样东西是桔子，真正的金山桔子，那个儿的大，味道之好，同上海卖的是没有比的。吃了中饭到甲板上散步，走七转合一哩，我们是宽袍大袖，走路斯文得很。有两个牙齿雪白的英国女人走得快极了，我们走小半转，她们走一转。船上是静极了的，因为这是英国船，客人都是些老头儿，文伯管他们叫作 retired burglars（意为"退休的窃贼"），因为他们全是在东方赚饱了钱回家去的。年轻女人虽则也有几个，但都看不上眼，倒是一位似乎福建人的中国女人长得还不坏。可惜她身边永远有两个年轻人拥护着，说的话也是我们没法懂的，所以也只能看看。到现在为止，我们跟谁都没有交谈过，除了房间里的 boy（意为"侍者"），看情形我们在船上结识朋友的机会是少得很，英国人本来是难得开口，我们也不一定要认识他们。船上的设备和布置真是不坏。今天下午我们各处去走了一转，最上层的甲板是叫 sun deck，可以太阳浴。那三个烟囱之粗，晚上看看真吓人。一个游泳池真不坏，碧清的水逗人得很，我可惜不会游水，否则天热了，一天浸在里面都可以的。健身房也不坏，小孩子另有陈设玩具的屋子。图书室也好，只有是书少而不好。音乐也还要得,晚上可以跳舞,但没人跳。电影也有,没有映过。我们也到三等烟舱里去参观了,那真叫我骇住了,简直是一个Chiantown(唐人街)的变相,都是赤膊赤脚地、横七竖八地躺着,此外摆着十几只长方的桌子,每桌上都有一两人坐着,许多人围着。我先不懂,文伯说了,我才知道是"摊",赌法是用一大把棋子合在碗下,你可以放注,庄家手拿一根竹条,四颗四颗地拨着数,到最后剩下的几颗定输赢。看情形进出也不小,因为每家跟前都是有一厚叠的钞票。这真是非凡,赌风之盛,以至于此!还有一件奇事,你随便什么时候可以叫广东女人来陪,呜呼!中华的文明。

下午望见有名的岛山,但海上看不见飞鸟。方才望见一列的灯火,那是长崎,我们经过不停。明日可到神户,有济远来接我们,文伯或许不上岸。我大概去东京,再到横滨,可以给你寄些小玩意儿,只是得买日本货,不爱国了,不碍吗?

我方才随笔写了一短篇《下昆冈》的小跋,寄给你,看过交给上沅付印,你可以改动,你自己有话的时候不妨另写一段或是附在后面都可以。只是得快些,因为正文早已印齐,等我们的序跋和小鹣的图案了,这你也得马上逼着他动手,再迟不行了!再伯生他们如果真演,来请你参观批评的话,你非得去,标准也不可太高了,现在先求有人演,那才看出戏的可能性,将来我回来,自然还得演过。不要忘了我的话。同时这夏天我真想你能写一两个短戏试试,有什么结构想到的就写信给我,我可以帮你想想,我对于话戏是有无穷愿望的,你非得大大地帮我忙,乖囡!

你身体怎样,昨天早起了不太累吗?冷东西千万少吃,多多保重,省得我在外提心吊胆的!

妈那里你去信了没有?如未,马上就写。她一个人在也是怪可怜的。爸爸、娘大概是得等竞武信,再定搬不搬。你一人在家各事都得警醒留神,晚上早睡,白天早起,各事也有个接洽,否则你迟睡,淑秀也不早起,一家子就没有管事的人了,那可不好。

文伯方才说美国汉玉不容易卖,因为他们不承认汉玉,且看怎样。明儿再写了,亲爱的,哥哥亲吻你一百次,祝你健安。

摩摩
十七日夜

一九二八年六月十八日自东京途中

亲爱的:

我现在一个人在火车里往东京去。车子震荡得很凶,但这是我和你写信的时光,让我在睡前和你谈谈这一天的经过。济远隔两天就可以见你,此信到,一定远在他后,你可以从他知道我到日时的气色,等等。他带回去一束手绢,是我替你匆匆买得的,不一定别致,到东京时有机会再去看看,如有好的,另寄给你。这真是难解决,一面是为爱国,我们决不能买日货,但到了此地看各样东西制作之灵巧,又不能不爱。济远说:你若来,一定得装几箱回去才过瘾。说起我让他过长崎时买一筐日本大樱桃给你,不知他能记得否。日本的枇杷大极了,但不好吃。白樱桃亦美观,但不知可口不。

我们的船从昨晚起即转入岛国的内海,九州各岛灯火辉煌,于海波澎湃夜色苍茫中,各具风趣。今晨起看内海风景,美极了,水是绿的,岛屿是青的,天是蓝的。最相映成趣的是那些小渔船一个个扬着各色的渔帆,黄的、蓝的、白的、灰的,在轻波间浮游,我照了几张,但因背日光,怕不见好。饭后船停在神户口外,日本人上船来检验护照。

我上函说起那比较看得的中国的女子,大约是避绑票一类,全家到日本上岸。我和文伯说这样好,一船上男的全是蠢,女的全是丑,此去十余日如何受得了。我就想象如果乖你同来的话,我们可以多么堂皇地并肩而行，叫一船人尽都侧目！大风头非得到外国出，明年咱们一定得去西洋——单是为呼吸海上清新的空气也是值得的。

　　船到四时才靠岸，我上午发无线电给济远的，他所以约了鲍振青来接，另外同来一两个新闻记者，问这样问那样的，被我几句滑话给敷衍过去了，但相是得照一个的，明天的神户报上可见我们的尊容了。上岸以后，就坐汽车乱跑，街上新式的雪佛洛来跑车最多，买了一点东西，就去山里看雌雄泷瀑布，当年叔华的兄姊淹死或闪死的地方。我喜欢神户的山，一进去就扑鼻的清香，一般凉爽气侵袭你的肘腋，妙得很。一路上去有卖零星手艺及玩具的小铺子，我和文伯买了两根刻花的手杖。我们到雌雄泷池边去坐谈了一阵，暝色从林木的青翠里浓浓地沁出，飞泉的声响充满了薄暮的空山，这是东方山水独到的妙处。下山到济远寓里小憩。说起洗澡，济远说现在不仅通伯敢于和别的女人一起洗，就是叔华都不怕和别的男性共浴，这是可咋舌的一种文明！

　　我们要了大葱面点饥，是葱而不臭，颇入味。鲍君为我发电报，只有平安两字，但怕你们还得请教小鹅，因为用日文发要比英文便宜几倍的价钱。出来又吃鳗饭，又为鲍君照相（此摄影大约可见时报）。赶上车，我在船上买的一等票，但此趟急行车只有睡车二等而无一等，睡车又无空位，怕只得坐这一宵了。明早九时才到东京，通伯想必来接。后日去横滨上船，想去日光或箱根一玩，不知有时候否。

　　曼，你想我不？你身体见好不？你无时不在我切念中，你千万保重，处处加爱，你已写信否？过了后天，你得过一个月才得我信，但我一定每天给你写，只怕你现在精神不好，信过长了使你心烦。我知道你不喜欢我说哲理话，但你知道你哥哥爱是深入骨髓的。我亲吻你一千次。

摩摩

十八日

一九二八年六月二十三日自西雅图途中

Empress of Canada

June 23rd, 1928

Darling:

This is the 8th day On board and I haven't told you much about what it feels to be on board such a big ship as the Empress of Canada. The fact is we very much regret having taken to this boat instead of one of the Dollarline boats. This is a Canada ship, a Britisher, not American. Consequently the atmosphere on board is pervaded with that British chill which is made doubly worse by the sea chill of the Northern Pacific. You mean to tell me this is summer time? Yes, except in the sight of here and the rebarely surviving white flannels and white canvas shoes one finds it extremely difficult to make out any trace of summer. Enter the drawing room sand you feel (not surprisedly) the good of the radiators heartily at work again; go to the decks and you feel the good of caps and over coats and heavy shawls and thick team ship rugs tightly tugged round your sides; look at the sea and you are confronted with indifferent masses of steely water hemmed in by hazy horizons and over cast with a misty firmament that promises neither sunlight or gladhuedclouds. And you mean to tell me that this is summer, the month of June?

Wemps just proposed a star plan to us which, if success—fully carried out will combine art and money. " Go to join the Hollywood crowd and make a million gold dollars of fortune out of say three years' work. " He say he can think of no better plan than that.

注：此信译文如下：

亲爱的：

　　这已经是我在船上的第八天了，无法对你细述我在加拿大女皇号这样的巨轮上的种种感想。事实上，我们非常后悔没有搭乘大莱公司的船而选择了这艘。这艘加拿大船是英国式而不是美国式的，因此船上无处不感到一种英国式的阴冷气氛，再加上北太平洋原有的阴冷空气，便更加不好受了。你不是告诉过我这是夏天吗？没错，可是除了眼前的难得见到的白色法兰绒上衣和白皮鞋之外，哪里还有什么夏日的迹象？走进客舱就会感到暖气开足的舒适，这又何足为奇，上了甲板，你会感到紧紧裹在帽子、大衣、厚实围巾以至船用毯子中间是多么明智。放眼海面，只见灰暗的海水延伸到雾蒙蒙的天际，上面的苍穹同样浓云密布，不见一线的阳光或者彩云。你不是告诉过我这是盛夏、这是六月？

　　文伯刚给我们出了个去当明星的主意，如能实现，不仅艺术上能成功，还能发财。"去好莱坞干它三年，挣上百万金元。"他说再没有更妙的主意了。

一九二八年六月二十三日
加拿大女皇号轮上

一九二八年六月二十四日自西雅图途中

眉眉：

　　我说些笑话给你听。这一个礼拜每晚上，我都躲懒，穿上中国大褂不穿礼服，一样可以过去。昨晚上文伯说，这是星期六，咱们试试礼服吧。他早一个钟头就动手穿，我直躺着不动，以为要穿就穿，哪用着多少时候。但等到动手的时候，第一个难关就碰到了领子。我买的几个硬领尺寸都太小了些,这罪可就受大了,而且是笑话百出。因为你费了多大劲把它放进了一半,一不小心,它又out了!简直弄得手也酸了,胃也快翻了,领子还是扣不进去。没法想,只得还是穿了中国衣服出去。今天赶一个半钟点前就动手,左难右难,哭不是,笑不是的麻烦了足足一个时辰,才把它扣上了。现在已经吃过饭,居然还不闹乱子,还没有out!这文明的麻烦真有些受不了。到美国我真想常穿中国衣,但又只有一件新做的可穿,我上次信要你替我去做,不知行不?

  海行冷极了,我把全副行头都给套上,还觉得凉。天也阴凄凄的不放晴,在中国这几天正当黄梅,我们自从离开日本以来简直没有见过阳光,早晚都是这晦气脸的海和晦气脸的天。甲板上的风又受不了,只得常常躲在房间里。唯一的消遣是和文伯谈天。这有味!我们连着谈了几天了,谈不完的天。今天一开眼就——喔,不错,我一早做一个怪梦,什么Freddy叫陶太太拿一把根子闹着玩儿给打死了——一开眼就捡到了society ladies(即社会名媛)的题目瞎谈,从唐瑛讲到温大龙(one dollar)(即一美元),从郑毓秀讲到小黑牛。这讲完了,又讲有名的姑娘,什么爱之花、潘奴、雅秋、亚仙的胡扯了半天。这讲了,又谈当代的政客,又讲银行家、大少爷、学者、学者们的太太们,什么都谈到了。曼!天冷了,出外的人格外思家。昨天我想你极了,但提笔写可又写不上多少话。今天我也真想你,难过得很,许是你也想我了。这黄梅时阴凄的天气谁不想念他的亲爱的?

  你千万自己处处格外当心——为我。

  文伯带来一箱女衣,你说是谁的?陈洁如你知道吗?蒋介石的太太,她和张静江的三小姐在纽约,我打开她箱子来看了,什么尺呀,粉线袋,百代公司唱词本儿、香水、衣服,什么都有。等到纽约见了她,再做详细报告。

  今晚有电影,Billie Dove 的,要去看了。

摩摩的亲吻
六月二十四日

一九二八年六月二十五日自西雅图途中

六月二十五

　　明天我们船过子午线，得多一天。今天是二十五，明天本应二十六，但还是二十五，所以我们在船上得多一个礼拜一，要多活一天。不幸我们是要回来的，这捡来的一天还是要丢掉的。这道理你懂不懂？小孩子！我们船是向东北走的，所以愈来愈冷。这几天太太小姐们简直皮小氅都穿出来了。但过了明天，我们又转向东南，天气就一天暖似一天。到了 Victoria（维多利亚）就与上海相差不远了。美国东部纽约以南一定已经很热，穿这断命的外国衣服，我真有点怕，但怕也得挨。

　　船上吃饭睡足，精神养得好多，脸色也渐渐是样儿了。不比在上海时，人人都带些晦气色。身体好了，心神也宁静了。要不然我昨晚的信如何写得出？那你一看就觉得到这是两样了。上海的生活想想真是糟。陷在里面时，愈陷愈深；自己也觉不到这最危险，但你一跳出时，就知道生活是不应得这样的。

　　这两天船上稍为有点生气，前今两晚举行一种变相的赌博：赌的是船走的里数，信上说是说不明白的。但是 auction sweep（即"扫荡拍卖"）一种拍卖倒是有点趣味——赌博的趣味当然。我们输了几块钱。今天下午，我们赛马，有句老话是：船顶上跑马，意思是走投无路。但我们却真的在船上举行赛马了。我说给你听：地上铺一条划成六行二十格的毯子，拿六只马——木马当然，放在出发的一头，然后拿三个大色子掷在地上；如其掷出来是一二三，那第一第二第三三个马就各自跑上一格；如其接着掷三个一点，那第一只马就跳上了三步。这样谁先跑完二十格，就得香槟。买票每票是半元，随你买几票。票价所得的总数全归香槟，按票数分得，每票得若干。比如六马共卖一百张票，那就是五十元。香槟马假如是第一马，买的有十票，那每票就派着十元。今天一共举行三赛，两次普通，一次"跳浜"；我们赢得了两块钱，也算是好玩。

第二个六月二十五

今天可纪念的是晚上吃了一餐中国饭，一碗汤是鲍鱼鸡片，颇可口，另有广东咸鱼草菇球等四盆菜。我吃了一碗半饭，半瓶白酒，同船另有一对中国人：男姓李，女姓宋，订了婚的，是广东李济深的秘书；今晚一起吃饭，饭后又打两圈麻将。我因为多喝了酒，多吃了烟，颇不好受；头有些晕，赶快逃回房来睡下了。

今天我把古董给文伯看，他说这不行，外国人最讲考据，你非得把古董的历史原原本本地说明不可。他又说：三代铜器是不含金质的，字体也太整齐，不见得怎样古；这究是几时出土，经过谁的手，经过谁评定，这都得有。凡是有名的铜器在考古书上都可以查得的。这克炉是什么时代，什么铸的，为什么叫"克"？我走得匆促，不曾详细问明，请瑞午给我从详（而且须有根据，要靠得住）即速来一个信，信面添上——"Via Seattle"（即"经由西雅图"），可以快一个礼拜。还有那瓶子是明朝什么年代，怎样的来历，也要知道。汉玉我今天才打开看，怎么爸爸只给我些普通的。我上次见过一些药铲什么好些的，一样都没有，颇有些失望，但我当然去尽力试卖。文伯说此事颇不易做，因为你第一得走门路，第二近年来美国人做冤大头也已经做出了头。近来很精明了，中国什么路货色什么行市，他们都知道。第二即使有了买主，介绍人的佣金一定不小，比如济远说在日本卖画，卖价五千，卖主真拿到手的不过三千，因为八大（即"八大山人"）那张画他也没有敢卖，而且还有我们身份的关系，万一他们找出证据来说东西靠不住，我们要说大话，那很难为情。不过他倒是有这一路的熟人，且碰碰运气去看。竞武他们到了上海没有？我很挂念他们。要是来了,你可以不感寂寞,家下也有人照应了;如未到来信如何说法,我不另写信了;他们早晚到,你让他们看信就得。

　　我和文伯谈话,得益很多。他倒是在暗里最关切我们的一个朋友。他会出主意,你是知道的。但他这几年来单身人在银行界最近在政界怎样地做事,我也才完全知道,以后再讲给你听。他现在背着一身债,为要买一个清白,出去做事才立足得住。在一般人看来,他是一个大傻子,因为他放过明明不少可以发财的机会不要,这是他的品格,也显出他志不在小,也就是他够得上做我们朋友的地方。他倒很佩服娘,说她不但能干而有思想,将来或许可以出来做做事。在船上是个极好反省的机会。我愈想愈觉得我俩有赶快 wake up 的必要。上海这种疏松生活实在是要不得,我非得把你身体先治好,然后再定出一个规模来,另辟一个世界,做些旁人做不到的事业,也叫爸娘吐气。

　　我也到年纪了,再不能做大少爷,马虎过日,近来感受种种的烦恼,这都是生活不上正轨的缘故。曼,你果然爱我,你得想想我的一生,想想我俩共同的幸福;先求养好身体,再来做积极的事。一无事做是危险的,饱食暖衣无所用心,决不是好事。你这几个月身体如能见好,至少得赶紧认真学画和读些正书。要来就得认真,不能自哄自,我切实的希望你能听摩的话。你起居如何?早上何时起来?这第一要紧——生活革命的初步也。

摩亲吻你

一九二八年七月二日自西雅图

曼:

　　不知怎的车老不走了,有人说前面碰了车;这可不是玩,在车上不比在船上,拘束得很,什么都不合适,虽则这车已是再好没有的了，我们单独占一个房间，另花七十美金，你说多贵！前昨的经过始终不曾说给你听，现在补说吧！Victoria 这是有钱人休息的一个海岛，人口有六七万，天气最好，至热不过八十度，到冷不逾四十，草帽、白鞋是看不见的。住家的房子有很好玩的，各种的颜色玲巧得很，花木哪儿都是，简直找不到一家无花草的人家。这一季尤其各色的绣球花、红白的月季，还有长条的黄花、紫的香草，连绵不断的全是花。空气本来就清，再加花香，妙不可言。街道的干净也不必说。我们坐车游玩时正九时，家家的主妇正铺了床，把被单到廊下来晒太阳。送牛奶的赶着空车过去，街上静得很；偶尔有一两个小孩在街心里玩，但最好的地方当然是海滨：近望海里，群岛罗列，白鸟飞翔，已是一种极闲适之景致；远望更佳，夏令配克高峰都是戴着雪帽的，在朝阳里煊耀：这使人尘俗之念，一时解化。我是个崇拜自然者，见此如何不倾倒！游罢去皇后旅馆小憩；这旅馆也大极了，花园尤佳，竟是个繁花世界，草地之可爱，更是中国所不可得见。

中午有本地广东人邀请吃面，到一北京楼，面食不见佳，却有一特点：女堂倌是也。她那神情你若见了，一定要笑，我说你听。

  姑娘是琼州生长的女娃！
生来粗眉大眼刮刮叫的英雌相，
  打扮得像一朵荷花透水鲜，
  黑绸裙，白丝袜，粉红的绸衫，
  再配上一小方围腰；
  她走道儿是玲叮当，
  她开口时是有些儿风骚；
  一双手倒是十指尖；
  她跟你斟上酒又倒上茶……

据说这些打扮得娇艳的女堂倌，颇得洋人的喜欢。因为中国菜馆的生意不坏，她们又是走码头的，在加拿大西美名城子轮流做招待的。她们也会几只山歌，但不是大老板，她们是不赏脸的。下午四时上船，从维多利亚到西雅图，这船虽小，却甚有趣。客人多得很，女人尤多。在船上，我们不说女人没有好看的吗？现在好了，越向内地走，女人好看的似乎越多，这船上就有不少看得过的。但我倦极了，一上船就睡着了。这船上有好玩的，一组女人的音乐队，大约不是俄国人便是波兰人吧！打扮得也有些妖形怪气的，胡乱吹打了半天，但听的人实在不如看的人多！船上的风景也好，我也无心看，因为到岸就得检验行李过难关。八时半到西雅图，还好，大约是金问泗的电报，领馆里派人来接，也多亏了他，出了些小费，行李居然安然过去。现在无妨了，只求得到主儿卖得掉，否则原货带回，也够扫兴的不是？当晚为护照行李足足弄了两小时，累得很，一到客栈，吃了饭，就上床睡。不到半夜又醒了，总是似梦非梦地见着你，怎么也睡不着。临睡前额角在一块玻璃角上撞起了一个窟窿，腿上也磕出了血，大约是小晦气，不要紧的，你们放心。昨天早上起来去车站买票，弄行李，离开车尚有一小时。雇一辆汽车去玩西雅图城，这是一个山城，街道不是上，就是下，有的峻险极了，看了都害怕。山顶就一只长八十里的大湖叫 Lake Washington（即华盛顿湖）。

可惜天阴，望不清。但山里住家可太舒服了。十一时上车，车头是电气的，在万山中开行，说不尽的好玩。但今朝又过好风景，我还睡着错过了！可惜。后天是美国共和纪念日，我们正到芝加哥。我要睡了，再会！

妹妹
摩
七月二日

一九二八年七月五日自纽约

亲爱的：

整两天没有给你写信，因为火车上实在震动得太厉害，人又为失眠难过，所以索性耐着，到了纽约再写。你看这信笺就可以知道我们已经安到我们的目的地——纽约。方才浑身都洗过，颇觉爽快。这是一个比较小的旅馆，但房金每天合中国钱每人就得十元，房间小得很，虽则有澡室，等等，设备还要得。出街不几步，就是世界有名的 Fifth Avenue（第五大道）。这道上只有汽车，那多就不用提了。我们还没有到 K. C. H. 那里去过，虽则到岸时已有电给他，请代收信件。今天这三两天怕还不能得信，除非太平洋一边的邮信是用飞船送的，那看来不见得。说一星期吧，眉你的第一封信总该来了吧，再要不来，我眼睛都要望穿了。眉，你身体该好些了吧？如其还要得，我盼望你不仅常给我写信，并且要你写得使我宛然能觉得我的乖眉小猫儿似的常在我的左右！我给你说说这几天的经过情形，最苦是连着三四晚失眠。前晚最坏了，简直是彻夜无眠，也不知道什么原因。一路火旺得很，一半许是水土，上岸头几天又没有得水果吃，所以烧得连口唇皮都焦黑了。现在好容易到了纽约，只是还得忙，第一得寻一个适当的 apartment（公寓）。夏天人家出外避暑，许有好的出租。第二得想法出脱带来的宝贝。说起昨天过芝加哥，我们去 Museum of Natural History（自然历史博物馆）走来了。那边有一个玉器专家叫 Lanfer，他曾来中国收集古董。印一本讲玉器的书，要卖三十五美金。昨天因为是美国国庆纪念，他不在馆，没有见他。可是文伯开玩笑，给出一个主意，他让我把带来的汉玉给他看，如他说好，我就说这是不算数，只是我太太 Madama Hsu Siaoman（即陆小曼）的小玩意儿 collection（收藏品）她老太爷才真是好哪。他要同意的话，就拿这一些玉全借给他，陈列在他的博物院里，请本城或是别处的阔人买了捐给院里。文伯又说：我们如果吹得得法的话，不妨提议让他们请爸爸做他们驻华收集玉器代表。这当然不过是这么想，但如果成的话，岂不佳哉？我先寄此，晚上再写。

摩

一九二八年七月五日

一九二八年十月四日自孟买途中

爱眉：

久久不写中国字，写来反而觉得不顺手。我有一个怪癖，总不喜欢用外国笔墨写中国字，说不出的一种别扭，其实还不是一样的。昨天是十月三号，按阳历是我俩的大喜纪念日，但我想不用它，还是从旧历以八月二十七孔老先生生日那天作为我们纪念的好；因为我们当初挑的本来是孔诞日而不是十月三日，那你有什么意味？昨晚与老李喝了一杯cocktail（鸡尾酒），再吃饭，倒觉得脸烘烘热了一两个钟头。同船一班英国鬼子都是粗俗到万分，每晚不是赌钱赛马，就是跳舞闹，酒间里当然永远是满座的。这班人无一可谈，真是怪，一出国的英国鬼子都是这样的粗伧可鄙。那群舞女 bawdy company（应召女郎）不必说，都是那一套，成天光着大腿子，打着红脸红嘴赶男鬼胡闹，淫骚粗丑的应有尽有。此外的女人大半都是到印度或缅甸去传教的一群干瘪老太婆，年纪轻些的，比如那牛津姑娘（要算她还有几分清气），说也真妙，大都是送上门去结婚的。我最初只发现那位牛津姑娘（她名字叫Sidebottom，多难听！）是新嫁娘，谁知接连又发现至九个之多，全是准备流血去的！单是一张饭桌上，就有六个大新娘，你说多妙！这班新娘子，按东方人看来也真看不惯，除了真丑的，否则每人也都有一个临时朋友，成天成晚地拥在一起，分明她们良心上也不觉得什么不自然，这真是洋人洋气。

我在船上饭量倒是特别好，菜单上的名色总得要过半。这两星期除了看书（也看了十来本书），多半时候就在上层甲板看天看海。我的眼望到极远的天边。我的心也飞去天的那一边。眉你不觉得吗，我每每凭栏远眺的时候，我的思绪总是紧绕在我爱的左右，有时想起你的病态可怜，就不禁心酸滴泪。每晚的星月是我的良伴。

自从开船以来，每晚我都见到月，不是送她西没，就是迎她东升。有时老李伴着我，我们就看看海天，也谈着海天，满不管下层船客的闹，我们别有胸襟，别有怀抱，别有天地！

乖眉，我想你极了，一离马赛，就觉得归心如箭，恨不能一脚就往回赶。此去印度真是没法子，为还几年来的一个心愿，在老头（指泰戈尔）升天以前再见他一次，也算尽我的心。像这样抛弃了我爱，远涉重洋来访友，也可以对得住他的了。所以我完全无意留连，放着中印度无数的名胜异迹，我全不管，一到孟买（Bombay）就赶去 Calcutta（加尔各答）见了老头，再顺路一到大吉岭，瞻仰喜马拉雅的风采，就上船径行回沪。眉眉，我的心肝，你身体见好否？半月来又无消息，叫我如何放心得下，这信不知能否如期赶到，但是快了，再一个月你我又可交抱相慰的了！

香港电到时，盼知照我父。

摩的热吻

一九二八年十二月十三日自北平

小曼：

到今天才偷着一点闲来写信，但愿在写完以前更不发生打岔。到了北京是真忙，我看人，人看我，几个转身就把白天磨成了夜。先来一个简单的日记吧。

星期六在车上又逢着了李济之大头先生，可算是欢喜冤家，到处都是不期之会。车误了三个钟头，到京已晚十一时。老金、丽琳、瞿菊农，都来站接我。故旧重逢，喜可知也。老金他们已迁入叔华的私产那所小洋屋,和她娘分住两厢,中间公用一个客厅。初进厅老金就打哈哈,原来新月社那方大地毯,现在他家美美地铺着哪。如此说来,你当初有些错冤了王公厂了。丽琳还是那旧精神,开口难幺闭口面的有趣。老金长得更丑更蠢更笨更呆更木更傻不离难了!他们一开口当然就问你,直骂我,说什么都是我的不是,为什么不离开上海?为什么不带你去外国,至少上北京?为什么听你在腐化不健康的环境里耽着?这样那样的听说了一大顿,说得我哑口无言。本来是无可说的!丽琳自告奋勇她要去上海看看你倒是怎么回事。种种的废话都是长翅膀的,可笑却也可厌。他俩还得向我开口正式谈判哪,可怕!

Emma 已不和他们同住,不合适,大小姐二小姐分了家了。当晚 Emma 也来了,她可也变了样,又老又丑,全不是原先巴黎、伦敦丰采,大为扫兴。

第二天星期一,早去协和,先见思成。梁先生(指梁启超)的病情谁都不能下断语,医生说希望绝无仅有,神智稍为清宁些,但绝对不能见客,一兴奋病即变相。前几天小便阻塞,过一大危险,亦为兴奋。因此我亦只得在门缝里张望,我张了两次:一次正躺着,难看极了,半只脸只见瘦黑而焦的皮包着骨头,完全脱了形了,我不禁流泪;第二次好些,他靠坐着和思成说话,多少还看出几分新会先生的神采。昨天又有变象,早上忽发寒热,抖战不止。热度升至四十以上,大夫一无捉摸,但幸睡眠甚好,饮食亦佳。老先生实在是绞枯了脑汁,流干了心血,病发作就难以支持,但也还难说,竟许他还能多延时日。梁大小姐亦尚未到。思成因日前离津去奉,梁先生病已沉重,而左右无人做主,大为一班老辈朋友所责备。彼亦面黄肌瘦,看看可怜。林大小姐(即林徽因)则不然,风度无改,涡媚犹圆,谈锋尤健,兴致亦豪,且亦能吸烟卷喝啤酒矣!

星期中午老金为我召集新月故侣,居然尚有二十余人之多。计开:

任叔永夫妇、杨景任、熊佛西夫妇、余上沅夫妇、陶孟和夫妇、邓叔存、冯友兰、杨金甫、丁在君、吴之椿、瞿菊农等，彭春临时赶到，最令高兴，但因高兴喝酒即多，以致终日不适，腹绞脑胀，下回自当留意。

星期晚间在君请饭，有彭春及思成夫妇，瞎谈一顿。昨天星一早去石虎胡同蹇老处，并见慰堂，略谈任师身后布置，此公可称以身殉学问者也，可敬！午后与彭春约同去清华，见金甫等。彭春对学生谈戏，我的票也给绑上了。没法摆脱。罗校长（即罗家伦）居然全身披挂，威风凛凛，杀气腾腾，然其太太则十分循顺，劝客吃糖食十分殷勤也。晚归路过燕京，见到冰心女士，承蒙不弃，声声志摩，颇非前此冷傲，异哉。与 P. C. 进城吃正阳楼双脆烧炸肥瘦羊肉，别饶风味。饭后看荀慧生翠屏山，配角除马富禄外，太觉不堪，但慧生真慧，冶荡之意描写入神，好！戏完即与彭春去其寓次长谈。谈长且畅，举凡彼此两三年来屯聚于中者一齐倾吐无遗，难得难得！直至破晓，方始入寐，彭春惧一时不能离南开；乃兄已去国，二千人教育责任，尽在九爷肩上，然彭春极想见曼，与曼一度长谈。一月外或可南行一次，我亦亟望其能成行也。P. C. 真知你我者。如此知己，仅矣！今日十时去汇业见叔濂，门锁人愁，又是一番景象。此君精神颇见颓丧，然言自身并无亏空，不知确否。

午间思成、藻孙约饭东兴楼，重尝乌鱼蛋芙蓉鸡片。饭后去淑筠家，老伯未见，见其姬，函款面交。希告淑筠，去六阿姨处，无人在家，仅见黑哥之母。三舅母处想明日上午去，西城亦有三四处朋友也。今晚杨邓请饭，及看慧生全本《玉堂春》。明晚或可一见小楼、小余之八大槌。三日起居住，絮絮述来，已有许多，俱见北京友生之富。然而京华风色不复从前，萧条景象，到处可见，想了伤心。友辈都要我俩回来，再来振作番风雅市面，然而已矣！

曼！日来生活如何，最在念中，腿软已见除否？夜间已移早否？

我归期尚未能定。大约下星四动身。但梁如尔时有变，则或尚须展缓，文伯、慰慈已返京，尚未见。文伯麻子今煌煌大要人矣。

堂上均安不另。

汝摩亲吻
星期二

一九二八年十二月二十三日自陇海线途中

Darling：

车现停在河南境内（陇海路上），因为前面碰车出了事，路轨不曾修好，大约至少得误点六小时，这是中国的旅行。老舍处电想已发出，车到如在半夜，他们怕不见得来接，我又说不清他家的门牌号数，结果或须先下客栈。同车熟人颇多，黄稼寿带了一个女人，大概是姨太太之一。他约我住他家。我倒是想去看看他的古董书画。你记得我们有一次在他家吃饭，Obata 请客吗？他的鼻子大得出奇，另有大鼻子同车，罗家伦校长先生是也。他见了我只是窘，尽说何以不带小曼同行，煞风景，煞风景，要不然就吹他的总司令长，何应钦、白崇禧短，令人处处齿冷。

车上极挤，几乎不得坐位，因有相识人多定卧位，得以高卧。昨晚自十时半睡至今日十时，大畅美，难得。地在淮北河南，天气大寒，朝起初见雪花，风来如刺。此一带老百姓生活之苦，正不可以言语形容。同车有熟知民间苦况者，为言民生之难堪；如此天时，左近乡村中之死于冻饿者，正不知有多少。即在车上望去，见土屋墙壁破碎，有仅盖席子作顶，聊蔽风雨者。人民都有菜色，镶手寒战，看了真是难受。回想我辈穿棉食肉，居处奢华，尚嫌不足，这是何处说起。我每当感情动时，每每自觉惭愧，总有一天我也到苦难的人生中间去尝一分甘苦；否则如上海生活，令人筋骨衰腐，志气消沉，哪还说得到大事业！

眉，愿你多多保重，事事望远处从大处想，即便心气和平，自在受用。你的特点即在气宽量大，更当以此自勉。我的话，前晚说的，千万常常记得，切不可太任性。盼有来信。

爸娘前请安，临行未道别为罪。

汝摩
星期五

一九三一年二月二十四日自北平

眉：

前天一信谅到，我已安到北平。适之父子和丽琳来车站接我。胡家一切都替我预备好，被窝等等一应俱全。我的两件丝棉袍子一破一烧，胡太太都已替我缝好。我的房间在楼上，一大间，后面是祖望（胡适之子）的房，再过去是澡室，房间里有汽炉，舒适得很。温源宁要到今晚才能见，固此功课如何，都还不得而知，恐怕明后天就得动手工作。北京天气真好，碧蓝的天，大太阳照得通亮，最妙的是徐州以南满地是雪，徐州以北一点雪都没有。今天稍有风，但也不见冷。前天我写信后，同小郭去钱二黎处小坐，随后到程连士处（因在附近），程太太留吃点心，出门时才觉得时候太迟了些，车到江边跑极快，才走了七分钟，可已是六点一刻。最后一趟过江的船已于六点开走，江面上雾茫茫的只见几星轮船上的灯火。我想糟，真闹笑话了，幸亏神通广大，居然在十分钟内，找到了一只小火轮，单放送我过去。我一个人独立苍茫，看江涛滚滚，别有意境。到了对岸，已三刻，赶快跑，偏偏桔子篓又散了满地，狼狈之至。等到上车，只剩了五分钟，你说险不险！同房间一个救世军的小军官。同车相识者有翁咏霓（翁文灏）。车上大睡，第一晚因大热，竟致梦魇。一个梦是湘眉那猫忽然反了，约了另一只猫跳上床来攻打我，凶极了，我几乎要喊救命。说起湘眉要那猫，不为别的，因为她家后院也闹耗子，所以要它去镇压镇压。它在我们家，终究是客，不要过分亏待了它，请你关照荷贞等，大约不久，张家有便，即来携取的。我走后你还好否？想已休养了过来。过年是有些累。我在上海最苦是不够睡。娘好否？说我请安。碻石已去信否？小蝶墨盒及信已送否？大夏（上海大夏大学，徐志摩曾在该校兼课）六十元支票已送来否？来信均盼提及，电报不便，我或者不发了。此信大后日可到。你晚上睡得好否？立盼来信！常写要紧。早睡早起，才乖。

汝摩

二月二十四日

一九三一年二月自北京

眉爱：

　　前日到后，一函托丽琳付寄，想可送到。我不曾发电，因为这里去电报局颇远，而信件三日内可到，所以省了。现在我要和你说的是我教书事情的安排。前晚温源宁来适之处，我们三个人谈到深夜。北大的教授（三百）是早定的，不成问题。只是任课比中大的多，不甚愉快。此外还是问题，他们本定我兼女大教授，那也有二百八，连北大就六百不远。但不幸最近教部严令禁止兼任教授，事实上颇有为难处，但又不能兼。如仅仅兼课，则报酬又甚微，六点钟不过月一百五十。总之此事尚未停当，最好是女大能兼教授，那我别的都不管，有二百八和三百，只要不欠薪，我们两口子总够过活。就是一样，我还不知如何？此地要我教的课程全是新的，我都得从头准备，这是件麻烦事。倒不是别的，因为教书多占了时间，那我愿意写作的时间就得受损失。适之家地方倒是很好，楼上楼下，并皆明敞。我想我应得可以定心做做工。奚若昨天自清华回，昨晚与丽琳三人在玉华台吃饭。老金今晚回，晚上在他家吃饭。我到此饭不曾吃得几顿，肚子已坏了。方才正在写信，底下又闹了笑话，狼狈极了。上楼去，偏偏水管又断了，一滴水都没有。你替我想想是何等光景？（请不要逢人就告，到底年纪不小了，有些难为情的。）最后要告诉你一件我决不曾意料的事。思成和徽音我以为他们早已回东北，因为那边学校已开课。我来时车上见郝更生夫妇，他们也说听说他们已早回，不想他们不但尚在北平而且出了大岔子，惨得很，等我说给你听。我昨天下午见了他们夫妇俩，瘦得竟像一对猴儿，看了真难过。你说是怎么回事？他们不是和周太太（梁大小姐）思永夫妇同住东直门的吗？一天徽音陪人到协和去，被她自己的大夫看见了，他一见就拉她进去检验，诊断的结果是病已深到危险地步，目前只有停止一切劳动，到山上去静养。孩子、丈夫、朋友、书，一切都须隔绝，过了六个月再说话，那真是一个晴天里霹雳。这几天小夫妻俩就像是热锅上的蚂蚁直转，房子在香山顶上有，但问题是叫思成怎么办？徽音又舍不得孩子，大夫又绝对不让，同时孩子也不强，日见黄白。你要是见了徽音，眉眉，你一定吃吓。她简直连脸上的骨头都看出来了，同时脾气更来得暴躁。思成也是可怜，主意东也不是，西也不是。凡是知道的朋友，不说我，没有不替他们发愁的。真有些惨，又是爱莫能助，这岂不是人生到此天道宁论？丽琳谢谢你，她另有信去。你自己这几日怎样？何以还未有信来？我盼着！夜晚睡得好否？寄娘想早来。瑞午金子已动手否？盼有好消息！娘好否？我要去东兴，郑苏戡在，不写了。

摩吻

一九三一年三月四日自北平

至爱妻：

　　到北平已八日，离家已十一日，仅得一函，至为关念。昨得虞裳来书，称洵美得女，你也去道喜。见你左颊微肿，想必是牙痛未愈，或又发。前函已屡嘱去看牙医，不知已否去过，已见好否？我不在家，一切都须自己当心。即如此消息来，我即想到你牙痛苦楚模样，心甚不忍。要知此虚火，半因天时，半亦起居不时所至。此一时你须决意将精神身体全盘整理，再不可因循自误。南方不知已放晴否？乘此春时，正好努力。可惜你左右无精神振爽之良伴，你即有志，亦易于奄奄蹉跎。同时时日不待，光阴飞谢，实至可怕。即如我近两年，亦复苟安贪懒，一无朝气。此次北来，重行认真做事，颇觉吃力。但果能在此三月间扭回习惯，起劲做人，亦未为过晚。所盼者，彼此忍受此分居之苦，至少总应有相当成绩，庶几彼此可以告慰。此后日子借此可见光明，亦快心事也。此星期已上课，北大八小时，女大八小时，昨今均七时起身，连上四课。因初到须格外卖力（学生亦甚欢迎），结果颇觉吃力，明日更烦重，上午下午两处跑，共有五小时课。星期六亦重，又因所排功课，皆非我所素习，不能不稍事预备，然而苦矣。晚睡仍迟，而早上不能不起。胡太太说我可怜，但此本份内事，连年舒服过当，现在正该加倍地付利息了。

　　女子大学的功课本是温源宁的，繁琐得很。八个钟点不算，倒是六种不同科目，最烦。地方可是太美了。原来是九爷府，后来常荫槐买了送给杨宇霆的。王宫大院，真是太好了。每日煤就得烧八十多元。时代真不同了。现在的女学生一切都奢侈，打扮真讲究，有几件皮大氅，着实耀眼。杨宗翰也在女大。我的功课都挤在星期三、四、五、六。这回更不能随便了。下半年希望能得基金讲座，那就好，教六个钟头，拿四五百元。余下功夫，有很可以写东西。目前怕只能做教匠。六阿姨他们昨天来此,今天我去。(第二次)赫哥请在一亚一吃饭。六姨定三月南去,小瑞亦颇想同行,不知成否。昨日元宵,我一人在寓,看看月色,颇念着你。半空中常见火炮,满街孩子欢呼。本想带祖望他们去城南看焰火,因要看书未去。今日下午亦未出门。赵元任夫妇及任叔永夫妇来便饭。小三等放花甚起劲。一年一度,元宵节又过去了。我此来与上次完全不同,游玩等事一概不来。除了去厂甸二次,戏也未看,什么也没有做。你可以放心。但我真是天天盼望你来信,我如此忙,尚且平均至少两天一信。你在家能有多少要公,你不多写,我就要疑心你不念着我。娘好否?为我请安。此信可给娘看看。我要做工了。如有信件一起寄来。

你的摩摩
元宵后一日

一九三一年三月七日自北平

至爱妻曼:

到今天才得你第二封信,真是眼睛都盼穿了。我已发过六封信,平均隔日一封也不算少,况且我无日无时不念着你。你的媚影站在我当前,监督我每晚读书做工,我这两日常责备她何以如此躲懒,害我提心吊胆,自从虞裳说你腮肿,我曾梦见你腮肿得西瓜般大。你是错怪了亲爱的。至于我这次走,我不早说了又说,本是一件无可奈何事。我实在害怕我自己真要陷入各种痼疾,那岂不是太不成话,因而毅然北来。今日崇庆也函说,母亲因新年劳碌发病甚详。我心里何尝不是说不出的难过。但愿天保佑,春气转暖以后,她可以见好。你,我岂能舍得。但思量各方情形,姑息因循大家没有好处,果真到了无可自救的日子那又何苦?所以忍痛把你丢在家里,宁可出外过和尚生活。我来后情形,我函中都已说及,将来你可以问胡太太即可知道。

我是怎样一个乖孩子,学校上课我也颇为认真,希望自励励人,重新再打出一条光明路来。这固然是为我自己,但又何尝不为你亲眉,你岂不懂得?至于梁家,我确是梦想不到有此一着,况且此次相见与上回不相同,半亦因为外有浮言,格外谨慎,相见不过三次,绝无愉快可言。如今徽音偕母挈子,远在香山,音信隔绝,至多等天好时与老金、奚若等去看她一次(她每日只有两个钟头可见客)。我不会伺候病,无此能干,亦无此心思。你是知道的,何必再来说笑我。我在此幸有工作,即偶尔感觉寂寞,一转眼也就过去,所以不放心的只有一个老母,一个你。还有娘始终似乎不十分了解,也使我挂念。我的知心除了你更有谁?你来信说几句亲热话,我心里不提有多么安慰?已经南北隔离,你再要不高兴我如何受得?所以大家看远一些,忍耐一些,我的爱你,你最知道,岂容再说。I may not love you so passionately as before but I love all the more sincerely and truly for all those years. And may this brief separation bring about another gush of passionate love from both sides so that each of us will be willing to sacrifice for the wake of the other! 我上课颇感倦,总是缺少睡眠。明日星期,本可高卧,但北大学生又在早九时开欢迎会,又不能不去。现已一时过,所以不写了。今晚在丰泽园,有性仁、老郑等一大群。明晚再写,亲爱的,我热烈地亲你。

摩

三月七日

一九三一年三月十六日自北平

眉:

　　上沅过沪,来得及时必去看你。托带现洋一百元,蜜饯一罐;余太太笑我那罐子不好,我说:外貌虽丑,中心甚甜。学校钱至今未领分文,尚有镠辒(他们想赖我二月份的)。但别急,日内即由银行寄。另有一事别忘,蔡致和三月二十三日出阁,一定得买些东西送,我贴你十元。蔡寓贝勒路恒庆里四十二(?)号,阿根知道,别误了期,不多写了。

摩
三月十六日

一九三一年三月十九日自北平

爱眉亲亲:

　　今天星四,本是功课最忙的一天,从早起直到五时半才完。又有莎菲茶会,接着 Swan 请吃饭,回家已十一时半,真累。你的快信在案上。你心里不快,又兼身体不争气,我看信后,十分难受。我前天那信也说起老母,我未尝不知情理。但上海的环境我实在不能再受。再窝下去,我一定毁;我毁,于别人亦无好处,于你更无光鲜。因此忍痛离开。母病妻弱,我岂无心?所望你能明白,能助我自救,同时你亦从此振拔,脱离痼疾,彼此回复健康活泼,相爱互助,真是海阔天空,何求不得?至于我母,她固然不愿我远离,但同时她亦知道上海生活于我无益,故闻我北行,绝不阻拦。我父亦同此态度,这更使我感念不置。你能明白我的苦衷,放我北来,不为浮言所惑,亦使我对你益加敬爱。但你来信总似不肯舍去南方。硖石是我的问题,你反正不回去。在上海与否,无甚关系。至于娘,我并不曾要你离开她。如果我北京有家,我当然要请她来同住。好在此地房舍宽敞,决不至如上海寓处的局促。我想只要你肯来,娘为你我同居幸福,决无不愿同来之理。你的困难,由我看来,决不在尊长方面,而完全是在积习方面。积重难返,恋土情重是真的。(说起报载法界已开始搜烟,那不是玩!万一闹出笑话来,如何是好?这真是仔细打点的时机了。)

我对你的爱，只有你自己最知道，前三年你初沾上习的时候，我心里不知有几百个早晚，像有蟹在横爬，不提多么难受。但因你身体太坏，竟连话都不能说。我又是好面子，要做西式绅士的。所以至多只是短时间绷长着一个脸，一切都郁在心里。如果不是我身体茁壮，我一定早得神经衰弱。我决意去外国时是我最难受的表示。但那时唯一希冀是你能明白我的苦衷，提起勇气做人。我那时寄回的一百封信，确是心血的结晶，也是漫游的成绩。但在我归时，依然是照旧未改，并且招恋了不少浮言。我亦未尝不私自难受，但实因爱你过深，不惜处处顺你从着你，也怪我自己意志不强，不能在不良环境中挣出独立精神来。在这最近二年，多因循复因循，我可说是完全同化了。但这终究不是道理！因为我是我，不是洋场人物。于我固然有损，于你亦无是处。幸而还有几个朋友肯关切你我的健康和荣誉，为你我另开生路，固然事实上似乎有不少不便，但只要你这次能信从你爱摩的话，就算是你牺牲，为我牺牲。就算你和一个地方要好，我想也不至于要好得连一天都分离不开。况且北京实在是好地方。你实在是过于执一不化，就算你这一次迁就，到北方来游玩一趟，不合意时尽可回去。难道这点面子都没有了吗？我们这对夫妻，说来也真是特别。一方面说，你我彼此相互地受苦与牺牲，不能说是不大。很少夫妇有我们这样的脚跟。但另一方面说，既然如此相爱，何以又一再舍得相离？你是大方，固然不错，但事情总也有个常理。前几年，想起真可笑。我是个痴子，你素来知道的。你真的不知道我曾经怎样渴望和你两人并肩散一次步，或同出去吃一餐饭，或同看一次电影，也叫别人看了羡慕。但说也奇怪，我守了几年，竟然守不着一单个的机会，你没有一天不是 engaged（意为"有约会"）的，我们从没有 privacy（意为"私生活"）过。到最近，我已然部分麻木，也不想望那种世俗幸福。即如我行前，我过生日，你也不知道。我本想和你同吃一餐饭，玩玩。临别前，又说了几次，想要实行至少一次的约会，但结果我还是脱然远走，一单次的约会都不得实现。你说可笑不？这些且不说它，目前的问题：第一还是你的身体。你说我在家，你的身体不易见好，现在我不在家了,不正是你加倍养息的机会?所以你爱我,第一就得咬紧牙根,养好身体;其次想法脱离习惯,再来开始我们美满的结婚幸福。我只要好好下去,做上三两年工,在社会上不怕没有地位,不怕没有高尚的名誉。虽则不敢担保有钱,但饱暖以及适度的舒服总可以有。你何至于遽尔悲观?要知道,我亲亲至爱的眉眉,我与你是一体的,情感思想是完全相通的。你那里一不愉快,我这里立即感到。心上一不舒适,如何还有勇气做事?要知道我在这里确有些做苦工的情形。为的无非是名气,为的是有荣誉的地位,为的是要得朋友们的敬爱,方便尤在你。我是本有颇高地位,用不着从平地筑起,江山不难取得,何不勇猛向前?现在我需要我缺少的只是你的帮助与根据于真爱的合作。眉眉!大好的机会为你我开着,再不可错过了。时候已不早(二时半),明日七时半即须起身。我写得手也成冰,脚也成冰。一颗心无非为你,聪明可爱的眉眉,你能不为我想想吗?

　　北大经过适之再三去说,已领得三百元。昨交兴业汇沪交账。女大无望,须到下月十日左右再能领钱,我又豁边了,怎好?南京日内或有钱,如到,来函提及。

　　祝你安好,孩子!上沉想已到,一百元当已交到。陈图南不日去申,要甚东西,来函告知。

你的摩摩
三月十九日　星四

一九三一年三月二十二日自北平

至爱眉:

　　前日发长函后,未曾得信。昨今两日特别忙,我说你听听。昨功课完后,三个地方茶会,又是外国人。你又要说顶不欢喜外国人,但北京有几个外国人确是并不讨厌，多少有学问，有趣味，所以你也不能一笔抹煞。你的洋人的印象多半是外交人员，但这不能代表的。昨晚又是我们二周聚餐同志的会期，先在丽琳处吃茶，后去玉华台吃饭，商量春假期内去逛长城十三陵或戒坛寺，我最想去大觉寺看数十里的杏花。王叔鲁本说请我去，不知怎样。饭后又去白宫跳舞场，遇见赫哥及小瑞一家，我和丽琳跳了几次，她真不轻，我又穿上丝棉，累得一身大汗。有一舞女叫绿叶，颇轻盈，极红。我居然也占着了一次，花了一元钱。北京真是一天热闹似一天，如果小张（指张学良）再来，一定更见兴隆，虽则不定是北京之福。今天星期，上午来不少客，燕京清华都来请讲演。新近有胡先骕者又在攻击新诗，他们都要我出来辩护，我已答应，大约月初去讲。这一开端，更得见忙，然亦无法躲避，尽力去做就是。下午与丽龙去中央公园看圆明园遗迹展览，遇见不少朋友。牡丹已渐透红芽，春光已露，四时回史家胡同，性仁、Rose 来茶谈演戏事，性仁因孟和在南京病，明日南下。她如到上海，许去看你，又是一个专使。Rose 这孩子真算是有她的，前天骑马闪了下来，伤了背腰。好！她不但不息，玩得更疯，当晚还去跳舞，连着三天照样忙，可算是 plucky（有勇气）之极。方才到六点钟，又有一个年轻洋人开车来接她。海不久回来，听说派了京绥路的事。R 演说她的闺房趣事，有声有色，我颇喜欢她的天真。但丽琳不喜欢她，我总觉得人家心胸狭窄，你以为怎样？七时我们去清水吃东洋饭。又是 Miss Richamd 和 Miss Jones 饭后去中和，是我点的戏，尚和玉的铁龙山，凤卿文昭关，梅的头二本虹霓关。我们都在后台看得很高兴。头本戏不好，还不如孟丽君。慧生、艳琴、姜妙香，更其不堪。二本还不错，这是我到此后初次看戏。明晚小楼又有戏（上星期有落马湖、安天会），但我不能去。眉眉，北京实在是比上海有意思得多，你何妨来玩玩。我到此不满一月，渐觉五官美通，内心舒泰。上海只是销蚀筋骨，一无好处。我雕像有照片，你一定说不像，但要记得"他"没有戴上眼镜，你可以给洵美、小鹅看看。眉眉，我觉得离家已有十年,十分想念你。小蝶他们来时你同来不好吗?你不在,我总有些形单影只,怪不自然的。请你写信硖石问两件事:一、丽琳那包衣料;二、我要新茶叶。

你的丈夫摩
二十二日

一九三一年四月一日自北平

贤妻如吻:

多谢你的工楷信,看过颇感爽气。小曼奋起,谁不低头。但愿今后天佑你,体健日增。先从绘画中发现自己本真,不朽事业,端在人为。你真能提起勇气,不懈怠,不间断地做去,不患不成名。但此时只顾培养功力,切不可容丝毫骄矜。以你聪明,正应取法上上,俾能于线条彩色间见真性情,非得人不知而不愠,未是君子。展览云云,非多年苦工以后谈不到。小曼聪明有余,毅力不足,此虽一般批评,但亦有实情。此后各须做到一字,拙夫不才,期相共勉。画快寄来,先睹为幸,此祝进步!

摩
四月一日

一九三一年四月九日自硖石

爱眉:

昨晚打电后,母亲又不甚舒服,亦稍气喘,不绝呻吟。我二时睡,天亮醒回。又闻呻吟，睡眠亦不甚好。今日似略有热度，昨日大解，又稍进烂面，或有关系。我等早八时即全家出门去沈家浜上坟。先坐船出市不远，即上岸走。蒋姑母谷定表妹亦同行。正逢乡里大迎神会。天气又好，遍里坊，尽是人。附近各镇人家亦雇船来看，有桥处更见拥挤。会甚简陋，但乡人兴致极高，排场亦不小。田中一望尽绿，忽来千百张红白绸旗，迎风飘舞，蜿蜒进行，长十丈之龙。有七八彩砌，楼台亭阁，亦见十余。有翠香寄柬、天女散花、三戏牡丹、吕布、貂蝉等彩扮。高跷亦见，他有三百六十行，彩扮至趣。最妙者为一大白牡牛，施施而行，神气十足。据云此公须尽白烧一坛，乃肯随行。此牛殊有古希风味，可惜未带照相器，否则大可留些印象。此时方回，明后日还有迎会。请问洵美有兴致来看乡下景致否？亦未易见到，借此来硖一次何如。方才回镇，船傍岸时，我等俱已前行。父亲最后，因篙支不稳，仆倒船头，幸未落水。老人此后行动真应有人随侍矣。今晚父亲与幼仪、阿欢同去杭州。我一个人留此伴母。可惜你行动不能自由，梵皇渡今亦有检查，否则同来侍病，岂不是好？洵美诗你已寄出否？明日想做些工，肩负过多，不容懒矣。你昨晚睡得好否？牙如何？至念！回头再通电，你自己保重！

摩

四月九日　星期四

一九三一年四月二十七日自硖石

爱眉：

　　我昨夜痧气，今日浑身酸痛，胸口气塞，如有大石压住，四肢瘫软无力。方才得你信颇喜，及拆看，更增愁闷。你责备我，我相当地忍受。但你信上也有冤我的话，再加我这边的情形你也有所不知。我家欺你，即是欺我，这是事实。我不能护我的爱妻，且不能护我自己，我也懊憹得无话可说。再加不公道的来源，即是自家的父亲，我那晚挺撞了几句，他便到灵前去放声大哭。外厅上朋友都进来劝不住，好容易上了床，还是唉声叹气地不睡。我自从那晚起，脸上即显得极分明，人人看得出。除非人家叫我，才回话。连爸爸我也没有自动开口过。这在现在情势下，我又无人商量，电话上又说不分明，又是在热孝里，我为母亲关系，实在不能立即便有坚决表示。这你该原谅。至于我们这次的受欺压，（你真不知道大殓那天，我一整天的绞肠的难受。）我虽懦顺，决不能就此罢休。但我却要你和我靠在一边，我们要争气，也得两人同心合力地来。我们非得出这口气，小发作是无谓的。别看我脾气好，到了僵的时候，我也可以僵到底的。并且现在母亲已不在。我这份家，我已经一无依恋。父亲爱幼仪，自有她去孝顺，再用不到我。这次拒绝你，便是间接离绝我，我们非得出这口气。所以第一你要明白，不可过分责怪我。自己保养身体，加倍用功。我们还有不少基本事情，得相互同心地商量，千万不可过于懊恼，以致成病。千万千万！至于你说我通同他人来欺你，这话我要叫冤。上星期六我回家，同行只有阿欢和惺堂。他们还是在北站上车的，我问阿欢，他娘在哪里！他说在沧洲旅馆，硖石不去。那晚上母亲万分危险，我一到即蹲在床里，靠着她，真到第二天下午幼仪才来。（我后来知道是爸爸连去电话催来的。）我为你的事，从北方一回来，就对父亲说。母亲的话，我已对你说过，父亲的口气，十分坚决，竟表示你若来他即走。随后我说得也硬。他（那天去上海）又说，等他上海回来再说。所以我一到上海，心里十分难受，即请你出来说话，不想你倒真肯做人，竟肯去父亲处准备受冷肩膀。我那时心里十分感爱你的明大体。其实那晚如果见了面，也许可讲通（父亲本是吃软不吃硬的）。不幸又未相逢。连着我的脚又坏得寸步难移，因而下一天出门的机会也就没有。等到星六上午父亲从硖石来电话，说母亲又病重，要我带惺堂立即回去，我即问小曼同来怎样？他说"且缓，你先安慰她几句吧！"所以眉眉，你看，我的难才是难。以前我何尝不是夹在父母与妻子中间做难人,但我总想拉拢,感情要紧。有时在父母面上你不很用心,我也有些难过。但这一次你的心肠和态度是十分真纯而且坦白,这错我完全派在父亲一边。只是说来说去,碍于母丧,立时总不能发作。目前没有别的,只能再忍。我大约早到五月四日,迟到五月五日即到上海,那时我你连同娘一起商量一个办法,多可要出这口气。同时你若能想到什么办法,最好先告知我,我们可以及早计算。我在此仅有机会向沈舅及许姨两处说过。好在到最后,一支笔总在我手里。我倒要看父亲这样偏袒,能有什么好结果?谁能得什么好处?人的倔强性往往造成不必要的悲惨。现在竟到我们的头上了,真可叹!但无论如何,你得硬起心肠,先把此事放在一边,尤要不可过分责怪我。因为你我相爱,又同时受侮,若再你我间发生裂痕,那不正中了他人之计了吗?

　　这点,你聪明人仔细想想,不可过分感情作用,记好了。娘听了我,想也一定赞同我的意见的。我仍旧向你我唯一的爱妻希冀安慰。

汝摩
二十七日

一九三一年五月十二日自北平

眉眉我爱:

　　你又犯老毛病了,不写信。现在北京上海间有飞机信,当天可到。我离家已一星期,你如何一字未来,你难道不知道我出门人无时不惦着家念着你吗?我这几日苦极了,忙是一件事,身体又不大好。一路来受了凉,就此咳嗽,出痰甚多。前两晚简直呛得不停,不能睡,胡家一家子都让我咳醒了。我吃很多梨,胡太太又做金银花、贝母等药给我吃,昨晚稍好些。今日天雨,忽然变凉。我出门时是大太阳,北大下课到奚若家中饭时,冻得直抖。恐怕今晚又不得安宁。我那封英文信好像寄航空的，到了没有？那一晚我有些发疯，所以写信也有些疯头疯脑的，你可不许把信随手丢。我想到你那乱，我就没有勇气写好信给你。前三年我去欧美印度时，那九十多封信都到哪里去了？那是我周游的唯一成绩，如今亦散失无存，你总得改良改良脾气才好。我的太太，否则将来竟许连老爷都会被你放丢了的。你难道我走了一点也不想我？现在弄到我和你在一起倒是例外，你一天就是吃，从起身到上床，到合眼，就是吃。也许你想芒果或是想外国白果倒要比想老爷更亲热更急。老爷是一只牛，他的唯一用处是做工赚钱，——也有些可怜：牛这两星期不但要上课还得补课，夜晚又不得睡，心里也不舒泰。天时再一坏，竟是一肚子的灰了！太太，你恶心字儿都不肯寄一个来？大概你们到杭州去了，恕我不能奉陪，希望天时好，但终得早起一些才赶得上阳光。北京花市极阑珊，明后天许陪歆海他们去明陵长城。但也许不去。娘身体可好？甚念！这回要等你来信再写了。

　　照片一包。已找到，在小箱中。

摩
星四

一九三一年五月十六日自北平

爱妻：

　　昨天大群人出城去玩。歆海一双，奚若一双，先到玉泉。泉水真好，水底的草叫人爱死，那样的翡翠才是无价之宝。还有的活的珍珠泉水，一颗颗从水底浮起，不由得看的人也觉得心泉里有灵珠浮起。次到香山，看访徽音，养了两月，得了三磅，脸倒叫阳光逼黑不少，充印度美人可不乔装。归途上大家讨论夫妻。人人说到你，你不觉得耳根红热吗？他们都说我脾气太好了，害得你如此这般。我口里不说，心想我曼总有逞强的一天，他们是无家不冒烟，这一点我俩最沾光，也不安烟囱，更不说烟。这回我要正式请你陪我到北京来，至少过半个夏。但不知你肯不肯赏脸？景任十分疼你，因此格外怪我，说我老爷怎的不做主。话说回来，我家烟虽不外冒，恰反向里咽，那不是更糟糕更缠牵？你这回西湖去，若再不带回一些成绩，我替你有些难乎为颜，奋发点儿吧，我的小甜娘！也是可怜我们，怎好不顺从一二？我方才看到一首劝孝，词意十分恳切，我看了，有些眼酸，因此抄一份给你，相期彼此共勉。

蒋家房子事，已向小蝶谈过否？何无回音？我们此后用钱更应仔细。蔗青那里我有些愁，过节时怕又得淹蹇，相差不过一月，及早打点为是。

娘一人守家多可怜，但我希望你游西湖心快活，身体强健。

你的摩
五月十六日

一九三一年五月××日自北平

宝贝：

你自杭自沪来信均到，甚慰。我定星一（即二十五）下午离平，星三晚十时可到沪（或迟一班车到亦难说。叫阿根十时即去不误。）次日星期四（二十八）一早七时或迟至九时车去硖石，因为即是老太爷寿辰。再隔两天，即是开吊，你得预备累乏几天。最好我到那晚，到即能睡，稍得憩息，也是好的。我这几天累得不成话，一切面谈！

汝摩

请电话通知洵美，二十七日晚我家有事交代，请别忘。

一九三一年五月二十九日自硖石

眉爱：

　　昨晚到家中，设有暖寿素筵。外客极少，高炳文却在老屋里。老小男女全来拜寿。新屋客有蒋姑母及诸弟妹，何玉哥、辰嫂、娟哥等。十一时起斋佛，伯父亦搀扶上楼（佛台设楼中间），颇热闹。我打了几圈牌，三时后上床。我睡东厢自己床，有罗纱帐，一睡竟对时，此时（四时）方始下楼。你回家须买些送人食品，不须贵重。行前（后天即阴历十五）先行电知。三时十五分车，我自会到站相候。侍儿带谁？此间一切当可舒服。余话用电时再说。娘请安。

摩摩
十三日（农历）

（"十三日"是阴历，阳历即1931年5月29日。）

一九三一年六月十四日自北平

我至爱的老婆：

　　先说几件事，再报告来平后行踪等情。第一，文伯怎么样了？我盼着你来信，他三弟想已见过，病情究有甚关系否？药店里有一种叫因陈，可煮当水喝，甚利于黄病。仲安确行，医治不少黄病。他现在北平，伺候副帅。他回沪定为他调理如何？只是他是无家之人，吃中药极不便，梦绿家或我家能否代煎？盼即来信。

　　第二是钱的问题，我是焦急得睡不着。现在第一盼望节前发薪，但即节前有，寄到上海，定在节后，而二百六十元期转眼即到，家用开出支票，连两个月房钱亦在三百元以上，节还不算。我不知如何弥补得来？借钱又无处开口。我这里也有些书钱、车钱、赏钱，少不了一百元，真的踌躇极了。本想有外快来帮助，不幸目前无一事成功，一切飘在云中，如何是好？钱是真可恶，来时不易，去时太易。我自阳历三月起，自用不算，路费等等不算，单就付银行及你的家用，已有二千零五十元。节上如再寄四百五十元，正合二千五百元，而到六月底还只有四个月，如连公债果能抵得四百元，那就有三千元光景，按五百元一月，应该尽有富余，但内中不幸又夹有债项。你上节的三百元，我这节的二百六十元，就去了五百六十元，结果拮据得手足维艰。此后又已与老家说绝，缓急无可通融。我想想，我们夫妻俩真是醒起才是！若再因循，真不是道理。再说我原许你家用及特用每月以五百元为度，我本意教书而外，另有翻译方面二百可得，两样合起，平均相近六百，总还易于维持。不想此半年各事颠倒，母亲去世，我奔波往返，如同风里篷帆。身不定，心亦不定，莎士比亚更如何译得？结果仅有学校方面五百多，而第一个月又被扣了一半。眉眉亲爱的，你想我在这情形下，张罗得苦不苦？同时你那里又似乎连五百都还不够用似的，那叫我怎么办？我想好好和你商量，想一长久办法，省得拔脚窝脚，老是不得干净。家用方面，一是（屋子），二是（车子），三是（厨房）。这三样都可以节省，照我想一切家用此后非节到每月四百，总是为难。眉眉，你如能真心帮助我，应得替我想法子，我反正如果有余钱，也决不自存。我靠薪水度日，当然梦想不到积钱，唯一希冀即是少债，债是一件 degrading and humiliating thing（意为"使人难堪和丢脸的事情"）。眉，你得知道有时竟连最好朋友都会因此伤到感情的，我怕极了的。

  写至此，上沅夫妇来打了岔，一岔真岔到下午六时。时间真是不够支配。你我是天成的一对，都是不懂得经济，尤其是时间经济。关于家务的节省，你得好好想一想，总得根本解决车屋厨房才是。我是星四午前到的，午后出门。第一看奚若，第二看丽琳叔华。叔华长胖了好些,说是个有孩子的母亲,可以相信了。孩子更胖,也好玩,不怕我,我抱她半天。我近来也颇爱孩子。有伶俐相的,我真爱。我们自家不知到哪天有那福气,做爸妈抱孩子的福气。听其自然是不成的,我们都得想法,我不知你肯不肯。我想你如果肯为孩子牺牲一些,努力戒了烟,省得下来的是大烟里。哪怕孩子长成到某种程度,你再吃。你想我们要有,也真是时候了。现在阿欢已完全与我不相干的了。至少我们女儿也得有一个,不是?这你也得想想。

星四下午又见杨今甫,听了不少关于俞珊的话。好一位小姐,差些一个大学都被她闹散了。梁实秋也有不少丑态,想起来还算咱们露脸,至少不曾闹什么话柄。夫人!你的大度是最可佩服的。北京最大的是清华问题,闹得人人都头昏。奚若今天走,做代表到南京,他许去上海来看你,你得约洵美请他玩玩。他太太也闹着要离家独立谋生去,你可以问问他。

星五午刻,我和罗隆基同出城。先在燕京,叔华亦在,从文亦在,我们同去香山看徽音。她还是不见好,新近又发了十天烧,人颇疲乏。孩子倒极俊,可爱得很,眼珠是林家的,脸盘是梁家的。昨在女大,中午叔华请吃鲥鱼蜜酒,饭后谈了不少话,吃茶。有不少客来,有 Rose,熊光着脚不穿袜子,海也不回来了,流浪在南方已有十个月,也不知怎么回事。她亦似乎满不在意,真怪。昨晚与李大头在公园,又去市场看王泊生戏,唱逍遥津,大气磅礴,只是有气少韵。座不甚佳,亦因配角太乏之故。今晚唱探母,公主为一民国大学生,唱还对付,貌不佳。他想搭小翠花,如成,倒有希望叫座。此见下海亦不易。说起你们唱戏,现在我亦无所谓了。你高兴,只有侍伴合式,你想唱无妨,但得顾住身体。此地也有捧雪艳琴的。有人要请你做文章。昨天我不好受,头腹都不适。冰淇淋吃太多了。今天上午余家来,午刻在莎菲家,有叔华、冰心、今甫、性仁等,今晚上沅请客,应酬真烦人,但又不能不去。

说你的画,叔华说原卷太差,说你该看看好些的作品。老金、丽琳张大了眼,他们说孩子是真聪明,这样聪明是糟了可惜。他们总以为在上海是极糟,已往确是糟,你得争气,打出一条路来,一鸣惊人才是。老邓看了颇夸,他拿付裱,裱好他先给题,杏佛也答应题,你非得加倍用功小心。光娘的信到了,照办就是。请知照一声。虞裳一二五元送来否?也问一声告我。我要走了,你得勤写信。乖!

你的摩
十四日

一九三一年六月十六日自北平

爱眉:

昨天在 Rose 家见三伯母,她又骂我不搬你来,骂得词严义正,我简直无言答对!离家已一星期,你还无信,你忙些什么?文伯怎样了?此地朋友都关切,如能行动,赶快北来,根本调理为是。奚若已到南京,或去上海看他。节前盼能得到薪水,一有即寄银行。

我家真算糊涂,我的衣服一共能有几件?此来两件单哔叽都不在箱内!天又热,我只有一件白大褂,此地做又无钱,还有那件羽纱,你说染了再做的,做了没有?

我要洵美(姜黄的)那样的做一件。还有那匹夏布做两件大褂,余下有多,做衫裤,都得赶快做。你自己老爷的衣服,劳驾得照管一下。我又无人可商量的。做好立即寄来等穿,你们想必又在忙唱,唱是也得到北京来的。昨晚我看几家小姐演戏,北京是演戏的地方,上海不行的,那有什么法子!

今晚在北海,有金甫、老邓、叔华、性仁,风光的美不可言喻。星光下的树你见过没有?还有夜莺。但此类话你是不要听的,我说也徒然。硖石有无消息，前天那飞信是否隔一天到？

你身体如何？在念。

摩

六月十六日

一九三一年六月二十五日自北平

眉眉至爱：

第三函今晨送到。前信来后，颇愁你身体不好，怕又为唱戏累坏。本想去电阻止你的，但日子已过。今见信，知道你居然硬撑了过去，可喜之至！好不好是不成问题，不出别的花样已是万幸。这回你知道了吧？每天贪吃杨梅荔枝，竟连嗓子都给吃扁了。一向擅场的戏也唱得不是味儿了。还听不听话？凡事总得有个节制，不可太任性。你年近三十，究已不是孩子。此后更当谨细为是！目前你说你立志要学好一门画，再见从前朋友。这是你的傲气地方，我也懂得，而且同情。只是既然你专心而且诚意学画，那就非得取法乎上（不可），第一得眼界高而宽。上海地方气魄终究有限。瑞午老兄家的珍品恐怕靠不住的居多。我说了，他也许有气。这回带来的画，我也不曾打开看。此地叔存他们看见，都打哈哈！笑得我脸红。尤其他那别出心裁的装潢，更叫他们摇头。你临的那幅画也不见得高明。不过此次自然是我说明是为骗外国人的。也是我太托大。事实上，北京几个外国朋友看中国东西就够刁的。画当然全部带回。娘的东西如要全部收回，亦可请来信提及，当照办！他们看来，就只一个玉瓶、一两件瓷还可以，别的都无多希望。少麻烦也好，我是不敢再瞎起劲的了！

再说到你学画，你实在应得到北京来才是正理。一个故宫就够你长年揣摹。眼界不高，腕下是不能有神的。凭你的聪明，决不是临摹就算完毕事。就说在上海，你也得想法去多看佳品。手固然要勤，脑子也得常转动，才能有趣味发生。说回来，你恋土重迁是真的。不过你一定要坚持的话，我当然也只能顺从你，但我既然决在北大做教授，上海现时的排场我实在担负不起。夏间一定得想法布置。你也得原谅我。我一人在此，亦未尝不无聊，只是无从诉说。人家都是团圆了。叔华已得了通伯，徽音亦有了思成，别的人更不必说常年常日不分离的。就是你我，一南一北。你说是我甘愿离南，我只说是你不肯随我北来。结果大家都不得痛快。但要彼此迁就的话，我已在上海迁就了这多年，再下去实在太危险，所以不得不猛省。我是无法勉强你的。我要你来，你不肯来，我有什么法想？明知勉强的事是不彻底的，所以看情形，恐怕只能各是其是。只是你不来，我全部收入，管上海家尚虑不足。自己一人在此，决无希望独立门户。胡家虽然待我极好，我不能不感到寄人篱下，我真也不知怎样想才好！

我月内决不能动身。说实话，来回票都卖了垫用。这一时借钱度日。我在托歇海替我设法飞回。不是我乐意冒险，实在是为省钱。况且欧亚航空是极稳定的，你不必过虑。

说到衣服，真奇怪了。箱子是我随身带的。娘亲手理的满满的，到北京才打开。大褂只有两件：一件新的白羽纱，一件旧的厚蓝哔叽。人和那件方格和折夹做单的那件条子都不在箱内，不在上海家里在哪里？准是荷贞糊涂，又不知乱塞到哪里去了！

如果牯岭已有房子，那我们准定去。你那里着手准备，我一回上海就去。只是钱又怎么办？说起你那公债到底押得多少？何以始终不提？

你要东西，吃的用的，都得一一告知我，否则我怕我是笨得于此道一无主意！

你的画已裱好，很神气的一大卷。方才在公园里，王梦白、杨仲子诸法家见我挟着卷子，问是什么精品？我先请老乡题，此外你要谁题，可点品，适之，要否？

我这人大约一生就为朋友忙！来此两星期，说也惭愧，除了考试改卷算是天大正事，此外都是朋友，永远是朋友。杨振声忙了我不少时间，叔华、从文又忙了我不少时间，通伯、思成又是，蔡先生，钱昌照（次长）来，又得忙配享。还有洋鬼子！说起我此来，舞不曾跳，窑子倒去过一次，是老邓硬拉去的。再不去了，你放心！

杏子好吃，昨天自己爬树，采了吃，树头鲜，才叫美！

你务必早些睡！我回来时再不想熬天亮！我今晚特别想你，孩子，你得保重才是。

你的亲摩
六月二十五日

一九三一年七月四日自北平

爱眉：

你昨天的信更见你的气愤，结果你也把我气病了。我愁得如同见鬼，昨晚整宵不得睡。乖！你再不能和我生气。我近几日来已为家事气得肝火常旺，一来就心烦意躁，这是我素来没有的现象。在这大热天，处境已经不顺，彼此再要生气，气成了病，那有什么趣味？去年夏天我病了有三星期，今年再不能病了。你第一不可生气，你是更气不动。我的愁大半是为你在愁，只要你说一句达观话，说不生我气，我心里就可舒服。

乖！至少让我俩心平意和地过日子，老话说得好，逆来要顺受。我们今年运道似乎格外不佳。我们更当谨慎，别带坏了感情和身体。我先几信也无非说几句牢骚话，你又何必认真，我历年来还不是处处依顺着你的。我也只求你身体好，那是最要紧的。其次，你能安心做些工作。现在好在你已在画一门寻得门径，我何尝不愿你竿头日进。

你能成名，不论哪一项都是我的荣耀。即如此次我带了你的卷子到处给人看，有人夸，我心里就喜，还不是吗？一切等到我到上海再定夺。天无绝人之路，我也这么想，我计算到上海怕得要七月十三四，因为亚东等我一篇《醒世姻缘》的序，有一百元酬报，我也已答应，不能不赶成，还有另一篇文章也得这几天内赶好。

文伯事我有一函怪你，也错怪了。慰慈去传了话，吓得文伯长篇累牍地来说你对他一番好意的感激话。适之请他来住。我现在住的西楼。

老金他们七月二十离北平，他们极抱憾，行前不能见你。小叶婚事才过，陈雪屏后天又要结婚，我又得相当帮忙。上函问向少蝶帮借五百成否？

竞处如何？至念。我要你这样来电，好叫我安心（北平电报挂号）。"董胡摩慰即回眉"七个字，花大洋七毛耳。祝你好。

摩亲吻

四日

一九三一年七月八日自北平

爱妻小眉：

真糟，你花了三角一分的飞快，走了整六天才到。想是航空、铁轨全叫大水冲昏了，别的倒不管，只是苦了我这几天候信的着急！

我昨函已详说一切，我真的恨不得今天此时已到你的怀抱——说起咱们久别见面，也该有相当表示，你老是那坐着躺着不起身，我枉然每回想张开胳膊来抱你亲你，一进家门，总是扫兴。我这次回来，咱们来个洋腔，抱抱亲亲如何？这本是人情，你别老是说那是湘眉一种人才做得去。就算给我一点满足，我先给你商量成不成？我到家时刻，你可以知道，我即不想你到站接我，至少我亦人情的希望，在你容颜表情上看得出对我一种相当的热意。

更好是屋子里没有别人，彼此不致感受拘束。况且你又何尝是没有表情的人？你不记得我们的"翁冷翠的一夜"在松树七号墙角里亲别的时候？我就不懂何以做了夫妻，形迹反而得往疏里去！那是一个错误。我有相当情感的精力，你不全盘承受，难道叫我用凉水自浇身？我钱还不曾领到，我能如愿的话，可以带回近八百元，垫银行空尚勉强，本月月费仍悬空，怎好？

我遵命不飞，已定十二快车，十四晚可到上海。记好了！连日大雨，全城变湖，大门都出不去。明日如晴，先发一电安慰你。乖！我只要你自珍自爱，我希望到家见到你一些欢容，那别的困难就不难解决。请即电知文伯，慰慈，盼能见到！娘好否？至念！

你的鞋花已买，水果怕不成。我在狠命写《醒世姻缘》序，但笔是秃定的了，怎样好？

诗倒做了几首，北大招考，尚得帮忙。

老金、丽琳想你送画，他们二十走，即寄尚可及。

杨宗翰（字伯屏）也求你画扇。

你的亲摩
七月八日

一九三一年十月一日自北平

宝贝：

一转眼又是三天。西林今日到沪，他说一到即去我家。水果恐已不成模样，但也是一点意思。文伯去时，你有石榴吃了。他在想带些什么别致东西给你。你如想什么，快来信，尚来得及。你说要给适之写信，他今日已南下，日内可到沪。他说一定去看你。你得客气些，老朋友总是老朋友，感情总是值得保存的。你说对不？小蝶处五百两，再不可少，否则更僵。原来他信上也说两，好在他不在这"两""元"的区别，而于我们却有分寸，可老实对他说，但我盼望这信到时，他已为我付银行。请你写个条子叫老何持去兴业（静安寺路）银行，问锡璜，问他我们账上欠多少。你再告诉我，已开出节账，到哪天为止，共多少，连同本月的房钱一共若干，还有少蝶那笔钱也得算上。如此连家用到十月底尚须清多少，我得有个数。账再来设法弥补。你知道我一连三月，共须扣去三百元。大雨那里共三百元，现在也是无期搁浅。真是不了。你爱我，在这窘迫时能替我省，我真感谢。我但求立得直，以后即要借钱也没有路了，千万小心。我这几天上课应酬忙。我来说给你听。星一晚上有四个饭局之多。南城、北城、东城都有，奔煞人。星二徽音山上下来，同吃中饭，她已经胖到九十八磅。你说要不要静养，我说你也得到山上去静养，才能真的走上健康的路。上海是没办法的。我看样子，徽音又快有宝宝了。

星二晚，适之家钱西林行，我冻病了。昨天又是一早上课。饭后王叔鲁约去看房子，在什方院。我和慰慈同去。房子倒是全地板，又有澡间，但院子太小，恐不适宜，我们想不要。并且你若一时不来，我这里另开门户，更增费用，也不是道理。关了房子，去协和，看奚若。他的脚病又发作了，不能动，又得住院两星期，可怜！晚上，××等在春华楼为适之饯行。请了三四个姑娘来，饭后被拉到胡同。对不住，好太太！我本想不去，但××说有他不妨事。××病后性欲大强，他在老相好鹅鹅外又和一个红弟老七生了关系。昨晚见了，肉感颇富。她和老三是一个班子，两雌争××，醋气勃勃，甚为好看。今天又是一早上课，下午睡了一晌。五点送适之走。与杨亮功、慰慈去正阳楼吃蟹、吃烤羊肉。八时又去德国府吃饭，不想洋鬼子也会逛胡同，他们都说中国姑娘好。乖，你放心！我决不拈花惹草。女人我也见得多，谁也没有我的爱妻好。这叫作曾经沧海难为水，除却巫山不是云。我每天每夜都想你。一晚我做梦，飞机回家，一直飞进你的房，一直飞上你的床，小鸟儿就进了窠也，美极！可惜是梦。想想我们少年夫妻分离两地，实在是不对。但上海决不是我们住的地方。我始终希望你能搬来共享些闲福。北京真是太美了，你何必沾恋上海呢？大雨（即孙大雨）的事弄得极糟。他到后，师大无薪可发，他就发脾气，不上课，退还聘书。他可不知道这并非亏待他一人，除了北大基金教授每月领薪，此外人人都得耐心等。今天我劝了他半天，他才答应去上一星期的课。因为他如其完全不上课，那他最初领的一二百元都得还，那不是更糟。他现住欧美同学会，你来个信劝劝他，好不好？中国哪比得外国，万事都得将就一些。你说是不是？奚若太太一件衣料，你得补来，托适之带，不要忘了。她在盼望。再有上月水电，我确是开了。老何上来，从笔筒下拿去了，我走的那天或是上一天，怎说没有？老太爷有回信没有？我明天去燕京看君劢。我要睡了。乖乖！

我亲吻你的香肌。

你的"愚夫"摩摩

十月一日

一九三一年十月十日自北平

爱眉亲亲：

你果然不来信了！好厉害的孩子，这叫作言出法随，一无通融！我拿信给文伯看了，他哈哈大笑。他说他见了你，自有话说。我只托他带一匣信笺，水果不能带，因为他在天津还要住五天，南京还要耽搁。葡萄是搁不了三天的。石榴，我关照了义茂，但到现在还没有你能吃的来。糊重的东西要带，就得带真好的。乖！你候着吧，今年总叫你吃着就是。前晚，我和袁守和、温源宁在北平图书馆大请客。我就说给你听听，活像耍猴儿戏，主客是 Laloy 和 Elie Faure 两个法国人，陪客有 Reclus Monastiere、小叶夫妇、思成、玉海、守和、源宁夫妇、周名洗七小姐、蒯叔平女教授、大雨（见了 Roes 就张大嘴！）陈任先、梅兰芳、程艳秋一大群人。Monastiere 还叫照了相，后天寄给你看。我因为做主人，又多喝了几杯酒。你听了或许可要骂，这日子还要吃喝作乐。但既在此，自有一种 social duty，人家来请你加入，当然不便推辞，你说是不？

Elie Faure 老头不久到上海；洵美请客时，或许也要找到你。俞珊忽然来信了，她说到上海去看你，但怕你忘记了她。我真不知道她到底是怎么回事，希望你见面时能问她一个明白。她原信附去你看。说起我有一晚闹一个笑话，我说给你听过没有？在西兴安街我见一个车上人，活像俞珊。车已拉过颇远，我叫了一声，那车停了，等到拉拢一看，哪是什么俞珊，却是曾语儿。你说我这近视眼可多乐！

我连日早睡多睡，眼已渐好，勿念。我在家尚有一副眼镜。请适之带我为要。

娘好吗？三伯母问候她。

摩吻
十月十日

一九三一年十月二十二日自北平

昨下午去丽琳处，晤奚若、小叶、端升，同去公园看牡丹。风虽暴，尚有可观者。七时去车站，接歆海、湘玫，饭后又去公园，花畔有五色玻璃灯，倍增秾艳。芍药尚未开放，然已苞绽盈盈，娇红欲吐，春明花事，真大观也。十时去北京饭店，无意中遇到一人。你道是谁？原来俞珊是也。病后大肥，肩膀奇阔，有如拳师，脖子在有无之间,因彼有伴,未及交谈,今日亦未通问,人是会变的。昨晚咳呛,不能安睡,甚苦。今晨迟起。下午偕歆海去三殿,看字画,满目琳琅。下午又在丽琳处茶叙,又东兴楼饭。十一时回寓,又与适之谈。作此函,已及一时,要睡矣,明日再谈。昨函诸事弗忘。

摩

一九三一年十月二十二日自北平

爱眉:

我心已被说动(指当时徐志摩的姑丈蒋谨旃及其族弟蒋百里要出卖他们在上海愚园的房子,徐极想做中间人赚取佣金一事。),恨不得此刻已在家中!

但手头无钱,要走可得负债。如其再来一次偷鸡蚀米,简直不了。所以我再得问你,我回去是否确有把握?果然,请来电如下:

"董北平徐志摩,事成速回。"

我就立刻走,日期迟至下星期四(二十九)不妨,最好。否则我星六(二十四)即后日下午五时车走亦可。但来电须得信即发,否则要迟到星四矣。

摩
二十二日

一九三一年十月二十三日自北平

今天正发出电报,等候回电,预备走。不想回电未来,百里却来了一信。事情倒是缠成个什么样子？是谁在说竞武肯出四万买，那位"赵"先生肯出四万二的又是谁？看情形，百里分明听了日本太太及旁人的传话，竟有反悔成交的意思。那不是开玩笑了吗？为今之计，第一先得竟武说明，并无四万等价格，事实上如果他转卖出三万二以上，也只能算作佣金，或利息性质，并非少蝶一过手即有偌大利益。百里信上要去打听市面，那倒无妨。我想市面决不会高到哪里去。但这样一岔，这桩生意经究竟着落何处，还未得知。我目前贸然回去，恐无结果，徒劳旅费，不是道理。

我想百里既说要去打听振飞，何妨请少蝶去见振飞，将经过情形说个明白。振飞的话，百里当然相信。并且我想事实上百里以三万二千元出卖，决不吃亏。他如问明市价，或可仍按原议进行手续，那是最好的事，否则就有些头绪纷繁了。

至于我回去问题，我哪天都可以走，我也极想回去看看你，但问题在这笔旅费怎样报销，谁替我会钞。我是穷得寸步难移，再要开窟窿，简直不了，你是知道的，（大雨搁浅，三百渺渺无期。）所以只要生意确有希望，钱不愁落空，那我何乐不愿意回家一次，但星六如不走，那就得星四（十月二十九）再走（功课关系）。你立即来信，我候着！

摩摩
星五

一九三一年十月二十九日自北平

至爱妻眉：

今天是九月十九日，你二十八年前出世的日子，我不在家中，不能与你对饮一杯蜜酒，为你庆祝安康。这几日秋风凄冷，秋月光明，更使游子思念家庭。又因为归思已动，更觉百无聊赖，独自惆怅。遥想闺中，当亦同此情景。今天洵美等来否？也许他们不知道，还是每天似的，只有瑞午一人陪着你吞吐烟霞。

眉爱，你知我是怎样地想念你！你信上什么"恐怕成病"的话，说得闪烁，使我不安。终究你这一月来身体有否见佳？如果我在家你不得休养，我出外你仍不得休养，那不是难了吗？前天和奚若谈起生活，为之相对生愁。但他与我同意，现在只有再试试，你同我来北平住一时，看是如何。你的身体当然宜北不宜南！

爱，你何以如此固执，忍心和我分离两地？上半年来去频频，又遭大故，倒还不觉得如何。这次可不同，如果我现在不回，到年假尚有两个多月。虽然光阴易逝，但我们恩爱夫妻，是否有此分离之必要？眉，你到哪天才肯听从我的主张？我一人在此，处处觉得不合式，你又不肯来，我又为责任所羁，这真是难死人也！

百里那里，我未回信，因为等少蝶来信，再做计较。竞武如果虚张声势，结果反使我们原有交易不得着落，他们两造，都无所谓，我这千载难逢的一次外快又遭打击，这我可不能甘休！竞武现在何处，你得把这情形老实告诉他才是。

你送兴业五百元是哪一天？请即告我。因为我二十以前共送六百元付账，银行二十三来信，尚欠四百元，连本月房租共欠五百有余。如果你那五百元是在二十三以后，那便还好，否则我又该着急得不得了了！请速告我。

车怎样了？绝对不能再养的了！

大雨家贝当路那块地立即要出卖，他要我们给他想法。他想要五万两，此事瑞午有去路否？请立即回信，如瑞午无甚把握，我即另函别人设法。事成我要二厘五的一半。如有人要，最高出价多少，立即来信，卖否由大雨决定。

明天我叫图南汇给你二百元家用（十一月份），但千万不可到手就宽，我们的穷运还没有到底，自己再不小心，更不堪设想。我如有不花钱飞机坐,立即回去。不管生意成否。

我真是想你,想极了。

摩吻

十月二十九日

第二篇 寂寥才情

皇家饭店

婉贞坐在床边上眼看床上睡着发烧的二宝发愣,小脸烧得像红苹果似的,闭着眼喘气,痰的声音直在喉管里转,好像要吐又吐不出的样子。这情形分明是睡梦中还在痛苦,婉贞急得手足无措,心里不知道想些什么好,因为要想的实在太多了。

婉贞是一个受过高等教育的女孩子,只是一毕业出校,就同一个同学叫张立生的结了婚。婚后一年生了一个女孩子,等二宝在腹内的时候,中日就开了战。立生因为不能丢开她们跟着机关往内地去,所以只好留在上海。可是从此她们的生活就不安静起来了。二宝出世,他已经忍辱到伪机关做了一个小职员而维持家庭生活。一家五口人单靠薪水的收入,当然是非常困难的,于是婉贞也只好亲自操作。一天忙到晚,忙着两个孩子的吃穿、琐事。立生的母亲帮她烧好两顿饭,所以苦虽苦,一家子倒也很和顺地过着日子。

今年二宝已经三岁了,可是自从断奶以后,就一直闹病,冬天生了几个月的寒热症,才好不久又害肺炎。为了这孩子,他们借了许多债。最近已经是处于绝境了,立生每天看着孩子咳得气喘汗流的,心里比刀子割着还难受。薪水早支过了头,眼瞧孩子非得打针不可,西医贵得怕人,针药还不容易买。所以婉贞决定自己再出去做点工作,贴补贴补。无奈,托人寻事也寻不着。前天她忽然看见报上登着皇家饭店招请女职员的广告,便很高兴。可是夫妻商量了一夜,立生觉得去做这一类的工作似乎太失身份。婉贞是坚决要去试一下,求人不如求己,为了生活,怕什么亲友的批评!于是她就立刻拿了报去应试。

皇家馆店是一个最贵族化的族馆,附有跳舞厅,去的外宾特别多,中国人只是些显宦富商而已。舞厅的女子休憩室内需要一位精通英语专管室内售卖化妆品与饰物的女职员。

婉贞去应试的结果,因为学识很好,经理非常看重她,叫她第二天就去做事。可是昨天婉贞第一晚去工作之后,实在感到这一类事情是不适合她的个性的,她所接触的那些女人们都是她平生没有见过的。在短短的几个钟头以内,她好像走进了另一个世界,等到夜里十二点敲过,她回到家里,已经精神恍惚,心乱得连话都讲不出来了。立生看到她那样子,便劝她不要再去了,婉贞也感到夜生活的不便,有些犹豫,可是今天看见二宝的病仍不见好,西医昨天开的药方,又没有办法去买,孩子烧得两颊飞红,连气都难透的样子,她实在不忍坐视孩子受罪而不救。她一个人坐在床前呆想:今晚上如果继续去工作,她就可以向经理先生先借一点薪水回来,如果不去,那不是一点希望都没有了?所以她一边向着孩子看,一边悄悄地下了决心。看看手上的表已经快七点了,窗外渐渐黑暗,她站起来摸一摸孩子头上的温度,热得连手都放不上。她心里一阵发酸,几乎连眼泪都流下来,皱一皱眉,摇一摇头,立起身来就走到梳妆台边,拿起木梳将头发随便梳了两下,回身在衣架上拿起一件半旧的短大衣往身上一披,走向里房的婆婆说:

"妈,你们吃饭别等我,我现在决定去做事了,等我借了薪水回来,明儿一天亮就去替二宝买药!回头立生您同他说一声吧!"

婉贞没有等到妈的回答就往外跑,走出门口跳上一部黄包车,价钱也顾不得讲,就叫他赶快拉到大马路皇家饭店。在车上,她心里一阵难过,眼泪直往外冒!她压抑不住一时的情感!她也说不清心里是如何的酸,她已经自己不知道有自己,眼前晃的只是二宝的小脸儿,烧得像苹果似的红,闭着眼,软弱地呼吸,这充分表示着孩子已经有点支持不了的样子!因此,她不顾一切,找钱去治好二宝的病,她对什么工作都愿去做。至于昨晚夫妻间所讲的话,她完全不在心里,现在她只怕去晚了,经理先生会生气,不要她做事了,所以她催着车夫说:

"快一点好不好,我有要紧的事呢!"

"您瞧前面不是到了么?您还急什么!"车夫也有点奇怪,他想这位太太大约不认识路,或是不认识字,眼前就是"皇家饭店"的霓红灯在那里灿烂地发着光彩呢!

婉贞跳下车子,三步并作两步地往里跑,现在她想起昨晚临走时,经理曾特别叫她明天要早来,因为礼拜六是他们生意最好的一天,每次都是很早就客满的。她想起这话,怕要受经理的责备,急得心跳!果然,走进二门就看见经理先生已经在那里指手画脚的乱骂人了,看见她走进来,就迎上前去急急地说:

"快点,王小姐!你今天怎么倒比昨天晚呢!客人已经来了不少,小红她已经问过你两次了,快些上去罢。"

经理的话还没有说完,婉贞已经上了楼梯,等她走进休息室,小红老远就叫起来了:

"王小姐,您可来了,经理正着急哩,叫我们预备好!我们等你把粉、口红都拿出来,我们才好去摆起来呢,你为什么这么晚呢?"

婉贞也没有空去回答小红的话,急忙走到玻璃柜前开了玻璃门,拿出一切应用的东西,交给小红同小兰,叫她们每一个梳妆台前的盒子内都放一点粉,同时再教导她们等一忽儿客人来的时候应该怎样地接待她们。

小红与小兰也都是初中毕业的学生,英语也可以说几句,因为打仗,生活困难,家里没有人,只好弃学出外做事。婉贞虽然只是昨晚才认识她们,可是非常喜欢她们的天真活泼。尤其是小红,生得又秀丽又聪明,说一口北京话。昨晚上一见面就追随着婉贞的左右,婉贞答应以后拿她当妹妹似的教导。所以婉贞今天给了她东西之后,看见她接着高高兴兴走去的背影,暗暗地低头微笑,心里感到一阵莫名的欣慰，连自己的烦恼都一时忘记了。婉贞将她自己应做的事也略加整理，才安闲地坐到椅子上，深深地吐了一口气，对屋子的周围看了一眼，几台梳妆台的玻璃镜子照耀着屋子里淡黄的粉墙上，放出一种雅洁的光彩，显得更是堂皇富丽。这时静悄悄的一点声音也没有，除了内室小红与小兰的互相嬉笑外，空气显得很闷。于是婉贞又想起来她的病着的二宝了。她现在脑子里只希望早点有客人来，快点让这长夜过去，她好问经理借了薪水去买药，别的事情都不在心上了，她想这个时候立生一定已经回家了，他会当心二宝的。她记得昨夜刚坐在这把椅子上时，她感到兴奋，她感到新奇，她眼前所见所闻的都是她以前所没有经历过的，所以她像刘姥姥进了大观园似的，一切都感兴趣。她简直有一点开始喜欢她的职业了，这种庞大美丽的屋子，当然比家里那黑沉沉毫无光线的小屋子舒服得多，可是后来当她踏上黄包车回家的时候，情绪又不同了，她觉得这次她所体验的，却是她偶然在小说里看到而认为决不会有的事实，甚至她连想也想不到的。所以使得她带着一颗惶惑、沉重的心，回到家里，及至同立生一讲，来回地细细商酌一下，认为这样干下去太危险了，才决定第二天不再来履行职务了。谁知道今天她又会来坐到这张椅子上。现在她一想到这些，就使她有些坐立不安！

　　这时候门外一阵嬉笑的声音，接着四五个女人推开了门，连说带笑地闯了进来，乱嘈嘈地都往里间走。只有一个瘦长的少妇还没有走进去，就改了主意，一个人先向外屋的四周看了一眼，向婉贞静静地看了一会儿，然后慢步走向梳妆台，在镜子面前一站，看着镜子里自己那丰满的面庞，同不瘦不胖的身段，做了一个高傲的微笑；再向前一步，拿起木梳轻轻地将面前几根乱发往上梳了一梳，再左顾右盼地端详一会儿，低头开了皮包拿出唇膏再加上几分颜色，同时口里悠悠然地轻轻哼着"起解"的一段快板，好像身边一个人也没有似的。这时候里间又走出来一位穿了紫红色长袍的女人，年纪要比这位少妇大五六岁的样子，一望而知是一位富于社会经验的女子，没有开口就先笑的神情，曾使得每个人都对她发生好感。她是那么和蔼可亲，洁白的皮肤更显得娇嫩。她一见这位少妇在那儿哼皮黄，就立刻带着笑容走到她的身边，很亲热地站在她背后，将手往她肩上一抱，看着镜子里的脸庞说：

"可了不得！已经够美的了，还要添颜色做什么，你没有见乔奇吃饭的时候两个眼睛都直了么？连朱先生给他斟酒他都没有看见。你再化妆他就迷死了！快给我省省罢！"

"你看你这一大串，再说不完了。什么事到了你嘴里，就没有个好听的。你倒不说你自己洗一个脸要洗一两个钟头，穿一件衣服不知道要左看右看地看多久！我现在这儿想一件事情！你不要乱闹，我们谈一点正经好不好？"

"你有什么正经呀！左不是又想学什么戏，做什么行头，等什么时候好出风头罢咧！"那胖女人说着就站了起来走到镜子面前，拿着画眉笔开始画自己的眉毛。

"你先放下，等一会儿再画，我跟你商量一件事情。"那瘦的一个拉了她的手叫她放下。

那胖的见瘦的紧张的样子，好像真有什么要紧的事，就不由的放下笔随着她坐到椅子上低声地问：

"到底什么事？"

"就是林彩霞——你看她近来对我有点两样，你觉得不？你看这几次我们去约她的时候，她老是推三推四的不像以前似的跟着就走。还有玩儿的时候她也是一会儿要走要走的，教戏也不肯好好儿地教了，一段苏三的快板教了许久了！这种种的事，都是表现勉强得很，绝对不是前些日子那么热心。"

那胖女人一边儿听着瘦的说话，一边儿脸上收敛了笑容，一声也不响地沉默了几分钟才抬起头来低声回答说：

"对了，你不说我倒也糊里糊涂，你说起来我也感觉到种种的改变，刚才吃饭时候我听她说什么一个张太太——见面一共只有三次，就送她一堂湘绣的椅披,又说什么李先生最近送她一副点翠的头面。我听了就觉得不痛快——好像我们送她的都不值得一提似的,你看多气人!"

"可不是?戏子就是这样没有情义,所以我要同你商量一下,等一会儿她们出来了又不好说。从今以后我们也不要同她太亲热,随便她爱来不来,你有机会同李太太说一声,叫她也不要太痴了,留着咱们还可以玩点儿别的呢!别净往水里掷了,你懂不懂?"

她们二人正在商量的时候,里间走出来了三个她们的同伴,一个年纪大一点的,最端庄,气派很大,好像是个贵族太太之流,虽然年纪四十出外,可是穿得相当的漂亮,若不是她眼角上已经起了波浪似的皱纹,远远一看还真看不出来她的岁数呢!还有一个是北方女子的打扮,硬学上海的时髦,所以叫人一看就可以看出来不是唱大鼓就是唱戏的。走起路来还带几分台步劲儿呢!还有一位不过三十岁左右,比较沉着,单看走路就可以表现出她整个儿的个性——是那样的傲慢,幽静。等到那年纪大的走到化妆镜台边的时候,她还呆呆地在观看着墙上挂的一幅西洋风景画。

"你看你们这两个孩子!一碰头就说不完,哪儿来的这么多的话儿呢!背人没有好话,一定又是在叽咕我呢,是不是?"那贵妇人拉着瘦妇人的手,对着胖女人一半儿寻开心一半儿正经地说。

这时候那两个女人就拉着贵妇人在她耳边不知说些什么。那位林彩霞在一出房门的时候,就首先注意到婉贞面前的那个长玻璃柜,因为柜子里面的小电灯照耀着放在玻璃上的金的银的红的绿的种种颜色,更显得美丽夺目,她的心神立刻被吸引住了,也顾不得同她们讲话就一个走过来了。先向婉贞看了半天,像十分惊奇的样子,因为她是初次走进这样大规模的饭店。在休息室内还出卖一切装饰品,这是她没见过的,她不知道对婉贞应该采用什么态度说话,只有瞪着柜子里的东西,欲问又不敢问。婉贞向她微微一笑说:

"要用什么请随便看罢!"

第二篇 寂寥才情

林彩霞听着婉贞说了话,使她更不知道怎样回答才好,只得回过头去叫救兵了。

"李太太,您快来,这个皮包多好看呀!还有那个金别针!"

林彩霞一边叫一边用手招呼另外两个女人。李太太倒真听话,立刻一个人先走过来,很高兴地请婉贞把她要的东西拿出来看。婉贞便把她们所要看的东西,都拿了出来放在玻璃上,将柜台上的小电灯也开了,照得一切东西更金碧辉煌。林彩霞看得出了神,恨不得都拿着放到自己的小皮包里,可是自己估计没有力量买,所以脸上有一种说不出来的异样表情,看着李太太,再回头看看才走过来的两位,满面含着笑容说:

"李太太!王太太!你们说哪一种好看呀?我简直是看得眼睛都花了,我从来没有看见别的地方有这些东西,大约这一定是外国来的罢!"

这时候那瘦女人走到林彩霞身边,拿着金别针放在胸口上,比来比去,很狡猾地笑着说:

"林老板!你看!戴在你身上更显得漂亮了,你要是不买,可错过好机会了。我看你还是都买了罢,别三心二意了。"说完,她飞了一媚眼给李太太同那胖女人。

李太太张着两个大眼带着不明白的样子看着她,那一个胖的回给她一个微笑,冷冷地说:

"可不是!这真是像给林老板预备的似的,除了您林老板别人不配用,别多说费话罢!快开皮包拿钱买!立刻就可以戴上。"

可怜的林彩霞,一双手拿着皮包不知道怎样才好,她绝想不到那两位会变了样子,使她窘得话都说不来了。平常出去买东西的时候,不要等她开口,只要她表示喜欢,她们就抢着买给她的。绝对不像今天晚上这种神气。就是李太太也有点不明白了,婉贞看着她们各人脸上的表情,真比看话剧还有意思。她倒有点同情那个戏子了,觉得她也怪可怜相的。

这时候李太太，有点不好意思了，走过来扶着林彩霞的肩膀，笑着说：

"林老板，您喜欢哪一种，你买好了，我替你付就是，时候不早了，快去跳舞罢。跳完了舞你不是还要到我家里去，教我们'起解'的慢板么？"

林彩霞听着这话，立刻眼珠子一转，脸上变了，一种满不在乎的笑，可是笑得极不自在地说：

"对了对了，你看我差一点儿忘了，我还要去排戏呢！"她一边说一边就转身先往外走，也不管柜台上放着的东西，也不招呼其余的人，径自出去了。这时候李太太可急了，立刻追上去拉她说：

"噫，林老板！你不是答应我们今儿晚上跳完舞到我家里去玩个通宵的么？怎么一会儿又要排戏呢？"

那瘦女人向胖女人瞟了一眼，二人相对着会心一笑，对婉贞说了一声"对不住"就跟着低声叽叽咕咕地说着话走出去了。婉贞看着她们这种情形，心里说不出的难过，想到她们有钱就可以随便乱玩，而她不要说玩，就是连正经用途也付不出，同是人就这么不平等。

她正胡思乱想，门口已经又闯进来一个披黑皮大衣的女人。一进来就急急忙忙将大衣拿下交给站在门口的小红，嘴里一直哼着英文的风流寡妇调儿。走到镜台前时，婉贞借着粉红色的灯光细看了看她，可真美！婉贞都有点儿不信，世界上会有这样漂亮的女人！长得不瘦不胖不长不短，穿了一身黑丝绒的西式晚礼服，红腰，长裙，银色皮鞋。衣领口稍微露出一点雪白的肉，脸上洁净得毫无斑痕，两颗又大又亮的眼睛表现出她的聪明与活泼。她亭亭玉立地站在镜台面前梳着两肩上披下来的长发，实在动人！她好像有点酒意，笑眯眯地看着镜子做表情，那样子好像得意得忘了形！可是从她的眼神里也可以看出她的心相当地乱。这时候她忽然把正在加唇膏的手立刻停下来，而对着那只结婚戒指发愣！脸上现出一种为难的样子，大约有一分钟工夫，她才狡猾地微笑着将戒指取下来，开开皮包轻轻地往里面一掷。

当她的皮包还没有合上的时候，门口又走进来一个女人，年纪很轻，也很漂亮，看到梳妆台前的女人，立刻吐了一口气，拍着手很快活地说：

"你这坏东西！一个人不声不响的就溜了，害得我们好找，还是我猜着你一定在这儿，果然不错。你在这儿做什么呀？"

"哈噜！玲娜！"那黑衣女郎回过头来很亲热地说：

"你知道我多喝了一杯酒，头怪昏的，所以一个人来静一会儿，害得你们找，真对不起！"

"得啦，别瞎说了，什么酒喝多了，我知道你分明是一个躲到这儿来用脑筋了！不定又在出什么坏主意了，我早就明白，小陈只要一出门，就都是你的世界了！好，等他回来我一定告诉他你不做好事——你看你同刘先生喝酒时候的那副眼神！向大家一睐一瞟的害得人家连话都说不出来了，我看着真好笑！"

"得了得了，你别净说我了，你自己呢！不是一样吗？以为我不知道呢！你比我更伟大，老金在家你都有本事一个人溜出来玩，谁不知道你近来同小汪亲近得不得了，上个礼拜不是他还送你一只皮包么？我同刘先生才见了两次面，还会有什么事？你不要瞎说八道的。"

黑衣女郎嘴里讽刺她的女伴，一只手拿着木梳在桌子上轻轻地敲着，眼睛看着镜子，好像心里在盘算什么事似的。那一个女人听罢她的话立刻面色一变，敛去了笑容说：

"你也别乱冤枉人，我是叫没有办法。我们也是十几年的好朋友了，谁也不用瞒谁，我是向来最直爽，心里放不下事的人，有什么都要同你商量的，只有你才肯说真话呢！你要知道老金平常薪水少，每月拿回家来的钱连家里的正经用途都不够，不要说我个人的开支了，所以我不得不出来借着玩儿寻点外快。现在我身上穿的用的差不多都是朋友们送的。"

"谁说不是呢！你倒要来说我，我的事还不是同你一样，我比你更苦，你知道我的婚姻是父亲订的，我那时还小，什么都不懂，这一年多下来，我才完全明白了，他赚的钱也是同你们老金一样。家里人又多，更轮不着花。所以我只有想主意另寻出路，我才不拿我的青春来牺牲呢，不过你千万不要同他多讲，晓得不？"

"对了，你比我年轻，实在可以另想出路，我是完了，又有了孩子，而且是旧式家庭，一点办法都没有，只好过到哪儿算哪儿了。现在我们别再多谈了，回头那刘先生等急了。这个人倒不坏，你们可以交交朋友。"说完了，她立刻拉着黑衣女郎，三步两步地跳了出去。

婉贞看着她们的背影发愣，她有点怀疑她还是在看戏呢？还是在做事？怎么世界上会有这么许多怪人！

她正在迷迷糊糊地想着，忽然开门的声音惊醒了她，只见一个少女，像一个十七八岁还没有出学校门似的。急匆匆地，晃晃荡荡地好像吃醉了酒连路都走不成的样子，连跑带逃地撑着了沙发的背，随势倒在里面，两只手遮住了自己的脸，两肩耸动着又像是哭，又像是喘。婉贞吓了一跳，忙站起来走到她面前，看了一会儿，问她：

"你这位小姐是不是不舒服？要不要什么？"

这时少女慢慢地将两手放下来，露出了白得像小白梨似的一张脸，眼睛半闭着说：

"谢谢你的好意，可不可以给我一点水喝，我晕得厉害。"

婉贞立刻走到里屋门口，叫小红快点倒一杯开水来，再走回去斜着身体坐在沙发边，摸摸少女的手，凉得像冰，再摸一摸她的头上却很热。这时候小红拿来了水，婉贞一手拿着杯子，一手扶起少女的头，那少女喝了几口水。再倒下去闭着眼，胸口一起一伏，好像心里很难过的样子，不到几分钟，她忽然很快地坐起来，向小红说：

"谢谢你！请你到门外边去看看有没有一个穿晚礼服的男人，手里还拿了一件披肩？"

少女说完又躺下去，闭着眼，两手紧紧握着，好像很用力在那儿和痛苦挣扎似的。这时小红笑着走回来带着惊奇的样子说真有这样一个人在门外来回地走着方步呢！

少女听见这话，立刻坐了起来，低着头用手在自己的头发上乱抓，足趾打着地板，不知道要怎样才好。婉贞看得又急又疑，真不知她是病，还是有什么事。

"你觉得好一点了么？还有什么事可以要我们替你做的么？"

"谢谢你们，我已经可以支持了，只让我再静一会儿，就好了。"

婉贞听她这样讲，只好用眼睛授意小红，叫她走开，自己也走回座位。她想，这是怎么一回事呢？那少女心里有什么困难么？像她这样的难过，简直是受罪不是出来玩儿的！那么又何苦出来呢！婉贞这时候真感到不安，好像屋子里的空气忽然起了变化，她连气都快喘不过来了。可是她还忘不了那少女，还是眼睛死盯着她看。

这时候少女坐在沙发里两手托着下腮，低着头看着地板，一只脚尖在地板上打着忽快忽慢的拍子，很明显地表现出她内心的紊乱。那身子忽伸忽缩的，好像又想站起来，又不要站起来，连自己都不知道怎样安排自己的好！可怜一张小脸儿急得一阵红一阵白的，简直快哭出来的样子。

一忽儿看看手上的表，皱皱眉，咬咬牙，毅然站了起来，仿佛心里下了一个决断，三步两步走到镜子面前，随手拾起桌上的木梳，将紊乱的头发稍微地理一下，再去打开自己的皮包。这时已经觉得头晕得站不住了，只好一手扶着桌子，闭起眼睛停了一会儿，然后再睁开晃来晃去地往门外走。婉贞想要赶上前去扶她一下，可是没有等得婉贞走到一半，她早到了门口，同时正有三五个人抢着进来，所以两下几乎撞个满怀。婉贞一看见那进来的一群人，吓得立刻转身回到了自己的位子上，因为她看到其中一个胖胖的王太太，昨天也来过的，并且还同她讲了许多话，表示很想同她做一个朋友，还很殷勤地约她今天到她家里去吃饭。当时她虽然含糊地答应了这王太太，后来就忘得干干净净了，现在一看见她倒想起来了，惟恐她要追问。婉贞真有一点怕她那一张流利快口，她希望今晚上不要再理她才好，想躲开又没地方躲。

那进来的一群人之间,除了那个胖王太太比较年纪大一点之外,其余都是很年轻的都打扮得富丽堂皇,都戴满了钻石翡翠,珠光宝气的明显都是阔太太之流。只有一个少女,一望而知是一个才出学校不久的姑娘,穿的衣服也很朴素,那态度更是显然的与她们不配合,羞答答地跟在她们后头,好像十分不自然,满面带着惊恐之神,看看左右的那几位阔太太,想要退出去,又让她们拉着了手不放松,使得她不知道怎样才好。婉贞这时候看着她们觉得奇怪万分,她想这不定又是什么玩艺儿呢!

胖王太太好像是一个总指挥,她一进来就拉了还有一位年纪比较稍大一点的——快三十出头,可是还打扮像二十左右的女人,穿了一件黑丝绒满滚着珠子边的衣服,不长不短,不胖不瘦,恰到好处。雪白的皮肤,两颗又黑又亮的大眼睛,但笑起来可不显得太大,令人觉得和蔼可亲。胖王太太拉着她走向镜台,自己坐在中间那张椅子上,叫她坐在椅背上,笑嘻嘻地看着那三位正走进了里间,她很得意地向着同伴说:

"张太太!你看这位李小姐好看不好看?咳!为了陈部长一句话,害得我忙了一个多礼拜,好不容易,总算今天给我骗了来啦,回头见了面还不知道满意不满意呢?真不容易伺候!"

"好!真漂亮,只要再给她打扮打扮,比我们谁都好看。你办的事情还会错么?你的交际手腕是有名的,谁不知道你们老爷的事情全是你一手提携的呢!听说最近还升了一级!这一件事情办完之后,一定会使部长满意的,你看着罢,下一个月你们老爷又可以升一级了。"

那位张太太在说话的时候就站了起来,面对着胖王太太靠在镜台边上,手里拿着一支香烟,脸上隐含冷讥,而带着一种不自然的笑,眼睛斜睨着口里吐出来的烟圈儿,好像有点儿看不起同伴的样子。胖王太太是多聪明的人,看着对方的姿态,眼珠一转就立刻明白了一切,对张太太翻了个白眼,抬起手来笑眯眯地要打她的嘴,同时娇声地说:

"你看你！人家真心真意地同你商量商量正经事情，倒招得你说了一大串废话！别有口说人没有口说自己，你也不错呀，你看刘局长给你收拾得多驯服，叫他往东他不敢往西，只要你一开口要什么，他就唯命奉行，今儿晚上他有紧急会议都不去参加，而来陪着你跳舞，这不都是你的魔力么？还要说人家呢！哼！"

胖太太显然有点儿不满同伴的话，所以她立刻报复，连刺带骨地说得张太太脸上飞红，很不是味儿，可是又没有办法认真，因为她们平常说惯了笑话的，况且刚才又是自己先去伤别人的，现在只好放下了怒意，很温和地笑着，亲亲热热地拉住了胖王太太伸出来要打她嘴的那只手，低声柔气地说：

"你瞧，我同你说着玩儿的几句笑话，你就性急啦，你不知道我心里多难过！我也很同情你，我们还不是一样？做太太真不好做，又要管家的事情，又要陪着老爷在外边张罗，一有机会就得钻，一个应付得不好，不顺了意，还要说我们笨，坏了他们的事，说不定就许拿你往家里一放，外边再去寻一个，你说对不对？你看我们不是一天到晚的忙！忙来忙去还不是为了他们？有时想起来心里真是烦！"

胖王太太这时候坐在那里低着头静听着同伴的话，很受感动！并撩起了自己的心事，沉默着什么也说不出来了，可是时间不允许她再往深里想，里间屋的人已经都走出来了，一位穿淡蓝衣服的女人头一个往外走，脸上十分为难的样子叫着：

"王太太！你快来劝劝吧！我们说了多少好话李小姐也不肯换衣服，你来罢！要看你的本事了。"

第二个走出来的是那位淡妆的少女，身边陪着一位较年轻的少妇。那少女脸上一点儿也不擦粉，也不用口红，可是淡扫蛾眉，更显清秀，头发也不卷，只是稍儿上有一点弯曲。穿了一件淡灰色织绵的衣服，态度大方而温柔。自从一进门，脸上就带着一种不自然的笑，在笑容里隐含着痛苦，好像心里有十二分的困难不能发挥出来。这时候她慢慢地走到王太太面前低声地说：

"王太太！实在对不起您的好意，我平常最不喜欢穿别人的衣服，我不知道今天要到跳舞场来，所以我没有换衣服，这样子我是知道不合适的，所以还是让我回去罢！下次我预备好了再来好不好？况且我又不会跳，就是坐在那儿也不好看的，叫人家笑话，于您的面子也不好看！"

少女急着要想寻机会脱身，她实在不愿和她们在一起，可是她又不得不跟着走。胖王太太是决心不会放她的，无论她怎样说，胖王太太都有对付的方法。胖王太太立刻向前亲热地拉着她的手说：

"不要紧！李小姐。不换也没有关系，就穿这衣服更显得清高，你当然不能打扮得像我们这样俗气，你是有学问的，应当两样些，反正不下去跳舞，等将来你学会了跳舞再说好了。不过你的头发有点儿乱！你过来我给你梳一梳顺，回头别叫外国人笑我们中国人不懂礼貌，连头发都不理！你说对不？"

胖王太太不等对方拒绝就先拉着往镜台边走，一下就拿李小姐硬压着坐在镜子面前，拿起梳子，给她梳理。李小姐急得脸都涨红了，十分不高兴地坐了下来，可是要哭又哭不出，那种样子真叫人看了可怜！婉贞坐在椅子上看得连气都透不过来了，恨不能过去救她出来，这时候她已经看明白她们那一群人的诡计，暗下庆幸自己昨晚没有钻入圈套，因为昨晚王太太约她今天到她家去吃饭，也不是怀好意的。因此她痛恨她们！她同情李小姐，她想找一个机会告诉她，可是她怎样下手呢！正在又急又乱的当儿，她听见李小姐在那里哀声说：

"王太太，您别费心了，我的头发是最不听话，一时三刻地叫它改样子是不行的，您白费工夫，反而不好看，我看还是让我回去罢！我母亲不知道我到舞场来，回头回去晚了她要着急的，她还等着我呢！我们出来的时候您只告诉她去吃饭，她还叫我十点以前一定要回去的，还是让我走罢！下次说好了再陪你们玩好不好？"

"别着急，老太太那面我会去说的，等一会儿，跳完了我一定亲自送你回去，到伯母面前去告罪，她一定不会怪你的。"王太太在那儿一面梳一面说，同时耍飞眼给张太太，叫她快点去买一个别针来，她这儿只要有一个别针一别就好了，张太太立刻明白了王太太的意思，走到婉贞柜子边上，叫婉贞拿一个头上的别针，再拿一支口红，一个金丝做成的手提包，一面问多少钱，一面从包里拿出一大卷钞票，一张张地慢慢数着。

婉贞虽然手里顺着她说的一样样地搬给她，可是心中一阵阵的怒气压不住地往上直冲，恨不能立刻离开这群魔鬼。她看透了她们的用意，明白了一切，怪不得昨天那位王太太十分殷勤的同她讲话，一定要请她今天去她家吃饭，要给她交一个朋友。她昨天还以为她是真心诚意来交朋友呢，现在她才明白了她们的用意，大约她们也有所利用她的地方。心里愈想愈气，连张太太同她说话她都一句没听见，心里只想如何能将她们这一群鬼打死，救出那位天真的小姑娘才好。这时候她只听得面前站着的张太太拼命地在那儿叫她：

"唷！你这位小姐今天是怎么一回事呀！是不是有点儿不舒服呢？怎么我同你连说了几遍，你一句也没有听见呀？"张太太软迷迷地笑着对婉贞看，好像立刻希望得她一个满意答复。

婉贞想要痛痛快快地骂她几句，可是又不知如何说法，只得将自己的气往下压。在礼貌上她是不得不客客气气地回答她，因为这是她职位上应当做的事情，可是再叫她低声下气地去敷衍是再也办不到的了。她的声调已经变得自己都强制不了，又慢又冷地说：

"好罢！你拿定了什么，我来算多少钱好了。"

张太太也莫名其妙的，只好很快地将别针等交给婉贞算好了钱，包也不包拿了就走。她只感到婉贞有点不对，可是她也不明白是怎么一回事，心想还是知趣一点少说话罢！婉贞呢，这时候的心一直缠在那位小姑娘身上，她要知道到底是否被她们强拉着走了，这时候她再往前看，只看见那位王太太已经很得意的将头发给她梳好了。当然是比原来的样子好看得多，可是那小姑娘一点也没有注意到，她只是低着头愁眉苦脸地沉思着，王太太在旁边叽叽咕咕讲了许多赞美的话，她一句也好像没有听见，想了半天忽然抬起头来满脸带着哀求的样子，又急又恨地说：

"王太太！请您不要再白费时间了，您看这时候已经十点多，快十一点了，我再不回去母亲一定要大怒，您别看我已经是长得很大的人了，可是我母亲有时候还要小孩子一样地责打我呢！我们的家教是很严的，又是很顽固的，我父亲在上海的时候，哥哥读到大学还要挨打呢！我女孩子家更不能乱来，这次若不是为了父亲在内地，家用不能寄来，我母亲决不会让我出去做事情的，事前她已经再三地说过，叫我不要到外边来交朋友，如果不听她的话，她会立刻不让我在外面工作的。所以您还是让我回去！您的好意我一定心领，等过几天我同母亲讲好了，再出来陪您玩，不然连下次都要没有机会出来的。"

胖太太听着她这一段话，心里似有所动，静默了一分钟，深思一刻，立刻脸上又变了，像下了决心一定不肯放松这个机会，急忙拉着她的手，像一个慈母骗孩子似的，放低了声调，用最和暖的口气，又带着哀求的样子说：

"得了！我的好小姐，你别再给我为难了，就算你赏我一次面子，我已经在别人面前说下了大话，别人请不到的我一定请得到，你这么一来不是叫我难为情么？"说到此地，再将声音放低着好像很郑重似的——"况且等一忽儿部长还亲自来跳舞呢！给他知道了你摆这么大架子，不太好，说不定一生气，就许给你记一个大过，或者来一个撤职，那多没有意思呀！你陪他坐一忽儿又不损失什么，他一高兴立刻给你加薪，升级都不成问题。你想想看，别人想亲近他还没有机会呢，你有这样好的机会还要推三推四的，简直成了傻子了。"她连说带诱的一大串，说得那个小姑娘也低了头一声不响的，十分意动。

这时候那张太太也走到了她们面前，并在那儿拿手里的东西给她们看，王太太立刻就拿别针抢过去往她头上戴。一个不要戴，一个一定要，三个人又笑又闹的正在不可开交的时候，门外边忽然又冲进来两个女人，一个是穿着西式晚礼服的在前面走，一边走一边大声地叫骂,后边一个穿了旗袍的比较年轻一点的满脸带着又急又窘的样子,在后面紧紧地追着她。这时候一屋子的空气立刻变得紧张,每个人的视线都集中在她们两个人的身上。婉贞本来是已经头昏脑涨,自己觉得连气都快喘不过来了,恨不能即刻逃出这间恼人的屋子,到一个没有人影的地方去清静一下。可是这时候她们两人进来后,她也忘记了一切,只有张大两只眼睛急急地看着她们到底又是闹的什么把戏?只听得那先进来的女人,坐在近着婉贞的桌子边儿那镜台的椅子上,用木梳打着桌子发出很响的声音,带着又气又急的声音对着坐在她左边椅子上少女说:

"好!多好!这是你介绍给我的朋友,多有礼貌!多讲交情!还是受过高等教育的人呢,做出这种下流不要脸的事!看她还有什么脸来见我!真正岂有此理,你叫我还说什么?"说完了还气得拿木梳拼命用力气向自己的头上乱梳,看样子连自己都不知道是在梳自己的头发,简直气糊涂了。那边上的女人,听完她的话,脸上显得十分不安,也急得连话都支支吾吾地讲不清楚——

"你先慢点生气,到底是怎么一回事遭得你生这么大气,我却还不明白,大家都老朋友了,能原谅就原谅一点罢。"

"你倒说得轻松!反正不在你的身上,若是你做了我一定也要气得发晕。"

"到底你是发现了什么怪事呢?"

"你听着,我告诉你!刚才不是在我家里吃完了饭大家预备到这儿来么?我们大家不是都在客厅里吃香烟穿大衣吗?是我叫亨利上楼去锁了房门,叫佣人带了小倍倍早点睡,我们今晚上回家晚。等他走了不多一忽儿,曼丽也跟着上楼去。那时候我一点也不疑心,以为她是上 WC 去的,谁知道我们讲了许多时候闲话,他们还不下来。你同小张他们正说得热闹呢,也没有留心,我是已经奇怪了,所以就不声不响轻轻地走上楼去。在楼梯上我已经听得两个人轻微的笑声,我就更轻轻地一步步地走到房门口,轻轻地推一下。还好,没有锁上,他们大约也没有听见。等我走进一看，好，真美丽的一个镜头，两个人互相抱着很热烈地接吻呢！你说我应该怎办！你说。"这时候她一连串说完了，还紧逼着旁边那个女人说，好像是她做错了事情似的，那个女人倒有点儿不知道说什么好！也许是事情使她太惊奇，只好轻声地说：

"晤！那难怪你生气。"低声得好像说给自己听似的。

"我当时真气得要哭出来了，只好一声不响回头就下楼，他们也立刻跟了下来。大家都在门口等着上车呢，我只好直气到现在。"

"我说呢！我现在才明白，怪不得你在车子里一声也不响，谁也不理呢！原来是如此。"她虽然是低声冷静地回答她的话，可是她的脸也立刻变了腔，眼睛看着鼻子，好像正在想着十分难解决的事情，对面讲的话也有点爱听不听的样子。

"你看你！怎么不响了？你给我出个主意呀！你看我等一会儿应该怎样对付她，还是对大家说呢，还是不响？我简直没有办法了，同你商量你又阴阳怪气的真不够朋友！"

"你也不要太着急，大家都是社会上有地位的人，不要闹得太没趣，慢慢地再商量办法。反正曼丽也知道给你看破，她还不好意思再同你亲热了，只要你对你自己的老爷稍微警戒警戒，料他以后也不会再做，闹出来大家没有意思，你说对么？"

这一位听了对方几句很冷静的话以后倒也气消了一半，态度也不像以前那样紧张了，眼睛看着对方的脸静默了几分钟，慢慢地站了起来，低声地说：

"好罢！我听你的话。不错，闹起来也没有多大好处，只要我以后认识了她就是。那我就托你等一会儿，她若是进来，你说她几句，叫她知道知道，就是我不响，问问她自己好意思么！我是不预备再同她讲话了。"说完了就往外边走去，那一个是一只手托着脸，眼睛看着另一只手里的香烟，满脸不高兴的样子，一声也不响，这时候屋子里的空气非常之静。婉贞，自从她两个进来之后眼睛一直没有离开她们的身子，心里逼着一口气，听出了神。这时候才算把气松了，抬眼一看屋子里的人也都走完了，只有静坐的那一位——她也好像没有觉得屋子里还有第二个人，婉贞也看着她不知道想什么好。忽然里屋子的小兰匆匆忙忙地跑到婉贞面前，好像又有什么大事发生了似的说：

"快点！你的电话，大约是家里来寻你，说是有要紧事情，叫你无论多忙也要去听一听，你快去罢！"她说完了就即刻要来拉婉贞去，婉贞可给她吓得连话都说不出来了，身体都麻木了似的，好像是才从一个噩梦里惊醒，自己都不知道自己在什么地方。可是听说是家里，她才想起一切，想起还有二宝病着呢！这时候来电话不要出了什么事——她不敢再想，她怕得连着出冷汗，心里跳得几乎站都站不起来。小兰也不管她说什么，只急急地拉着她就往里跑，拿起电话筒她只说了一声唉，就再也说不下去了，只听得立生的声音在说：

"你是婉贞么？你怎么样了，问经理支着薪水没有？二宝现在已经热得不认识人了，一定要快去买了针药来打才能退热，不然恐怕要来不及了。你知道么？唉！你为什么不说话呀！"

婉贞听着立生的急叫声，已经失去了知觉，她心里一阵阵地痛，脑子里乱得连她自己都不知应该做什么好。老实说她自从进来之后，脑子一直没有时间去想这件事，现在才又想起二宝那只烧得像红苹果的小脸儿，她又何尝不想立刻能拿到钱呢！可是她……

"唉！唉！你说话呀！到底你什么时候回来？能不能早一点把药带回来？你为什么不开口呀？真急死人了。"

"好，我知道了，在半个钟头以内一定回来。"勉强逼出来这一句话，说完不等回答就把电话筒挂上了，她自己也飘飘荡荡的站也站不直了，好像要摔倒似的，吓得小兰立刻上前扶着她走到外间去。婉贞由她扶着像做梦似的向前走着，可是心里简直难过得快要哭出来了。这时候她需要安静，静静地让她的脑子清一清，可是事实不允许她如此做。等她还没有走到自己座位面前，已经听得又有一个女人在那里同刚才坐在镜台边静想的一个在那儿吵架，声音非常之大，一句句地

钻进婉贞的耳朵里,不由她不听。那一个坐着的女人这时候脸色变得很苍白,瞪着大眼对立在面前的女人厉声说:

"我告诉你,叫你醒醒不要做梦!亨利老早就是我的人,他没有同莉莉结婚之前就是爱我的,因为我不能嫁他,他才娶的莉莉。可不能让你们有任何关系,你快给丢手,不然我决不饶你,你当心点!"

那女人听了这些话,反而抬起了头大声地狂笑——笑得十分地自然而狡猾,又慢又冷的一个字一个字地说:

"真可笑!说这种话不怕人笑,亨利不是你的丈夫,你无权管,我爱谁恨谁是我的自由,谁也管不着。我高兴怎么做就怎么做,不劳你多讲。"

婉贞这时候自己的心里已经乱得没有法子解脱,再听着这些无聊话更使得她的心要爆炸似的,一口气闷得连气都透不过来,简直像要发疯了。她看一看自己的周围,灯光辉煌,色彩美丽,当然比自己的家要舒服得多。可是现在她觉得这个地方十分可怕,坐都快坐不住了,柔媚的空气压不住她内心的爆火,她只觉得自己的脸一阵阵发烧,心里跳得眼前金星乱转,一个人像要快被逼死。面前那两个人的吵架声,愈来愈往她耳朵里钻,她不要听——她脑子里再也放不进任何事情了。可是坐在近边,那声音不知不觉的一个字一个字地钻进来,她恨不能立刻高声地叫她们走出来,或是骂她们一顿,她简直再也忍不住了,她站了起来对她们张了口正想骂出来,可是一时又开不出口,急得脸红气喘,坐立不安。这时候她不能再忍一分钟,非立刻离开此地不成,不然她可能就发了疯,她自己都控制不了自己了,只感觉到屋子里的空气好像重得快把她压死了,非走不可。想到走——她就不能等有别的在转变,立刻不顾一切的一直往门外冲,走过舞池她也好像没有看见,音乐在她身边转,她也没有听见,只是直着眼睛,好像边儿上没有第二个人,急匆匆只顾向前走,连自己都不知道要向哪儿去。显然,她已经失却了控制力。走到二门,可巧经理先生站在那儿招应客人。看见她那样子,以为里面出了什么意外的事情,他立刻紧张地迎着问她：

"喂——婉贞小姐！您为什么这么急冲冲的，有什么事情么？"

婉贞根本就没有留心到他，他所讲的话也没有听见，毫无表情的一直往前走，经理先生在后面紧跟着叫，也是没有用。

她一口气走出了大门，到了外边草地上，四外的霓红灯照得草地上也暗暗地发出光亮。因为这所房子四外的空地相当大，到了夏天就把空地改为舞池，所以有的地方种着许多的小树同花木，环境很觉清静。婉贞一口气跑到左边的一片草地旁边，随便地坐到石椅上，轻轻地舒了一口气，才觉得自己胸口稍微轻松了一下。晚风吹入她的脑子也使她清醒了一点，在这个时候她才像大梦初醒似的，开始记起自己现在所处的地位，她一定要决定一下应当怎么做才对。这时候她好像听得立生在电话里的声音——那种又急又怨的声调，真使她听得心都要碎了，她明知此刻二宝是多么需要医药来救他的小命儿，金钱是多么重要的一件事，小脸儿烧得飞红的小二宝正在她眼前转动，她又何尝不爱这个小儿子呢！她一阵阵地心酸，恨不能自己立刻死了罢！她一个人站在椅子边上，走两步，又退两步，想来想去，她是应该尽她母亲的责任的，她决不能让二宝不治而死的，她还是顾了小的罢，于是她又慢慢地一步步地走回到大门边，想进去问经理先生预支点薪水，打电话叫立生来拿了去买药，快点给二宝吃。可是到了大门口，她已经听见里面音乐声——在那儿抑扬响着！这时候二宝的小脸忽然消失了，只有刚才那些女人的脸一张一张地显现在她的眼前，她又回想起在屋子里的一切，她又迷糊起来了，她走到门口想进去，可是自己的腿再也抬不起来了，她已经感到她的呼吸不能像在外边那样的舒畅。她又感到气急，这种非兰非香的浓味儿，她简直是受不了，她回身再往草地上走——她想——想到今儿晚上，短短的两三个钟头内所见所闻的一切，再起头想一遍，实在是太复杂、太离奇了。不要说亲自听见、看见，就是在她所看过的小说书里，也没有看到过这许多事情——难道说这就是现在的社会的真相么？她真是不明白，如果每晚要叫她这样,叫她如何忍受呢?难道说叫她也同她们这些人去同流合污么?

　　昨晚回家她已经通宵不能安睡,她感到这是另外一个世界,她过惯的是一种有秩序又清静的生活,一切是朴实的简单的,现在忽然叫她重新去做另外的一种人,哪能不叫她心烦意乱呢?所以经夫妻俩商量之后预备放弃这个职业,情愿穷一点,等以后有机会再等别的事情做罢。今天下午她看了二宝烧得那样厉害,而家里又没有钱去买药,便一时情感作用,预备牺牲自己,再来试一下,至多为了二宝做一个月,晚上就可借薪水回来了。可是现在她决定不再容忍这一类的生活,因为就算救转了二宝的生命,至少她自己的精神是摧残了,也许前途都被毁灭了。她愈想愈害怕,她怕她自己到时候会管不住自己,改变了本性,况且生死是命,二宝的病也许不至于那样严重,就是拿了钱买好了药,医不好也说不定,就是死了——也是命——否则以后也会再生一个孩子的——她一想到此地心里好像一块石头落下去,立刻觉得心神一松。她透了一口气,抬起头来向天上一看,碧蓝色的天空满布着金黄色的星,显得夜色特别幽静,四围的空气非常甜美。这时候她心里什么杂念都没有,只觉得同这夜色一样清静无边,她心中很快乐——她愿意以后再也不希望出来做什么事情。因为不管做什么每天往外跑,至少衣服要多做几件,皮鞋要多买几双,也许结算下来,自己的薪水还不够自己用呢!不要说帮助家用了。

　　这时候她倒一身轻松了许多,也不愁,也不急,想明白了。她站起来很快地就一直往大门外边走去,连头也不回顾一下身后满布着霓红灯的舞场,一直走出大门叫了一辆黄包车,坐在上面,很悠闲地迎着晚风往家门走去,神情完全和刚来时不一样,她只觉得自己还是一个天下十分幸运的人呢!

卞昆冈（与徐志摩合作）

登场人物

阿明（卞昆冈的儿子）

卞母

李七妹

卞昆冈

严老敢（卞昆冈的助手）

老瞎子

尤桂生

石工甲

石工乙

王三嫂

地　点　山西云冈附近一个村庄

第一幕

布景

卞昆冈家，台右露一角，檐头铺松茅绽出成荫。门前一大枣树，荫下置有木桌及条凳。台后一木栅，有门。遥望见草原及远山景色。院内杂置白石小佛像及其他生物石像。

阿明年八岁，神态至活泼，眉目尤秀丽，穿青布短褂。幕起时阿明正倚枣树下木桌边吹胰子泡，身旁一小石马。天时约五月。时近傍晚远山斜阳可见。

阿明 （吹泡）瘪了！真讨厌，老不大就瘪了。我想吹一个地球那么大的……这好……上去，飞上天去……呼，呼……上去……呼……好了，好了，这回好了！唷，又瘪了！一个大地球瘪了！……（闻三弦声）咦！他来了。（至木栅门）老周，你回来了。明儿见罢。（走回，骑石马上吹泡）再来一个。

奶奶，奶奶！快来，快来，看我的大地球儿……奶奶，来呀，再不来这地球又要破了——你瞧！奶奶，你倒是哪儿去了？

卞母 （自内）来了，又这儿淘气了阿明！胡嚷嚷地叫奶奶做什么呀！奶奶这儿正做着面哪，做好好的炸酱面等你爸爸回来吃哪……（自门内转出，腰围厨裙，手沾面粉，年六十余，颇龙钟，行路微震。）

你瞧我这一手的粉……怪累人的……你怎么了？阿明！好，胰子水又泼了一桌子一地，什么地球不地球的！（檐前取水洗手）你爸爸不是今儿回家吗？太阳都快下山了，他这就该到了，快不要顽皮，好孩子，也叫你爸爸欢喜。（收拾桌子。阿明骑马，作驰骋状。）

阿明 唷，对了，可不是爸爸今儿个要回来了么！我又有糖吃了，又有好东西玩儿了！我可不喜欢爸爸那头小黑驴，老低着头一颠一颠的多难看，哪有我这大白马好，长得又美，跑得又快。得儿吁！

卞母 大白马？叫你有了大白马还了得，这房子都该让你给冲倒了呢！（取竹椅坐树下。阿明趋伏膝前。）

阿明 奶奶，奶奶！

卞母 干什么了？

阿明 （声音缓重）奶奶，爸爸真这么疼我么？

卞母 傻孩子，爸爸不疼你还疼谁。

阿明 干么他老爱看我的眼睛？

卞母　（音微涩）傻孩子，你那小眼珠儿长得好看，你爸爸爱瞧。

阿明　干么就我的眼睛好看，奶奶，你的眼睛不好看吗？

卞母　爸爸爱你的眼睛就为你的娘……

阿明　奶奶说呀，我娘怎么了？我娘？奶奶不说我娘早成了仙了吗？奶奶，可是您说我娘怎么着？

卞母　傻孩子。（手指阿明眼睛）你这对小眼珠儿，就是你娘，（音发震）你娘当初的一双眼睛一样。你爸爸就是最爱你娘的一双眼睛，现在你娘不在了，他所以这么疼你，爱看你的眼睛。谁家的爸爸也没有像你爸爸那样疼儿子。他有时简直像是发了疯似的，我看了都害怕。苦命的孩子，（抚他的头面）这年岁就没了娘，就有一个老奶奶看着你（举袖拭泪）。我又老了，管不了你，你有个娘多好！可是你爸爸……

阿明　我不，有奶奶不是一样好，爸爸疼我，我疼奶奶，奶奶别哭呀，好奶奶（举小手为拭泪）我疼你极了，你别哭了，爸爸快回来了，回头他见你哭又该不高兴了。我们到门前去望望看好不好？他那么大个儿骑在顶小的驴儿上，我们老远就看得见的。（跃起趋栅门前站石上外望）太阳都快没了，那山上起了云，好像几个人骑着马打架呢，都快黑了，像是戴了顶帽子，白白的。怎么影儿都还没有哪，怎么回事？今儿许不来了罢？那多不好，奶奶！唷，你瞧，爸爸倒没有来，街坊那女人像是又上我们家来了，谁要她老来？

卞母　女人，谁？

阿明　就是那姓李的寡妇！

卞母　去你的，孩子们说什么寡妇不寡妇的，越来越没有样儿了！孩子们第一得有规矩，不许胡说乱话的，她也待你顶好的，来了就该叫她一声姨。

阿明　姨！胰子泡！我才没有那么大工夫呢！

卞母　（怒）顽皮，再说奶奶要打了！（李七妹已推木栅门进院，说话带笑声。李年约二十四五，面有脂粉痕。）

七妹　老太太在家吗？（转眼见阿明倚木栅边，急趋向欲抱之）唷，这不是小阿明么，乖孩子，就是你机灵，（阿明不顾，驰去骑弄白马）好宝贝！

卞母　啊，七妹，我说是谁呢，几天不见了？快别理阿明那孩子，他什么都好，就是怕生，要说呢岁数也不小了，小机灵什么都说得上，就是怕生不好。你又上哪儿玩儿来了，这天色好，谁都想上山去玩玩，就我这老骨头挪活不了。

七妹　可不是好天气，前儿个我和王三嫂到云冈大佛寺烧香去了。才热闹哪，老太太，哪年也没有今年旺！山里的石榴花开得多大，通红的一片，才好看呢。

卞母　噢，到大佛寺，你们没有碰见我们昆冈吗？他说今儿回来的。

七妹　可不是我们一去就见着卞爷了吗？我们还看着他雕像来了哪。他正雕着一尊骑大狮子的佛爷，就跟那山上的一模一样，真好功夫，狮子好，佛爷的相儿更好，真像活的。哪来这手劲，看着一点也不费事，一锤雕活了一双眼，又一锤雕上了那活灵的神儿，真有他的。老太太，您没看见那小傻子严老敢呢，他老张着一只大嘴，瞪着一双大眼，瞧着他老师的功夫，整个儿看呆了，那神儿才可乐哪！

卞母　这碗饭也是不容易吃的。昆冈倒是从小就近这门儿，才四五岁就拿白粉在墙上满涂，前年过世的郑老爹见了就夸这孩子有天才。我倒是难喜他雕佛像，事儿是累，可是修好的事——你不坐坐？

七妹　唷，我来胡扯了半天，倒忘了我是干什么来了！可不是，老太太，我要问您家借那水吊子使一使，我们家那个让胡掌柜家借去使坏了。我可不能使坏您的，明儿个就来还。这天干得井水都不能吃了，我还是愿意走远几步路自己去打泉水用，那清甜多了。

卞母　水吊子，门外那一个你拿去使就得了，我们屋子里另有着哪。说是，昆冈怎么还不来？阿明，你听着那道上有驴铃没有，我是真老了，牲口晃到我跟前，我有时候还听不见哪！

阿明 （正忙着拿一副草绳做的马缰给他的白马套上）哪有驴子，就有我的马——得儿吁！

七妹 （斜眼看阿明）这孩子倒真是乖。没有娘的孩子真是苦，奶奶可累着了。他爸爸不是顶疼他的吗？

卞母 我们正说哪，谁家的爸爸也没有他爸爸那么疼儿子。也是他那一双眼睛，简直跟他娘的一式儿没有两样，长长的眼毛，黑黑的眼珠子，他父亲（低声）就迷这对眼睛！你瞧着，昆冈一回来，汗也不擦，灰也不掸，先得抱住了他直瞅他那双眼睛，就像是他眼睛里另外有一个花花世界似的。

七妹 男人本来都是傻的……

阿明 唷，那不是小黑驴的小铃儿响（远远闻铃声），我来看！（奔栅门口，企着望）是的，奶奶，是的，爸爸回来了。他哼是急了，直要小黑驴跑快，小黑驴真乏，偏跑不快，哪有我那大白马跑得快。那不是到了吗！我接他去……（开栅门要跑）

卞母 耽着，孩子，不许乱跑，回头再闪跤，上回不是闪破了鼻子流了好些血，你爸爸还怪着我哪。等着罢，孩子，一忽儿就到了（驴铃声渐近。阿明一手曳开木门，探头出外，高声叫）

阿明 爸爸！爸爸！

昆冈 （自内）来了，来了，孩子，你爸爸来了！（进门。面红出汗，风尘满身）这不来了吗，孩子！（擎举阿明亲吻之）乖孩子，你等急了不是？（看阿明眼，神态凝重，如在祈祷）好孩子，我的亲孩子！（放下，携阿明手走向卞母）娘，我回来了！

卞母 （起立复坐）我说太阳都没了怎么还不来。这一时好吗，昆冈？李七妹刚才来，正说着你，你们不是在大佛寺儿见着了么？

昆冈 是的，娘，（向李领首）这几天烧香真旺，我说娘要是有兴致出去烧烧香，山里看看大红花倒不错呢。李家嫂嫂不是前儿个当天就回来了吗？

七妹 回来天都全黑了！王家嫂子在路上直害怕，三步并着两步走的，差点儿闪了个大跟斗！

昆冈 怎么，这二十来里地你们全是走的，好！

七妹 不，那哪成。我们骑驴儿到百善村才跑路的。好，要全走那道儿，得半夜还不准到得了哪！你快歇着罢，走道儿怪累的，今儿个天又热，你瞧你汗都透了！我也该走了，老太太，你们吃了晚饭早点儿睡罢。那吊子我使完了就拿来还。阿明乖，叫我声姨！

阿明 我不叫！

昆冈 呒，谁说的，小孩子怎没有规矩！

七妹 今儿不叫，明儿可得叫，我买糖给你吃。走了，明儿见，卞爷！

昆冈 明儿见，李嫂。

（李出木门去，低声唱歌，时天已渐暗。）

卞母 咳，七妹倒是个痛快人，可惜命运不好！

昆冈 什么，她也不知道到底是怎样的人，瞧那样儿可不怎么样——端正。

卞母 得了，别胡说八道的，人家还是新寡呢，我知道你心里反正除了青娥别人都瞧不入眼的，可是呢，死的也死了，你也有时得同活的想想，别成天的做梦了。

昆冈 唉，娘呀，谁说我不转念头呢，可是我老忘不了青娥，娘！你也是个明白人，你说罢，说句良心话，这全村上哪个女人能比得上青娥半点儿，不用说长相儿，就是性情脾气也没像她那样好的。我真不敢草率，回头一个不好，碰着个脾气不好的不是叫我的阿明受苦么？

卞母 阿明，爸爸有一个新妈妈，好不好？

阿明 奶奶，爸爸，我可以不要新妈妈，我只要奶奶疼我，爸爸爱我就够了。我不要什么新妈妈！

昆冈 （很难过的样子）知道了，孩子，大人在这儿讲话不要多口，好孩子去玩去罢。（两眼看着远山）娘呀！你老人家放心罢，让我慢慢地来想想，反正有的是时候呢。你去做饭来吃罢。

卞母 好，这才是呢，我也不是屡次地逼你，为的是我也一年不如一年了，我这回的病（摇头）真说不定哪天……我也是为的阿明一个人，咳，真是的，好好的青娥，为什么抛了我们前头走了呢，好……也是阿明命该是没有娘……这是哪里说起……（自言自语地走了进去，昆冈一直瞧着她走了进去，等了一忽儿。）

昆冈 咳！青娥，你知不知道自从你走了，我们家里再也没有乐趣了？青娥……青娥……你怎么叫我忘得了你，咳……（回头寻找阿明，见他正骑马，面转笑容）……孩子是真可爱。来，来，孩子，爸爸回了家，你快活不快活？

阿明 快活极了。爸爸，你不去了罢？我要你老跟我耽着，陪我玩儿。爸爸不在家，就有了大白马陪我玩儿，我今儿给它做了根缰绳，下回我拉紧了缰绳，它就跑不了了不是？

昆冈 明儿我请你骑驴，我做你的驴夫，好不好？

阿明 不好，你那小黑驴儿脾气怪不好的，老别扭，哪有我那大白马好，它从没有叫我闪跟斗，我就要好爸爸陪着我玩儿。（扑入怀）

昆冈 孩子，真好孩子。可是你爸爸有事，回家耽一两天就得走。奶奶领着你不好吗？

阿明 奶奶好是好，可是奶奶老了。奶奶不是忙着做活做饭，就是坐在大椅子上瞌睡。她也不叫喂我的好白马。我编故事儿给她听，她听不到三句又睡着了。她又非得逼着我叫她姨，就那个寡——

昆冈 呃，谁教你的，小孩子可不能胡说，奶奶教你总是不错的，教你叫姨你就得叫姨。她常来咱们家不？

阿明 常来，来了就要我叫姨。我可不喜欢她。她唱得也不好听，又偏爱唱，刚才不是一出咱们的门就哼上了么？

昆冈 不许胡说话，有什么好事儿讲给爸爸听？

阿明 我想想——噢，有了。爸爸我知道了！

昆冈 你知道什么了？

阿明 奶奶对我说的。

昆冈　说什么了？

阿明　说爸爸！

昆冈　说我什么了？

阿明　爸爸为什么老爱看我的眼睛！

昆冈　你知道了哪个，孩子！（亲之）多美的一双眼睛（神思迷惘），我的两颗珍珠，两颗星。青娥，你是没有死，我不能没有你。佛爷是慈悲的。这是佛爷的舍利子！

阿明　爸爸，怎么了？跟谁说话了，我害怕！

昆冈　（惊醒）不怕，孩子。我——我想你的娘哪！

阿明　我娘她不回来了。

昆冈　你是她给我的。

阿明　爸爸，我要是没有我这双眼睛，你还疼我不？

昆冈　别说胡话，怎么会没有这双眼睛，我的宝贝。

阿明　就像那关帝庙前小屋子里那弹琵琶的老周。

昆冈　你说那老瞎子？

阿明　是呀，要是我同他一样瞎了眼怎么好，那你一定不爱我不疼我了，我知道！

昆冈　不许说，小脑子里哪来这些怪念头！

阿明　我不说了，我就要爸爸老是这么疼我，老陪着我玩，老爱看我的眼睛！

昆冈　亲儿子！

卞母　（自内）吃饭了，阿明。快来！

昆冈　奶奶叫吃饭了，快去。小黑驴儿也还没有吃哪。奶奶管你，我得管它。你去罢。

阿明　爸爸，咱们说着话这天都黑了，什么都看不见了，我怪害怕的。

昆冈　有我呢，有你爸爸……到时候了，你先去罢。

阿明　你也就来罢？

昆冈　就来。

（昆冈起身出木门解驴身鞍座，台上已渐昏暗，屋内点有烛火，卞母咳嗽声可闻。卞母出。）

卞母　昆冈！

昆冈　（自木门入院）娘，你叫我？

卞母　快来吃饭罢，你也该歇歇了。

昆冈　来了，娘。

第二幕

布景

云冈附近一山溪过道处，有树，有石。因大旱溪涧见底，远处有凿石声。时上午十时。石工甲乙上。

甲　这天时可受不了！卞老师这是逼着我们做工。

乙　天时倒没有什么，过了端午也该热了。倒是这老不下雨怎么得了？整整有四个月了，可不是四个月。打二月起，一滴水都没有见过，你看这好好的树都给烧干了！这泉水都见了底了！老话说的"泉水见了底，老百姓该着急"，这年成怕有点儿别扭。息息走罢，这树林里凉快。

甲　息息，息息。啊唷，这满身的汗就不用提了！（坐石上）你抽烟不？（捡石块打火点烟斗）

乙　我说老韩，这几天老卞准是有了心事了。

甲　你怎么知道？

乙　瞧他那样儿就知道。他原先做事不是比谁都做得快，又做得好。瞧他那劲儿！见了人也有说有笑的。这几天他可换了样了，打前儿个家里回来，脸上就显着有心事，做事也没有劲。昨儿个不是把一尊佛像给雕坏了？该做事的时候也不做事，老是一个人走来走去，搔头摸耳的。要没有心事他怎么会平空变了相儿呢？

甲　对了对了，给你这一说破我也想起来了。昨儿不是吗，我吃了晚饭出来，见他一个人在那块石头上坐着，身子往前撞着，手捧着脸，眼光直发呆，像看见又像看不见，我走过去对他说："卞师父，吃了饭没有？"他不能没听见，可是他还是那愣着，活像是一尊石像。回头我声音嚷高了，我说："喂，卞师父，怎么了？睡着了还是怎么着？"他这才听见了，像是做梦醒了似的站起来说："老韩，是你吗？"你说得对，要没有心事，他决不能那么愣着。

（树林外有弦声，甲乙倾听。）

乙　又是他，又是他！

甲　谁呀？

乙　那弹三弦的老瞎子。谁也不知道他是哪儿来的。他住在那什么关帝庙前的一间小屋子里。也没有铺盖，也没有什么，就有他那三弦，早晚出来走道儿，就拿在手里弹。也不使根棍儿，可从来不走错道。有人说他是神仙，有人说他算命准极了，反正他是有点儿怪。

甲　他这不过来了吗？

（瞎子自石边转出，手弹三弦。坐一石上。）

乙　我们问问他，好不好？

甲　问他什么？

乙　问他——几时下雨。

甲　好，我来问他。（起身行近瞎子）我说老先生，您上这儿来有几时了？

瞎　我来的时候天还下着雪，现在听说石榴花都快开过了——时光是飞快的。

甲　听说您会算命不是？

瞎　谁说的？命会算我，我不会算命。我是个瞎子，我会弹三弦，命——我是不知道的。

甲　（回顾乙）这怎么的？

乙　（走近）别说了，人家还管你叫活神仙呢！街坊那胡老太太不是丢了一个鸡来问你，你说"不丢不丢，鸡在河边走"，后来果然在河边找着了不是？别说了，是瞎子还有不会算命的？咱们也不问别的，就这天老不下雨，庄稼都快完了，劳您驾给算算哪天才下雨？

瞎　什么？

甲乙　（同）哪天下雨？

瞎　下雨，下雨，下血罢，下雨！

甲乙　（同）您说什么了？（指天）下雪？

瞎　你们说下雨，我说下血，说什么了！

甲乙　（惊）下血？（指手）

瞎　对呀，下血，下血，下血！

（甲乙惊愕，相对无言，卞昆冈与严老敢自左侧转出。见瞎子，稍停步复前）

卞　老韩，他说什么了？

甲乙　（同）我说是谁，是卞老师跟严大哥！

卞　他说什么了？

乙　我们问他哪天下雨，他不说哪天下雨，倒还罢了，他直说下血，下血，下血，他又不往下说，你说这叫人多难受，什么血不血的。

卞　你们知不知道哪天下雨？

甲乙　不知道呀。

卞　还不是的，你们不知道，他怎么能知道？

瞎　对呀，你们不知道我怎么能知道！

甲乙　（怒）你倒是怎么回事，人家好好地请教你，你倒拿人家开心，活该你瞎眼！

瞎　瞎眼的不是我一个，谁瞎眼谁活该，哈哈。

甲乙　（向卞）卞老师，你说这瞎子讲理不讲理？

卞　得，得，这大热天闹什么的，你们做工去罢。

甲乙　（怒视瞎子）真不讲理！（同下）

瞎　讲理，这年头还有谁讲理！

卞　得，你也少说话。

瞎　谁还爱说话了罢！他们不问我，我还不说哪！哈哈哈。

严　不管他了，老师，还是说我们的。这边坐坐罢。

（卞严就左侧石上坐。瞎子起，摸索至一树下，即倚树坐一石上，三弦横置膝上，作睡状。）

卞　咳！

严　师父有心事，可以让老敢知道不？

卞　不是心事，倒是有点儿——为难。

严　什么事为难，有用老敢的地方没有？

卞　多谢你的好意，老敢，这事儿不是旁人可以帮忙的。

严　那么你倒是说呀，为什么了，老是这唉声叹气的？

卞　也不为别的。你是知道我的，老敢。我不是一个随便的人，你是知道的。也不是忘恩负义的人。青娥真是好，我们夫妻的要好，街坊哪一个不知道？她是产后得病死的，阿明长不到六个月就没有了娘，是我和老太太费了多大的心才把这孩子领大的。

严　阿明真是个好孩子。

卞　阿明今年八岁，我的娘今年六十三。可怜她老人家苦过了一辈子，这几年身体又不见好，阿明又大了，穿的吃的，哪样不叫她老人家费心？咳，也难怪她，也难怪她！……她原先见我想念青娥，她就陪着我出眼泪，她总说："快不要悲伤了，昆冈，这孩子就是青娥的化身，我们只要管好了他，青娥也可以放心了。"后来她看我满没有再娶的意思，她就在说话上绕着弯儿要我明白。咳，我又何尝不明白呢？青娥在着的时候，她好歹有一个帮助，婆媳俩也说得来，谁家婆媳有我们家的要好？青娥一死，一家子的事情就全得我娘来管。我又不能常在家，在家也不成，只是添她老人家的累，吃的喝的，都是她。早两年身体还要得，家事也还可以对付。去年冬天的那一病，可至少把她病老了十年，现在走道儿都显着不灵便。她自己也知道，常对我说："昆冈，我是不成的了呢。"我听了她的话我心都碎了。她呀，打头年起，就许我不回家，我要一回家，她就得唠叨。

严　她要你——

卞　可不是。她要我再娶媳妇。我这条心本来是死了的。每回我看着阿明那一双眼睛，青娥就回到了我的眼前。我和青娥是永远没有分离过的，我怎么能想到另娶的念头？可是我的娘呀，她也有她的理由。她说她自己是不中用的了，说不定哪天都可以……可是一份家是不能不管的，阿明虽则机灵，年纪究竟小，还得有人领着，万一她要有什么长短，我们这份家交给谁去，她说。她原先说话是拐着弯儿的，近来她简直的急了，敞开了成天成晚地劝我。"阿明不能没有一个娘。"她说："你就不看我的面上，你也得替阿明想想。"她说。"谁家男人有替媳妇儿守寡的。"她说："你为青娥守了快八年了，这恩义也就够厚的了，青娥决不能怪你，你真应得替活着的想想才是呢。"她说。这些话成天不完地唠叨，你说我怎么受得了？老敢！

严　真亏你的，师父。我听了都心酸，老太太倒真是可怜，说的话也不是没有理。本来么，死了媳妇儿重娶还有什么不对的，现在就看您自己的意思了。您倒是打什么主意？

卞　这就是我的为难。说不娶罢，我实在对不住我的娘，说娶罢，我良心上多少有点儿不舒泰。近来也不知怎么了，也许是我娘的缘故，也许是我自己什么，反正说实话，我自己也有点儿拿把不住了——

严　师父！

卞　（接说）原先我心里就有一个影子，早也是她，晚也是她。青娥，青娥，她老在我心里耽着。近几天也不知怎么了，就像青天里起了云，我的心上有点儿不清楚起来了。我的娘也替我看定了人，你知道不，老敢？

严　是谁呀？

卞　就是——就是我们那街坊李七妹……

严　（诧异）李七妹，不是那寡妇吗？

卞　就是她。

严　她怎么了？

卞　我不在家，她时常过来看看我的娘，陪着她说说笑笑的。她是那会说话，爱说话，你知道。原先我见着她，我心里一式儿也没有什么低哆，可是新近我娘老逼着我要我拿主意，又说七妹怎么的能干，怎么的会服侍，这样长那样短的，说了又说，要我趁早打定了主意。要不然她那样活鲜鲜的机灵人还怕没有路走，没有人要吗，我娘说。我起初只是不理会，禁不得我娘早一遍晚一遍的，说得我心上有点儿模糊了。我又想起青娥，这可不能对不住她，我就闭上眼想把她叫回来，见着她什么邪念都恼不着我。可是你说怎么了，老敢，我心上想起的分明是青娥，要不了半分钟就变了相，变别的还不说，一变就变了她……

严　她是谁？

卞　可不是我们刚才说的那李七妹吗？还有谁？

严　把她赶了去。

卞　赶得去倒好了，我越想赶她越不走，她简直是耽定了的，你说这是怎么回事？

严　您该替阿明想想。

卞　可不是，要不为阿明，我早就依了我娘了。哪家的后母都不能欢喜前房的子女，我看得太寒心了，所以我一望着阿明那孩子，我的心就冷了一半。

严　呒，还是的！

卞　可是我娘又说，她说李七妹是顶疼阿明的，她决不能亏待他。有一个娘总比没有娘强，她说。

严　师父！

卞　怎么了？

严　我也明白您的意思了。您多半儿想要那姓李的。

卞　可是——

严　可是，我说实话，那姓李的不能做阿明的娘，也不配做师父的媳妇。趁早丢了这意思。师父要媳妇，哪儿没有女人，干么非是那癫狂阴狠的寡——

卞　别这么说，人家也是好好的。

严　好好的，才死男人就搽胭脂粉！

卞　那是她的生性。

严　（诧视）师父，您是糊涂了！

（林外一女人唱声）

卞　听，这是什么？

瞎　（似梦吃）下雨，下雨，下血罢，下雨！

卞　（惊）怎么，他还没有走？

严　他做着梦哪！

（唱声又起，渐近。）

卞　（起立）喔，是她！

严　是谁？

卞　可不就是她，李七妹。

严　喔，是她！

（李七妹自右侧转入，手提水吊，口唱歌）

李　（见卞现惊喜色）唷！我说是谁，这不是卞爷么？

卞　（起立）喔，李嫂子。

李　（微愠）什么嫂子不嫂子的，我名字叫七妹，叫我七妹不就得了。

卞　（微窘）你怎么会上这儿来呢？

李　你想不到不是！我告诉你罢，我姑母家就在前边，昨儿她家里有事，把我叫来帮帮忙儿的。这天干得井水都吃不得了，我知道这儿有泉水，我溜踏着想舀点儿清水回去泡一碗好茶吃。谁知道这太阳凶得把这泉水都给烧干了，我说唷，这怎么的，难道这山水都没了，我就沿着这条泉水一路上来。这一走不要紧，可热坏了我了，我瞅着这儿有树，就赶着想凉快一忽儿再走，谁知道奇巧地碰着了卞爷你！唷，可不是，这里该离大佛寺不远儿了，那不就是您做工的地方么？

卞　不错，就差一里来地了。

李　（看严）这不是——严大哥么？

卞　是他。

李　唷，你好，咱们老没有见了。

严　好您了，李嫂。

李　我说这不是你们正做工的时候，你们怎么有工夫上这儿来歇着。

卞　我们打天亮就做工，到了九十点钟照例息息再做。我们也是怕热，顺道儿下来到树林里坐坐凉快凉快的。您不是要舀水么？

李　是呀，可是这山溪都见了底了，哪有一滴水？

卞　这一带是早没有了，上去半里地样子还有一个小潭子，本地人把它叫作小龙潭的。多少还有点儿活水，您要水就得上那边儿舀去。

李　可是累死我了，再要我走三两里地，还提留着小吊子，我的胳膊也就完了！

卞　那您坐坐罢，这石头上倒是顶凉的。

李　多谢您了，卞爷！

卞　（看严，严面目严肃）这么着好不好，您一定要水的话，就让严老敢上去替您取罢。

李　（大喜）唷，这怎么使得！严大哥不是一样的累（看严，严不动）不，多谢您好心，卞爷，我还是自己去罢……

卞　要不然就我去罢。（向李手取水吊）

李　（迟顿）我怎么让您累着，我的卞爷。

卞　咱们跑路惯着的，这点儿算什么。（取水吊将行，严向卞手取水吊）

严　师父，还是我去。

卞　（略顿）好罢，你去也好。

李　太费事了，严大哥，太劳驾了！

严　（已走几步，忽回头）师父，您还是在这儿耽着，还是您先回去？

卞　（视李）快点儿回来罢，我在这里等着你哪。

（严目注卞李有顷，自左侧下）

（卞李互视，微窘，李坐石上）

李　卞爷，您不坐？

卞　我这儿有坐。

李　卞爷，您老太太近来身体远没有从前好了似的？

卞　差远了。

李　阿明那孩子倒是一天一天长大了。

卞　长大了。

李　孩子倒是真机灵。

卞　机灵。

李　奶奶一个人要管他吃管他穿的，累得了么？

卞　顶累的。

李　卞爷！

卞　李——七妹！

李　街坊谁家不说卞爷真是个好人。

卞　我？

李　可不是，您太太真好福气。

卞　死了还有什么福气？

李　人家只有太太跟老爷守节的，谁家有老爷跟太太守节的——卞爷，您真好！

卞　呃……

李　真难得，做您太太死了都有福气的……

卞　呃……

李　可不是，女人就怕男人家心眼儿不专，俗话说的见面是六月，不见面就是腊月，谁有您这么热心？

卞　七妹！

李　卞爷！

卞　（顿）您几时回家去？

李　您几时回家去？

卞　我明儿不走后儿走。

李　我哪天都可以走，您带着我一伙儿回去不好么？上回我跟王三嫂回得家顶晚怪怕人的。有您那么大个儿的在我边儿上，我什么都不怕了。

卞　老敢该回来了罢。

李　他倒是腿快，卞爷您真有心思，省了我跑，这大热天多累人。回头他回来了，您就陪着我上我姑母家去喝一杯茶不好么！就在这儿，不远儿的。

卞　我不去罢。

李　那怕什么的。那家子又没有人，您喝口水再回去做工不好？

卞　呃……

瞎　（似梦）你们不问我，我还不说哪，谁愿意多嘴多烦的？

（卞李惊视。严提水吊自左侧转上，汗满头面，卞李起立。）

严　来您了！

李　这不太劳驾了，严大哥！（向卞）我们走罢。

严　师父，您还上哪儿去，今儿您不该雕完那尊像么？

卞　我陪着李嫂去去就来，你先回去罢。

（卞自严手接水吊，与李自右侧下。严兀立目注二人，作沉思状。）

严　糟！

瞎　（挈三弦起立）下雨，下雨，下血罢，下雨！（弹弦自右侧下，弦声渐远。严兀立不动，幕徐下。）

第三幕

布景
　　卞昆冈家，如第一景。院中置长桌设筵。卞娶李七妹后，卞母即死，是日为卞生辰，其工友及邻居群集为卞祝寿。幕升时酒已半酣，卞昆冈居中坐，左七妹，右阿明。外客严老敢外有石工甲乙二人，邻居王三嫂，及尤某共八人，分坐左右，两端右坐严老敢，左坐尤某。

　　幕起时闹酒声喧，工友甲乙正劝卞尽杯。七妹默坐无言，偶目注尤某，严老敢觉之，亦镇静寡言笑。

甲乙　（同）王三嫂，你说对不对，今儿个卞老师非得敞开了大唱。他们结了婚老太太就故了，咱们也没有得喝一回闹酒，今儿个可得尽兴的闹一闹哪。这生日也不比往常的，今日个不乐哪天去乐。王三嫂，卞老师，喝，喝，大家麻利点儿……直着嗓子，来，我喝个样儿给你们看看！干……干！卞老师，怎么了，怎么了，不干我们可不答应……（卞干杯）

甲乙　（相视私语）好，第十八杯了！

卞　（醉）喝，喝，还得喝，酒来，酒来！

李　（止之）少喝点儿罢，又该撒酒疯了！

卞　（起立）哈哈，你们听见了没有，她要我少喝点儿，怕我发酒疯？我老卞今儿个还是第一天快活，不敞开了喝一个痛快怎么着？老太太在着，她许不让我喝酒，你（指七妹）怎么能不让我喝酒……你不让我喝，我偏喝。来，老韩，给斟上了，满满的，来，大家来。王三嫂，您也来一口罢，大家凑个热闹。尤先生，不要那文绉绉的，也得来一杯。老敢，你怎么了，干坐着发愣，有什么心事了吗？哈哈哈，来来来，大家来！（喝）干！（合座皆举杯，甲乙欢呼，尤略附和，王三嫂亦醉笑。老敢独喝闷酒，不笑也不语。七妹擎杯不饮，若有所思。阿明注视其父，讶其变常）又没有酒了！（取酒器给七妹）劳驾太太，再给我们烫一罐来，热热的（七妹接器起离座，悻悻然，目瞟尤某，入屋内）阿明，阿明，你奶奶呢？你妈妈呢？

阿明 奶奶？奶奶不是在大佛寺吗？妈妈早死了，爸爸！

卞 死了，娘，我的亲娘，你儿子没有孝顺着你，你老人家怎么的就去了！娘呀！

王三嫂 娘，卞爷，这怎么了，真醉了么，大喜日子哭什么了？老太太还不是顶有福气的，你哭什么了？别，回头七妹又该多心了，咱们今儿个算是替你们贺新房哪，韩大哥，对不对？

甲乙 可不是闹新房来了？咱们且不走哪，今晚要闹得你们睡不了觉，您试试，哈哈哈哈！

卞 新房，谁做了新郎了？

甲乙 （互语）他真醉了！谁做了新郎了，这多可乐？卞师父，你猜猜谁是新郎？哈哈哈！

卞 （惝恍）阿明，我要看你的眼睛，我要看你娘的眼睛，你娘的眼睛。（抱阿明）你们看看，这孩子多美，这双眼睛多美！谁是新郎，倒运的！

（时七妹已取酒就席，听卞言，怔立其旁，卞谛视之，忽笑作媚语）我说是谁，原来是青娥。青娥，我的妹子，我的太太。这是你我的儿子阿明，你瞧有这么大了，多美的一个孩子。你不疼他么，你怎么不亲他？

阿明 爸爸，你怎么了，你认错人了，她不是我的娘，她是你的新娘子，我没有娘，我没有娘！（伏卞胸前啼。座客皆惊诧。）

七妹 （愤甚妒甚，冷笑）好儿子，好太太！本来么，死骨头都是香的！咱们哪配？

卞 （惝恍）青娥，青娥，你不要骂我，你不要怪我，不是我无情，那是老太太她非得我……她说阿明不能没有娘，好孩子，他这算是有娘了，哈哈哈！（对七妹）青娥，你，你怎么的不说话呀？

第二篇　寂寥才情

李　（厉声）别你妈的活见鬼了！你老娘是活人，不是死鬼，什么青娥黄娥的，你上坟堆里找去，缠不了我！（离座去枣树左侧，尤走近之，严注视。）

尤　（低声）不要在这儿闹。

李　你瞧，这我怎么受得了！也是我倒了霉了！（绕树出木门，尤随之，时座客纷纷劝卞，有私语者，有嚷取茶解酒者。阿明亦离座四望，严在其耳畔密嘱，阿明亦出木门去。）

（卞跪然离座，倚枣树上，老敢缓步行近，以手抚其肩。）

严　师父。（卞不应）师父！

卞　（举头望严，无语，眼含泪。）

严　要茶不？

卞　老敢——

严　我扶您去睡罢。

卞　老敢你——你不要笑我！

严　师父说什么！

卞　我没有听你的话——

严　师父，耐住点儿。

卞　错了，错了！

严　耐住点儿。

卞　娘呀，我的娘！

严　看老太太份上您也得忍耐。

卞　我不怪你，娘，我怪我自己。是我糊涂，没有听老敢的话……青娥，你一定怪我，笑我，我是活该，活该……可是你也应得可怜我，我知道，打头儿我就知道我是不对的，我的良心并没有死，是我一时的糊涂，现在懊悔也嫌迟，娘，青娥，你们都得可怜我，我……

严　别！师父，客人都走了。（时座客王三嫂及甲乙见卞醉态表示惊讶，相约不别而去，临行向严做手势会意）您也该息息了，这酒喝的太多了。

卞　……可怜我……阿明，我的宝贝。你们放心，我看着他，我活着就为他，我领着他，疼他，谁都不能欺他，谁敢我就跟谁拼命，他是我的性命……老敢，你帮着我，这世界上我再没有亲人，除了我的孩子。你是我的朋友，好伙计，我知道。（携严手）你一定忠心到底，你是我的臂膀！

严　放心，师父，老敢不是好惹的，谁敢！咱们明儿回山里去，什么也惹不了咱们。娘们儿就是那心眼儿小，不用跟她们一般儿见识，哪犯得着？

卞　我那阿明呢？（叫）阿明，阿明！

阿明　（自门外奔入，伏下身上）爸爸，爸爸，我在这儿哪！

卞　（喜）好孩子，好儿子，你上哪儿去了？

阿明　（惊惶状）爸爸！

卞　怎么了？

阿明　（急看木门外），爸爸，他们说着话哪！

卞　他们说着话，谁是他们？

阿明　（迟疑，看严）爸爸你可不许告诉——

卞　告诉谁？

阿明　告诉新妈妈，回头她打我！

卞　傻孩子，爸爸自然不说。他们是谁？

阿明　我新妈妈跟那姓尤的。

卞　她跟那姓尤的？

阿明　是。新妈妈不是骂了爸爸么？她就出去，那姓尤的就跟了去，我也跟了去，他们走到那井边就站住说话了。我呀，爸爸，我就躲在那棵树下，他们没有看见我——

卞　吭，孩子，怎么样？

阿明　他们没有看见我，我想听听他们说什么话。我心里可真害怕。

卞　你听到他们说什么了？

阿明　我没有听见。

卞　笨孩子！

阿明　他们是这么曲曲曲曲说话的。两个头碰在一起，谁知道他们说什么了。

卞　那么你一句也没有听见？

阿明　我就听见提我的名字。

卞　（惊）提你怎么了？

阿明　他们不喜欢我，恨我。我怕，爸爸！

卞　乖孩子，他们能欺负你，有爹爹哪，还有严叔叔，他是你的好朋友。

阿明　（看严笑）严叔叔好！

卞　他们还说什么了？

阿明　他们也说爸爸。

卞　说我怎么样？

阿明　他们也不喜欢你，他们恨你，我看他们说话的神儿我就知道。爸爸，你怕不怕？

卞　（沉思有顷）孩子，那姓尤的常来我们家吗？

阿明　我，我不知道……

卞　你知道，怎么不知道，来，告诉你好爸爸，乖。

阿明　我说了新妈妈要打我。

卞　你说罢，有什么事？全告诉爸爸。

阿明　我告你，你可不能让新妈妈知道。

卞　说罢。爸爸不在家，那姓尤的不时常上咱们家来么？

阿明　他不来，他白天才不来哪。

卞　难道他晚上来？

阿明　总要天快黑他才来，偷偷的也不像个客人。他一来就在咱们的门上打两下，新妈妈就着急似的赶出来，不是靠在木门外面就在这树背后站着说话。他们且说哪,老说不完。他们先不让我看见,我可早看见了。有时候他们在这里说话,我在外边玩儿了回来,我就偷偷地躲在一边看他们。

卞　他们怎么样?

阿明　他们俩顶要好的,新妈妈跟他且比跟爸爸亲热哪。

卞　他们知道你看见了他们没有?

阿明　他们先不知道,有一天我正想偷偷地进屋子去,给他们看见了,新妈妈就叫我,待我顶好的,那晚上,她后来问我认识那个人不,我说不,实在我早认识的,他还不是那开杂货铺的,白白的脸子,顶讨厌的。妈就告诉我不许我对爸爸说他上咱们家来,说了她不答应我,要打我,我就说我不说,她说好,乖孩子,明儿给你做件新衣服穿,这不就是她给我做的罢,爸爸你看,顶好的!

卞　还有怎么样?

阿明　到明儿我到那杂货铺门前去玩儿,那姓尤的就叫住了我,给了我一包糖,可不好吃,我先不要,他一定要我要,塞在我口袋里。随后他来就不避我了,有时他也到妈屋子里去,见了我就哄我。我可不喜欢他,见了他我心里怪害怕的,我直想对爸爸说,新妈妈可老是吓呵我,不让我言语,我今儿可给说了。爸爸,还是爸爸顶好,我见了新妈妈也真害怕。爸爸不是顶喜欢我的眼睛么,她呀——

卞　(急)怎么样?

阿明　她可顶不喜欢我的眼睛。

卞　你怎么知道?

阿明　我不知怎么的,我知道她就不喜欢我的眼睛,我知道。

卞　你明儿跟我们到山里去,好不好?

阿明　(喜跳)好极了,爸爸,好极了,爸爸。严叔叔,你们非得带我去。爸爸老答应我,可老不带我去,我不爱在家里耽着。我害怕。

卞　为什么害怕?怕什么?

阿明　家里没有爸爸,多不好玩儿。我怕新妈妈,她不疼我,我也害怕那姓尤的。

严　有我哪，你怕什么的？

阿明　（狂喜）唷，你们听呀！

卞严　听什么了？

阿明　老周来了！

卞严　谁是老周？

阿明　那弹三弦的。听，那不是他弹着来了！

（三弦清切可闻，音调急促而悲切，三人凝听有顷，卞严若有所感。）

阿明　（跳起）爸爸，我去叫他来好不好？

卞　你怎么认识他？

阿明　呒，他待我顶好的，除了爸爸，就是他待我好。他每天都得打咱们门口过，弹着三弦，好听极了。我就跟他说话，他说话顶好玩儿的，讲故事，说笑话给我听，我不是笑就是哭，哭了他就摸我的手，又说笑话！非得把我说笑了，爸爸，咱们俩才好哪。他也让我到他那小屋子里去，好玩极了，什么都没有的，就是一地的草。他也让我弄他的三弦，他说他要教我，爸爸，你让不让我学，有他那么会弹多好玩！

卞　小孩子胡说胡跑的，不许你跟生人乱说话。他要是个拐子呢？

阿明　他不是拐子，他是个好人。有一回新妈妈让他进院子来不知说什么了，我没有听懂，他也不知道说了些什么，新妈妈就生气了，把他撵了出去，不许他再来。他倒没有生气，他真是个好人。咱们让他来罢。

（弦声又作，调变凄缓，似已走远。）

卞　别让他来了，他已经走过去了。

阿明　那让我到门口去望望他。

（阿明正开木门，七妹走进，阿明惊，退回卞处。）

阿明　新妈妈回来了！（小语）爸爸，你可别说！

七妹　（悻悻然举目看院内）好，酒鬼倒全溜了！

卞　（厉声）你骂谁！

七妹　（惊）还在哪，我当是全死完了！

卞　（厉声）过来！

七妹　你叫谁？

卞　叫你，叫谁？

七妹　我不是在这儿吗，有什么说的？

卞　（起立行近，七妹微却步，严携阿明手，阿明作惧态。）我明儿一早回山里去！

七妹　我没有留你！

卞　（声和缓）你——你得好好的替我看家。

七妹　谁偷了你的！

卞　一个人得有良心，我没有亏待你。（声哑）

七妹　这有什么说的。

卞　你知道我一生的宝贝就是阿明。当初我娶你也就为了他。我娘说小孩儿非得有个母亲，又说你怎的能干，会当心人，我才娶你的。

七妹　好，你不娶我，我怕没有饭吃了罢！

卞　（高声）你听我说。你已嫁了我，就得守我们的家规。我们家虽是穷，可是清白。老太太的勤俭你是知道的。你现在是我们家主妇，是阿明的娘，你听着了没有？是阿明的娘，我把我的家、我的孩子交付给你，你的责任可不是轻的。我不常在家，你得替我看好了家，看好了我的孩子。要有什么差池，哼，女人，我可不能跟你干休！

七妹　唷，你这话多好听！倒像是我败了你的门风，害了你的孩子似的！好，要我看好了这样，看好了那样，我可受不了。你要不放心，你自个儿看去，我，我才不来管你妈的宝贝！（急步进屋）

（卞怒极，握拳露齿，严与阿明趋拥之。）

严　得，师父，跟娘们儿有什么说的。天快晚了，咱们溜踏溜踏去。（挽卞手同出木门去，阿明独留台上，张顾左右，欲随去，复止，欲进屋，复止。）

阿明 我害怕！

（三弦声忽作，近在门际，阿明喜跃起，趋门，见瞎子立门外，露笑容。）

阿明 喔，老周！

瞎子 他们呢？

阿明 全跑了！

瞎子 好孩子，跟我来罢。

（阿明回头探望，悄悄出门随去。同下。三弦声复作。）

（台上空有顷。李七妹自屋内出，见无人，趋木门外望，口作吁响，尤自屋右侧转出。）

李 进来罢，没有人。

（尤进门，二人作亲昵状，同至台左侧。）

尤 可别惹那姓严的，他那凶相儿可怕。

李 你明儿晚上来罢，他天亮就走。

尤 小心，那小孩儿没有说什么话罢。

李 我恨极了那小杂种了，我们非得收拾他那双眼睛，我就恨毒了他那双眼睛！你说的那个东西别忘了！

尤 下得了手罢？

李 怕什么的，又没有破绽，咱们也好敞开了玩儿。

尤 （涎脸）你让我敞开了玩儿！（李笑披其颊，幕下。）

第四幕

布景

卞昆冈家内景。左侧一门，垂有布帘。设备简朴，一壁悬佛及观音像。一壁供卞母灵位。桌凳而外靠左侧有一小榻，上铺布被。右侧门外即前幕庭院。壁角杂置石作刀锯器具。

幕启时七妹独坐右门侧缝衣，频转眼望左门，面有得意色，间发冷笑，忽起趋左侧揭门帘探身内窥，复归坐，微唱。户外有剥啄声，七妹微惊，急起驰出，偕尤某同入。

七妹　谁让你这时候来的？叫他给碰着了又该我倒霉。

尤　我知道他不在家。

李　你怎么知道？

尤　今儿早上我看他们师徒俩骑着驴往西边去的。

李　你知道他们上哪儿去的？

尤　求那老道去了。

李　哪一个老道，你怎么知道？

尤　就是西山脚下火神庙里修行的老道，会治病的。昨天我在茶馆里听见村东那姓陈的对姓严的说让老卞去试试那老道，又说非得一早去，迟了老道就不在家。又说他灵着哪，什么疑难急症大夫治不了他全能治，他有的是古怪的秘方。今儿我起一个大早，果然见他们俩奔丧似的跑了去。（四顾）唉，那小的呢？

李　（口呶向左屋）在里面。

尤　咱们说话他听得见么？

李　我才看过，正睡着哪。昨晚那疯子哭了一宵，那小的也哭，哼，哭死也哭不活那妈的乌珠子，倒闹得我一宵也没有睡好。说是，倒有你的，那东西真见效！

尤　敢情，咱们动手的事儿没有错儿。他疑心不？

李　谁疑心？

尤　你说的那疯子。

李　他是粗心大眼的，就是急，简直是疯子，可不是，这几天他压根儿没有吃一碗饭！他那疯劲儿可受不了，也算是我活该倒霉，你瞧，我这儿一个疤，（指颈根左侧）可不是，这事我还没有告诉你哪。

尤　（抚其颈）粥粥！真的有一个血印子，那是怎么来的？

李　他生日那天不大发酒疯么？要不为那次发疯，当着众人面叫我下不来，我还不下毒手哪！那晚上更可笑了。我气极了，晚饭也没有吃就上床睡了，他回来自个儿弄的饭吃。后来他也来睡了，还来黏着我，我直没有理他。好，到了半夜，你说怎么着，他又见鬼了：打头儿先是青鹅白鹅的胡叫，一忽儿手伸来了，直摸我这儿，嘴里说"让我亲亲你那小多多儿，让我亲亲你那小多多儿"……你说是什么，还是老太太告诉我的，他的前妻的颈子上长这么一颗黑痣，他管它叫小多多儿。我没睡着，直不言语，他老摸，摸来摸去的，小多多儿摸不着，倒摸得我怪痒痒的。我再也耐不住，我就骂。一骂他也醒了，一醒他就恨，本来他是恨极了我的，就拉着我使他那狗牙狠命这么一咬，妈呀，差点儿一块肉都叫他咬掉了，直痛了我好几天，你说多气人！本来你那东西弄了来，我还有点心软，让他这么一疯，好，我再不给他颜色看怎么着！

尤　敢情你有理！可是当初谁叫你嫁他的？

李　（脸红）什么当初不当初的？你拿着这小拐杖干什么了？

尤　（笑）唷，我倒忘了，这是我送你们家的节礼！

李　什么哟？

尤　你家出了一个小瞎子，走道儿不用得着它么？我还是亲手做的哪。

李　（笑）小鬼倒真会……唷，什么了（听。携尤同趋左门揭帘内窥，复轻步走回右侧。）

尤　睡得着哪。老七，你说咱们这事情不碍罢？

李　他倒是容易对付，疯一阵，痴一阵，也就完了。倒是那姓严的，你别看他长相粗，他有时心眼儿倒是细。打头儿我就不敢正眼望着他。他对那姓卞的倒真是忠心，比狗还忠心，单说这几天为了那小鬼，连他都急得出了性了。前儿个有天他带住了我——

尤　怎么了？

李　没有什么，他没有敢明说，他仿佛是替他师父来求着我，说他是个好人，全村子都看重他，他这份家现在全得靠我，小孩没有亲娘也是怪可怜，这个那个地说了一大篇。他说话都抖着的，听得我心直跳，就像他早知道咱们要来玩一手似的，你说怪不怪？咱们第一得防着他。我看他也注意你，你没有觉着生日那天他老望着你么？

尤　不错，那姓严的是讨厌，我见他也有点慌。他那两只大眼睛直瞅着你，什么都叫他看透了似的。他们这回回来怎么了？

李　这回回来自然忙着那乌珠子。什么法儿都试到了。前儿个也不知听了谁的，拿一个什么，那长长毛的刺猬，活着的，就这么手拿住用刀拉出那皮里的油，说可以擦得好。又一回更腻了，我想着都腻，姓严的去街上捉了一个小黑狗，拿它活剥了皮，血呀，拉拖了一地，那狗要死不死刮淋淋地叫，才叫得人难受，就拿这活狗身上剥下来的皮给塞着那孩子的脑袋上，说这样什么眼病都治得好。

尤　有效没有呢？

李　有效？有效还不错哪。白糟蹋了一条狗命，多造孽。你说老道能治吗？

尤　老道，嘿！老仙爷老佛爷都治不了！

李　这家子我的日子可也过不了了。

尤　咱们再想法子，干了小的再干老的——

李　吁，你听，这不是驴铃儿响吗？你快去罢！

尤　（仓皇出门）明儿晚上——

李　去罢！（尤下，七仍坐原处缝衣）

（铃声渐及门，卞严同上。卞面目瞧悴，衣服不整，严较镇定，然亦风尘满身。）

卞　（入室喘息有顷，周视室内）怎么了？

李　（冷）什么怎么了？

卞　阿明怎么了？

李　我知道他怎么了？

卞　（厉声）他上哪儿去了？

阿明　（七未答，阿明自内室）爸爸，我在这儿睡着哪。

严　他睡着哪。

卜　（音慈和而颜色凄惶）你睡着哪，好孩子，你爸爸出去替你弄药回来了。（急步入内室）孩子！

（严挺立室中，目送卜入内室，复注视七妹有顷，移步近之。七妹缝衣不辍。）

严　（郑重）师母！

李　（惊震，举头强笑）唷，老敢，你也回来了，你们上哪儿去了？

严　山里去——为阿明求治。我说师母，不是我放肆说句话，做人不能太没有心——太没有情……

李　（强笑）唷，这怎么了？

严　我是个粗人，我也没有家，我一辈子就敬重卜师父一个人，为了他的事情，我老敢什么时候说拼命就拼命。可怜他运气是够坏的，死了太太，又死了老太太。阿明是他的性命，偏偏又是这怪事的眼睛出了毛病，说不定这眼睛就治不回来，我怕很难……

李　可不是，你们也算尽了心了，什么法儿都试到了，他还是不见效，那有什么法儿想呢？

严　真可恨，也不知怎么会有这怪事儿的，总不能是有人暗地里害（声沉着）他罢，为什么好好的眼睛忽然地变坏了呢？（目注七）

李　（低头）真是，也不知怎么了，你们上回离家的那天都还是好好的不是？你说有人算计他……

严　吭……

李　别是那老瞎子罢，有人说瞎子要收徒弟就想法子挑聪明的孩子给弄瞎了，他们为了自己就顾不得人家，阿明那孩子生相也怪，他就爱跟那老瞎子说话玩儿，谁家孩子都不能跟瞎子亲热不是？

严　快别这么说，那老周是好人，他跟这家子又没有仇又没有恨，他哪会下这样阴险的毒手？

李 唔，这谁知道，常言说的人不可以貌相，我就最讨厌那班走江湖的……可不是么，他初来的时候，我还让他上咱们家算命来着，他打头儿说话就有点儿怪，他说什么丧门白虎，年内一定见血什么一死的胡话，我听气极了，就把他撵了出去，准是他记恨了。偏偏阿明那孩子一听着他那倒运的三弦，就非得跑出去跟他胡扯，我看他准有点儿嫌疑。

严 天有报应，谁造孽谁受报，王法到不了的时候自有天条，也用不着咱们胡冤枉人的。倒是老师他，我看是太可怜了。他本来是最敬佛爷的，这回他简直是痛伤了心，阿明要是不好，他，他就此发了疯都说不定！原来他过庙总是要拜庙的，今儿到山里去，他对着火神爷土地直骂，他说他一辈子亲手造了好几处庙，亲手雕了不知道多儿个的佛像，又是逢山拜山、见庙进香的，谁想好处不见，反而家里出了这稀奇的事情，他怎么能不怨，他怎么能不恨？不说别的，你不看他这几天简直连饭都不吃，晚上觉都不睡，眼睛里直冒火，说话声音都是发抖的，人家说话有时他都听不真，师母你又是这躁脾气，没有得好脸子给他看。可是除了你，师母，还有谁能帮着他一点。我怕我们再不想法子舒疼舒疼他，他要再有什么长短，师母……

李 （低头不语有顷，微露焦躁。）我明白你的意思，老严，可是这话你别用跟我说，单瞧他疯劲儿，谁受得了他的，我是受够的了！

严 那你……

（卞自内室出）

严 （转向卞）怎么了？

卞 那符我给化在水里给他吃了。

严 你没有忘了那小包朱砂罢？

卞 没有忘，你进去看看他去。

（严入内室。卞行至佛像前，握拳作愤怒态，继低头似自艾，复至灵位前，对遗像凝视，摇头未感。忽转身笑，七妹惊顾。）

卞 （指灵位）怎么，老太太这儿茶都不用供了！活人你不管也罢了,连故世人的面前你都不该尽一点心么?(七不语)阿明,多活灵的一个孩子,我交在你的手里,好好的一双眼睛,怎么会出这怪病,我不在家,你可在家。(愤)我不问你问谁!(七不语)我这辈子就有这一个孩子,又是这双眼睛,(悲)这双眼睛,叫我怎么能不心痛?(七不语)老太太,娘呀!你想不到罢,你去了不到几个月,我们家就变成了这个样儿,一杯茶水都没有人管。(七不语)还有阿明,我也无非顾着您的意思,算是有了一个娘,多少可以看着他一点,唉!娘,他眼睛都快瞎了!(七不语)好,你没有得话说,你也该惭愧了罢,女人!阿明的眼睛要是好不了,哼,你看着罢!

(卞诉说时七表情由羞转怒,正欲发作,严自内室出,七逡巡出门去。)

严　师父,阿明说他眼睛不痛了,他要到外间来。

卞　(喜)怎么,不痛了!好,你扶着他出来。

(严复入挈阿明出,阿明眼上包有白布,一手拉严手,一手向前扪索,卞感情激动。)

阿明　爸爸!

卞　孩子,怎么了?严叔叔说你现在眼珠子不痛了,真的呀?

阿明　是不痛了,爸爸。

卞　脑袋也不昏了?

阿明　不昏了,我现在顶快活的,我一定会好的。(略顿)爸爸!

卞　(蹲伏把阿明手)孩子,怎么着?

阿明　爸爸,你不要难过,你难过我更难过,爸爸!

卞　孩子!

阿明　我眼睛是一定会好的,爸爸。爸爸最爱我的眼睛,我知道。

卞　孩子!

阿明　爸爸,你放心,我的眼睛一定不能有毛病,我要是没有这眼睛,爸爸你也不疼我了,那我还不如死了哪。

卞　亲孩子!

阿明　爸爸你也不用跟新妈妈打架。新妈妈不在屋子里么？

卞　她才出去，不在屋子里。只要你乖乖的好了，爸爸自然不难过，回头我让严叔叔买糖给你吃。

严　准是那老道的符有点儿道理，怎么吃了那符水一阵子就不痛了呢？

卞　也许佛父保佑。我们把他包的布去了看看好不好？

严　去了包布好不好，阿明？

阿明　好，去了试试，这回我一定看得见了，这回打你们回来我就没有见过你们。快去了罢，爸爸。

（卞严合蹲侍一边，卞解去布缚，手发震。）

阿明　怎么爸爸你发着抖哪。

（布已解去，阿明双目紧闭，卞严疑喜参半。）

卞严　（同）阿明！你慢慢地睁开试试！

（阿明，徐张眼，光鲜如故，卞狂喜）

卞严　（同）阿明，你看见我们不？

阿明　（微蹙）我——见。

（但眼虽张而瞳发呆，卞严相视。卞以手指划阿明眼前，不瞬。）

卞　你真的见吗？

阿明　不——我会见的，爸爸。

卞　那你现在还看不见？

阿明　我——见。

（卞跳起，趋室一边，倚壁上）

卞　明儿你见我不？

阿明　（循声音方向举手指）你在那里，爸爸。

卞　（复乐观）老敢，你知道，他初睁开，近的瞧不见，远的许看得见。

严　这许是的，你再试试他。

（卞空手举起）

卞　阿明！

阿明　（现笑容）爸爸！

卞　我手里拿着什么东西？

（阿明略顿）

严　你爸爸现在手里拿着什么东西，你看不看见？

阿明　（微窘）我看——见。

卞　那你说呀，我手里是什么？

阿明　（似悟）一根棍子！

卞　（极苦痛）天呀！（更不能自持，抱头伏墙泣。严亦失望。阿明仓皇，伸手向空摸索。）

阿明　爸爸，爸爸，别急，别急！（幕下）

第五幕

景如上幕

幕时台上全黑，唯左侧内屋有油灯光，屋外有风雨声，院内大枣树呜咽作响。风雨稍止，院外木门有剥啄声，七妹自左侧内院驰出，偕尤同上。

尤　喔，好大雨！我全湿了。

李　怎么早不来，我还当你不来了哪。

尤　我还有不来的！

李　快脱了你的笨鞋，再进我屋子里去，糊脏的！（摸一椅使坐）

尤　（坐脱鞋）脱了鞋又没有拖鞋。

李　房里有他的鞋，你正穿，就这穿着袜子进去罢。

尤　那小的睡了罢？

李　早睡着了。他就睡在这榻上。

尤　疯子几时回来？

李　还说哪，他明儿一早就回来，你今晚不到天亮就得走！

尤　不走怎么着？

李　别胡扯了，快进去罢！

（尤七同进房，油灯亦灭。风声又作。月光射入，正照阿明睡榻。房中有猥亵笑语声，阿明惊醒，起坐呼唤。）

阿明　妈，妈妈！（声止）妈妈你睡着了？（复睡下。亵声复作，阿明疾坐起）妈妈，你那儿是谁呀？是谁跟你说着话哪？别是爸爸回来了罢？是爸爸回来怎么没有来看我？我晓得了，我瞎了眼，爸爸也不疼我了，我早知道他不疼我了！妈妈，妈妈，我怕，我害怕，我什么也看不见！（屋外风怒号）这风多可怕，像是有好多人喊救命哪。妈妈，你怎么也不答应我，我才听见你说话的，我又不是做梦。妈妈，爸爸！妈妈，爸爸！我怕呀，我怕！（睡下取被蒙头有顷，亵声复作，复坐起，举手摸索啜泣。忽抬头睁眼，目光炯然，似有决心，潜取衣披上，摸索床头得杖，移步及门，手触帘，作闯入状，复止，转步摸索出右门去。目光转暗，风势复狂。）

李　（自左室内）别闹了，不早了，趁早走罢！

（尤自室内出。扪索而行）。

尤　这多黑，天还没有亮就赶人走！（及门）摸着了，我走了，啊。

（尤出门，即遭狠击。）

李　（自内惊问）怎么了？

尤　哼，是你啊，小鬼！

李　（已出房）谁？

尤　（气喘）那小王八，小坏蛋，小瞎子，他，他想打我哪……不要紧，我已经逮住了他了……你再凶，试试，好，好胆子，想干你的老子！

阿明　（嘶声，极微弱，似将毙然）爸爸！

李　（亦在门边）把他带进屋子去！

（尤七共曳阿明入内，时天已黎明，屋内有光，隐约可辨，户外风拂树梢，作呜咽声。）

尤　（喘息）小鬼，你凶！

李　别掐他了……呀，怎么了，阿明，阿明！不好了，死了！

尤　诈死罢，哪有这么容易，我又没有使多大的劲。

李　阿明，阿明！你摸摸，气都没了，这怎么办？

尤　死了也活该，谁让他黑心要害人？

李　你倒说得容易。这事情闹大了，怎么好？疯子一回来，我们还有命么？

尤　别急，咱们想个主意。

李　你害了我了……

尤　别闹。咱们把他给埋了，就说他自个儿跑了，好不好？

李　不成，他们找不着他还得问咱们要人。

尤　咒他妈的，咱们趁此走了不好么？

李　上哪儿去？

尤　赶大同上火车到北京去，不就完了？

李　你能走么？

尤　还有什么不能的！快罢，迟了他们回来。你东西也不用拿，我有点儿钱，我们逃了命再说罢。

李　（指阿明）他呢？

尤　还管他哪，让他躺着罢，自然有他老子来买棺材给他睡。天不早了，我们走罢。

（尤曳七跟跄奔出，天已渐明，阿明横卧地上不动，三弦声忽起，阿明苏醒，强支起，手扪喉际，面上有血印污泥。）

阿明　爸爸，爸爸！你来罢！你怎么不来啊！（复倒卧）

瞎　（扪索入门）我早知道这家子该倒运，我早知道！阿明，阿明，你在哪儿哪？（杖触阿明）。这是什么？阿明！（俯身摸之）可怜的孩子！凶恶的神道，要清白的小羔羊去祭祀——这回可牺牲着了！

（坐地下，抱阿明头，置膝上，抚其胸）阿明，阿明，你有话趁早对我说罢。麻雀儿噪得厉害，太阳都该上来了。昨晚上刮了一宵的大风，一路上全是香味：杀人的香味，奸淫的香味，种种罪恶的香味。可怜的小羔羊，可怜的小羔羊！醒罢，阿明。

  阿明 （微笑）是你呀，老周！

  瞎 除了我还有谁，孩子。

  阿明 你是怎么来的？

  瞎 我听见小羊的叫声，我闻着罪恶的香味。

  阿明 你说的什么话？

  瞎 下雨，下雨，这回可真下了血了。

  阿明 你说的什么话？

  瞎 你爸爸几时回来？

  阿明 他今天回来，也许就快回来。

  瞎 你觉着痛不？

  阿明 我觉得倦，可是我很快活，有你来陪着我。

  瞎 你有什么话对你爸爸说，孩子？

  阿明 对他说，我爱他，好爸爸，对他说，我想替他杀那个人，可是我气力小，打不过他。对他说我见了我的亲妈，我的眼一定看得见了。对他说，我要见他，可是我倦极了要睡了。对他说，我——爱——他——好——爸——爸……

  瞎 还有什么说的，孩子，慢点儿睡。

  阿明 （音渐低）我——也——爱——你——老——周。我——想——听——你——弹——听——你——唱——我——要——睡——了……

  瞎 （取三弦调之）好，我唱给你听。（弹三弦，曲终阿明现笑容，渐瞑目死。）歌：

> 我是天空里的一片云，
> 偶尔投影在你的波心——

> 你不必讶异,
>
> 更无须欢喜——
>
> 在转瞬间消灭了踪影。
>
> 你我相逢在黑暗的海上,
>
> 你有你的,我有我的,方向;
>
> 你记得也好,
>
> 最好你忘掉,
>
> 在这交会时互放的光亮!

瞎　阿明,阿明!(抚其头面,及胸。)去了,好孩子!(抱置怀中)张目前望。若有听见,(面有喜色)再会罢,孩子!(户外闻急骤铃声)最后的人回来了。

(卞严入室,见状惊愕,木立不动。)

瞎　(自语)走的走了,去的去了,来的又来了……

卞　(走近)阿明,阿明!

瞎　他不会答应了。

(卞疾驰至内室,复驰出,听瞎子自语,立定,严见尤所遗雨鞋,捡起察看,点头似悟。)

瞎　我闻着罪恶的香味,我听见小羊的叫声。走的走了,去的去了,来的又来了。

卞　(张眼作疯状,严伸手欲前扶持之,复止)哈哈!我明白了!

(卞握拳露齿,狞目回顾,见壁间佛像,径取摔地上,复趋灵案前,伏案跪下。)

(长号)妈呀!(踉跄起立,双手抱头,行至阿明横卧处,伏地狂吻之)阿明,阿明,我的亲孩子!(复起立。狂笑)哈哈——哈哈——哈哈……

(自语)走的走了,去的去了,来的又来了。(忽示决心,疾驰出门)

严　(卞狂叫时木立不动,似有所思,见卞出,惊叫)师父,不忙,还有我哪!

卜　（复入，立开口）老敢！（严未应，卜复驰出。严随出。户外有巨声）

瞎　好的，又去了一个！

（严回入室，手抱头悲痛，忽抬头。趋壁角捡得利刀，环顾室内，疾驰出门）

瞎　好的，报仇！好的，报仇！血，还得流血！（抚阿明）好好睡罢，孩子，没有事了！（取三弦弹，幕徐下）

河伯娶妇

距今二千四百多年前,是在我国的战国时候,有一个人名叫西门豹,他办事精明强干,很有名气。魏文侯听到了他的才名,就请他去管理邺郡的行政事务。这个地方介于韩国和赵国之间,靠近太行山,物产丰富,土地肥沃,再加上地势又非常险要,所以非得有这么一位有才干的人去管理不可。

西门豹领命之后,就立刻去上任。一到邺郡,他所看到的,只是一片萧条的景象,人口稀少,商店营业清淡,一点生气也没有。他愈看愈觉得奇怪,这是怎么一回事呢?

于是他就立刻邀请了当地几位父老,打算向他们探听一些实在情形。

可是当西门豹问起当地怎会显得这样不景气的时候,每一个老人都立刻露出一种局促不安的神气,吞吞吐吐的,仿佛又想说而又不敢说似的。这时候,西门豹心里十分纳闷,看他们的样子,一定有什么难言之隐,一时还不敢直说。于是他很诚恳地对他们说道:"父老们,你们不用害怕,有什么为难的事,只管讲出来,我们大家商量商量,我一定设法帮助你们。你们到底是为了什么弄得这般贫苦呢?"

其中有一位父老看到这位新来的官员,对他们如此关怀,很受感动,就大着胆子说道:

"以前呢,我们这地方的日子,还能过得去,只是近年来出了一件使我们最感头疼的事,就是每年在这个时节要给河伯送一个新媳妇去。就在这两天里,又要办今年的喜事啦!"

西门豹一听，奇怪得张大了眼睛，问道："怪事，怪事！河伯是谁？为什么年年要娶媳妇？"

"咳！"另一位父老长长地叹了一口气，接着说："难怪你老不知道，听着奇怪。这话说起来可长啦。你没瞧见城外有一条河吗？那就是漳河。河伯呢，就是这条河的河神，他顶爱好年轻貌美的姑娘。这位河伯专管河水的涨落，我们又都靠着这河水生存的，所以每年一定要给河伯送去一个漂亮的大姑娘，他才保佑我们年岁平安、五谷丰登。不然的话，只要河神爷一发怒，涨起大水来，我们都得被水淹死，房屋和庄稼也将被大水冲走了。"

西门豹听了这种稀奇古怪的事情，真不敢相信，认为其中一定还有别的隐情，于是又问道："这是谁出的主意？"

"这是巫婆出的主意，虽然我们谁也没有真的见过河伯，可是咱们本地人都让水吓怕啦，不敢不信，也不敢不服从，何况还有三老的大力支持。每年都由廷掾、豪长和巫婆共同筹划，替河神办婚礼，老百姓年年要缴纳几百万钱，其实，办喜事只须用二三十万钱就够了，其余的还不是他们分掉啦！"

西门豹愈听愈有气，不由地说道："真是的，你们就这样甘心情愿听他们的摆布，不说一句话吗？"

另一位父老接着说道："咳！这有什么法子呢？他们各有各的职司：巫婆专管祝神祷告；抽税收钱的事，是由三老、廷掾他们管的。每到春初播种的时节，巫婆就带了她手下那些徒弟，一家家的去访问，只要瞧见谁家的姑娘长得好看一些，就说这姑娘命里注定该做河伯夫人。要是这一家人家有钱，送一笔钱给巫婆，她就可以放过你，另外找别的姑娘来替代。如果没有钱孝敬她，只得由她将姑娘带走，任凭你哭死也没有用。到了河伯娶媳妇的一天，巫婆在河沿上设下'齐宫'，绛帏床席，铺设得整整齐齐，再把选来的那个姑娘沐浴更衣，打扮得像新娘的模样，住在齐宫里面。时辰一到，就把这位姑娘送上一条由芦苇编成的小船，那船随着风浪漂去，漂了数十里连船带人翻了，就算是让河伯给接去了。所以这些年来，有闺女的人家，都怕被选去做河伯奶奶,宁愿背井离乡,流浪到别处去。因此,这儿的人口就越来越少了。"

这些老人越说越难过,说着说着,不由得都低下了头,沉默着说不下去了。

西门豹接着又问道:"那么每年给河伯送了媳妇去以后,还闹不闹水灾呢?"

"河神爷爷年年娶妻之后,这些年总算还没有闹过水灾。可是,水灾不闹啦,田里却又旱起来了,庄稼都枯死啦!"

西门豹听了这些话,思索了一会儿,已经把这件事的内情看得很明白了。他知道,这完全是巫婆同三老们闹的把戏,是他们在愚弄这里的乡民。这块地方忽而水灾、忽而干旱,一定是因为河道出了毛病,等我亲自去细细地观察一番,定能想出解决这个问题的办法。

所以他转过身来,很和蔼地向这些父老们道:"这么一说,河神爷爷倒是很灵验的。今年的喜事几时办呀?"

"这两天正在赶着筹备,已经快办妥啦!"

"好罢,既然如此,你们请回去罢。到他们替河神办喜事的时候,请你们告诉我一声,我也去替你们祷告祷告。"西门豹很诚恳地说。

二

过了几天,河伯娶妇的日子又到了。西门豹穿了官袍,亲自来到河上。只见沿河两岸,悬灯结彩,敲锣打鼓,远远近近的老百姓也都来到这里,约莫有几千个人,倒也十分热闹。

三老、廷掾和豪长早已来到了,他们恭恭敬敬地站立在西门豹身旁伺候着。连大气也不敢喘一下,显得十分尽职的样子。

可是西门豹看到他们那副丑态,心里感到十分厌恶,一直连正眼都不瞧他们一下,话也不同他们讲一句。

一忽儿,只见一簇人远远地走了过来,其中最引人注目的是正中的那个老妇人，派头十足，周围有二十多个小女巫跟着。西门豹一问左右，才知道这就是主持婚礼的巫婆。

这群人的后面，带着那位就要去做河伯奶奶的大姑娘，身上虽打扮得齐齐整整，却正低着头哭泣。

当这些人走近的时候，三老先引巫婆来见。她走到西门豹面前，满脸堆着笑容。西门豹一眼望去，见她已有六十上下年纪，面貌丑陋，装扮得三分像人，七分像鬼，就吩咐她道："麻烦巫婆，把新娘带过来，我要看一下。"

巫婆便唤徒弟把新娘领来。可怜这位虽被打扮得珠光宝气的新娘，却是只愿低着头，悲切切的，哭得像泪人儿一般。

西门豹对这女孩子端详了一番，心里想：要不是我今天来到这儿，你这条性命就是白白牺牲了！这时候，他早已胸有成竹，所以很自然地环视巫婆和三老等众人，对他们说道：

"河伯是主宰这里生灵的神圣，一定要选一个漂亮绝顶的姑娘，才配得上去。我看，这个女孩子还不够格，还是另外再挑选一个罢。可是，一时往哪里去寻呢？"他一边说，一边做出思索的样子，一声也不响。过了好一响，忽然抬起头来，向巫婆说道："哦，有了！你不是跟河伯向有来往吗？我看这么办罢，就请你去跟河神说：'太守要另选一个绝色美女，奉献河神，过两天选好之后，一准送去。'"

西门豹的话还没说完，那巫婆的上下牙齿已经在那儿打起仗来了，死命地瞪出两只小猪眼，看着西门豹。张着嘴想说话，可是发不出声，脸上的汗珠像黄豆一样大，直往下淌。

西门豹说完，连正眼也不向她看一看，便对身旁的两个士兵摆了摆手，说："你们好好搀扶巫婆下河去罢！"又转过身子叮嘱巫婆："你可别在河伯那里多耽搁，我还在这儿等着你的回话呢。"

这时，巫婆的身子尽往下缩，立刻缩成一团。士兵们不敢怠慢，一边一个，把巫婆抬了起来，倒栽葱似的抛到河里去了。

巫婆被抛下河以后，西门豹就走到河边，踱来踱去，一本正经的好像在那里等候回音。

站在四周观看的老百姓见到这种情景，莫不大惊失色，呆在那里不动，大家都不知道是吉是凶，摸不清头脑。这时，岸上静悄悄的，一点声音也没有，只有漳河的水在潺潺地流着。

过了半天，西门豹显出不耐烦的神色，向那些小女巫说道：

"巫婆年老了，不会办事，下河这么久，还不上来。你们去一个人，跟你们师父说，叫她快点上来，说我这儿立等回话呢！"

这几个小女巫一听这话，都吓呆了，露出告饶的表情。西门豹理也不理，向士兵点了点头。几个士兵拉着一个小女巫，不由分说，就往河里推。

只听得"扑通"一声，水面上起了几个大水花，小女巫往上冒了两冒，就沉下去了。

又过了一会儿，西门豹假装发火，说道："咦！师徒两个，怎么这么大半天，一个也不上来？再找个徒弟去催催。快去快来！"士兵们答应一声，又把一个小女巫扔到河里去。

就这样，一连去了三个小女巫，连带那个巫婆，一个也没上来。

西门豹转身向三老说："妇道人家不会办事，就烦三老劳驾一趟罢。"

三老急得脸色发白，要想说话，可是一句话也说不出来。士兵们左牵右拉，立即把他抛入河里。

西门豹拱着手站在那里静等，越发做出毕恭毕敬的样子来。

过了大半天，西门豹又说道："三老大概是年纪大了，不顶事，传话也传不清楚，须得廷掾、豪长去跟河伯把话说个明白才好。"

廷掾和豪长在三老下河的时候，已经预料到快要轮到他们头上了，心里早已十分慌乱，到了这个时候，吓得冷汗直流，要想向西门豹叩头求饶，可是连叩头的力气也没有了，两颗脑袋尽朝地上碰，额上的鲜血直往下淌，弄得面目模糊，跪在那里不肯起来。

西门豹这才向四周的老百姓说道："你们大家看明白了没有？下去几个人，一个也不上来，河伯究竟在哪儿？"又向廷掾和豪长说："多少闺女死在你们手里，多少人被你们害得家破人亡，飘泊异乡？你们自己说说看,应当怎样抵偿?"

廷掾和豪长拭了一拭头上的血,向西门豹叩头哀求道:"委实都是巫婆捣的鬼,我们都是受了她的欺骗。求你老饶命罢!"说着,把头叩得更响了。

西门豹说:"你们死罪虽免,活罪难逃。老百姓历年来为了这件事,费了多少钱财?现在应该把全们的家产全部赔出来,偿还他们。"又向众人说:"从今以后,谁要是再提起给河伯娶妻的事,就让谁去当大媒,和这巫婆一样。"

西门豹又查了一查民间有年长无妻的,让他们和这些小女巫成了婚,各自回去安家立业。从此以后,邺君的巫风也就绝迹了。

三

后来,西门豹为了防治水灾,把漳河和邺郡一带的地形仔细相度了一番。原来这条河有四个源头,都从太行山以西发源。山西的地方全是高地,河水从山上流下来,冲到平地,水势太急,若逢雨水过多,河道来不及宣泄,河水就会泛滥成灾。

于是,西门豹就把这个道理对老百姓说清楚了,发动大家凿了十二条渠,把漳河的水引到渠里。这样,既调节了漳河的流量和水位,又使广袤的田亩得到渠水的灌溉,不致再闹水灾或旱灾,增加了农作物的产量,因而老百姓过的日子也逐渐好转起来。

这十二条沟渠,当地老乡们管它们叫"西门渠",好几百年来,一直起着调节水旱的作用。直到三国时,曹操攻打袁尚,决漳河的水来灌邺城,这十二条渠才被堵塞了。

第三篇 去路心影

第三話　去勢小說

《云游》序

我真是说不出的悔恨为什么我以前老是懒得写东西。志摩不知逼我几次,要我同他写一点序,有两回他将笔墨都预备好,只叫随便涂几个字,可是我老是写不到几行,不是头晕即是心跳,只好对着他发愣,抬头望着他的嘴盼他吐出圣旨来我即可以立时地停笔。那时间他也只得笑着对我说:"好了,好了,太太我真拿你没有办法,去耽着吧!回头又要头痛了。"走过来掷去了我的笔,扶了我就此耽下了,再也不想接续下去。我只能默默地无以相对,他也只得对我干笑,几次的张罗结果终成泡影。

又谁能够料到今天在你去后我才真的认真的算动笔写东西,回忆与追悔将我的思潮模糊得无从捉摸。说也惨,这头一次的序竟成了最后的一篇,哪得叫我不一阵心酸,难道说这也是上帝早已安排定了的么?

不要说是写序我不知道应该如何落笔,压根儿我就不会写东西,虽然志摩说我的看东西的决断比谁都强,可是轮到自己动笔就抓瞎了。这也怪平时太懒的缘故。志摩的东西说也惭愧多半没有读过,这一件事有时使得他很生气的。也有时偶尔看一两篇,可从来也未曾夸过他半句,不管我心里是多么的叹服,多么赞美我的摩。有时他若自读自赞的,我还要骂他臭美呢。说也奇怪要是我不喜欢的东西,只要说一句"这篇不大好"他就不肯发表。有时我问他你怪不怪我老是这样苛刻地批评你,他总说:"我非但不怪你,还爱你能时常地鞭策,我不要容我有半点的'臭美',因为只有你肯说实话,别人老是一味恭维。"话虽如此,可是有时他也怪我为什么老是好像不稀罕他写的东西似的。

其实我也同别人一样的崇拜他,不是等他过后我才夸他,说实话他写的东西是比一般人来得俏皮。他的诗有几首真是写得像活的一样,有的字用得别提多美呢!有些神仙似的句子看了真叫人神往,叫人忘却人间有烟火气。它的体格真是高超,我真服他从什么地方想出来的。诗是没有话说不用我赞,自有公论。散文也是一样流利,有时想学也是学不来的。但是他缺少写小说的天才,每次他老是不满意,我看了也是觉得少了点什么似的,也不知道是什么道理,我这一点浅薄的学识便说不出所以然来。

洵美叫我写摩的《云游》的序,我还不知道他这《云游》是几时写的呢!云游?可不是,他真的云游去了,这一本怕是他最后的诗集了,家里零碎的当然还有,可是不知够一本不。这些日因为成天地记忆他,只得不离手地看他的信同书,愈好当然愈是伤感,可叹奇才遭天妒,从此我再也见不着他的可爱的诗句了。

当初他写东西的时候,常常喜欢我在书桌边上捣乱,他说有时在逗笑的时间往往有绝妙的诗意不知不觉地驾临的,他的《巴黎的鳞爪》《自剖》都是在我的又小又乱的书桌上出产的。书房书桌我也不知给他预备过多少次,当然比我的又清又洁,可是他始终不肯独自静静地去写的。人家写东西,我知道是大半喜欢在人静更深时动笔的,他可不然,最喜欢在人多的地方,尤其是离不了我。我是一个极懒散的人,最不知道怎样收拾东西,我书桌上是乱得连手都几乎放不下的,当然他写完的东西我是轻易也不会想着给收拾好,所以他隔夜写的诗常常次晨就不见了,嘟着嘴只好怨我几声。现在想来真是难过,因为诗意偶然得来的是不轻易来的,我不知毁了他多少首美的小诗,早知他要离开我这样的匆促,我赌咒也不那样的大意的。真可恨,为什么人们不能知道将来的一切。

我写了半天也不知道胡诌了些什么，头早已晕了，手也发抖了，心也痛了，可是没有人来掷我的笔了。四周只是寂静，房中只闻滴答的钟声，再没有志摩的"好了，好了"的声音了。写到此地不由我阵阵心酸，人生的变态真叫人难以捉摸，一霎眼，一皱眉，一切都可以大翻身。我再也想不到我生命道上还有这一幕悲惨的剧。人生太奇怪了。

　　我现在居然还有同志摩写一篇序的机会，这是我早答应过他而始终没有实行的，将来我若出什么书是再也得不着他半个字了，虽然他也早已答应过我的。看起来还是他比我运气，我从此只成单独的了。

　　我再也写不下去了，没有人叫我停，我也只得自己停了。我眼前只是一阵阵的模糊，伤心的血泪充满着我的眼眶，再也分不清白纸黑墨。志摩的幽魂不知到底有一些回忆能力不？我若搁笔还不见持我的手！！

一九三一年十二月三十日

哭 摩

　　我深信世界上怕没有可以描写得出我现在心中如何悲痛的一支笔，不要说我自己这支轻易也不能动的一支。可是除此我更无可以泄我满怀伤怨的心的机会了，我希望摩的灵魂也来帮我一帮，苍天给我这一霹雳直打得我满身麻木得连哭都哭不出，浑身只是一阵阵的麻木。几日的昏沉直到今天才醒过来，知道你是真的与我永别了。摩！漫说是你，就怕是苍天也不能知道我现在心中是如何的疼痛，如何的悲伤！从前听人说起"心痛"我老笑他们虚伪，我想人的心怎会觉得痛，这不过说说好听而已，谁知道我今天才真的尝着这一阵阵心中绞痛似的味儿了。你知道么？曾记得当初我只要稍有不适即有你声声的在旁慰问，咳，如今我即使是痛死也再没有你来低声下气的慰问了。摩，你是不是真的忍心永远地抛弃我了么？你从前不是说你我最后的呼吸也须要连在一起才不负你我相爱之情么？你为什么不早些告诉我是要飞去呢？直到如今我还是不信你真的是飞了，我还是在这儿天天盼着你回来陪我呢，你快点将未了的事情办一下，来同我一同去到云外去优游去罢，你不要一个人在外逍遥，忘记了闺中还有我等着呢！

　　这不是做梦么？生龙活虎似的你倒先我而去，留着一个病恹恹的我单独与这满是荆棘的前途来奋斗。志摩，这不是太惨了么？我还留恋些什么？可是回头看看我那苍苍白发的老娘，我不由一阵阵只是心酸，也不敢再羡你的清闲爱你的优游了，我再哪有这勇气，去看她这个垂死的人而与你双双飞进这云天里去围绕着灿烂的明星跳跃，忘却我前年病死了，不是痛快得多么？你常说天无绝人之路，守着好了，哪知天竟绝人如此，哪里还有我平坦走着的道儿？这不是命么？还说什么？摩，不是我到今天还在怨你，你爱我，你不该轻身，我为你坐飞机吵闹不知几次，你还是忘了我的一切的叮咛，瞒着我独自地飞上天去了。

  完了，完了，从此我再也听不到你那叽咕小语了，我心里的悲痛你知道么？我的破碎的心留着你来补呢，你知道么？唉，你的灵魂也有时归来见我么？那天晚上我在朦胧中见着你往我身边跑，只是那一霎眼的就不见了，等我跳着、叫着你，也再不见一些模糊的影子了。咳，你叫我从此怎样度此孤单的日月呢？真是叫天天不应，叫地地不响，苍天如何给我这样惨酷的刑罚呢！从此我再不信有天道、有人心，我恨这世界，我恨天，恨地，我一切都恨。我恨他们为什么抢了我的你去，生生地将我们两颗碰在一起的心离了开去，从此叫我无处去摸我那一半热血未干的心。你看，我这一半还是不断地流着鲜红的血，流得满身只成了个血人。这伤痕除了那一半的心血来补，还有什么法子不叫她不滴滴得直流呢？痛死了有谁知道？终有一天流完了血自己就枯萎了。若是有时候你清风一阵地吹回来见着我成天为你滴血的一颗心，不知道又要如何的怜惜如何的张惶呢。我知道你又看着两个小猫似眼珠儿乱叫乱叫着。我希望你叫高声些，让我好听得见，你知道我现在只是一阵阵糊涂，有时人家大声地叫着我，我还是东张西望不知声音是何处来的呢。大大，若是我正在接近着梦边，你也不要怕扰了我的梦魂像平常似的不敢惊动我，你知道我再不会骂你了，就是你扰我不睡，我也不敢再怨了，因为我只要再能得到你一次的扰，我就可以责问他们因何骗我说你不再回来，让他们看着我的摩还是丢不了我，乖乖地又回来陪伴着我了，这一回我可一定紧紧地搂抱你再不能叫你飞出我的怀抱了。天呀！可怜我，再让你回来一次吧！我没有得罪你，为什么罚我呢？摩！我这儿叫你呢，我喉咙里叫得直要冒血了，你难道还没有听见么？直叫到铁树开花，枯木发声我还是忍心人间有忧愁有痛苦像只没有牵挂的梅花鸟。这类的清福怕我还没有缘去享受！我知道我在尘世间的罪还未满，尚有许多的痛苦与罪孽还等着我去忍受呢。我现在唯一的希望是你倘能在一个深沉的黑夜里，静静凄凄地放轻了脚步走到我的枕边给我些无声的私语让我在梦魂中知道你！我的大大是回家来探望你那忘不了你的爱来了，那时间，我决不张惶！你不要慌，没人会来惊扰我们的。多少你总得让我再见一见你那可爱的脸我才有勇气往下过这寂寞的岁月。你来罢，摩！我在等着你呢。

事到如今我一点也不怨，怨谁好？恨谁好？你我五年的相聚只是幻影，不怪你忍心去，只怪我无福留，我是太薄命了，十年来受尽千般的精神痛苦，万样的心灵摧残，直将我这颗心打得破碎得不可收拾，今天才真变了死灰的了，也再不会发出怎样的光彩了。好在人生的刺激与柔情我也曾尝味，我也曾容忍过了。现在又受到了人生最可怕的死别。不死也不免是朵憔悴的花瓣再见不着阳光晒也不见甘露漫了。从此我再不能知道世间有我的笑声了。

经过了许多的波折与艰难才达到了结合的日子，你我那时快乐直忘记了天有多高地有多厚，也忘记了世界上有忧愁二字，快活的日子过得与飞一般快，谁知道不久我们又走进忧城。病魔不断地来缠着我。它带着一切的烦恼，许多的痛苦，那时间我身体上受到了不可言语的沉痛，你精神上也无端地沉入忧闷。我知道你见我病身呻吟，转侧床第，你心坎里有说不出的怜惜，满肠中有无限的伤感。你曾慰我，我却无从使你再有安逸的日子。摩，你为我荒废了你的诗意，失却了你的文兴，受着一般人的笑骂，我也只是在旁默然自恨，再没有法子使你像从前的欢笑。谁知你不顾一切的还是成天地安慰我，叫我不要因为生些病就看得前途只是黑暗，有你永远在我身边不要再怕一切无谓的闲论。我就听着你静心平气地养，只盼着天可怜我们几年的奋斗，给我们一个安逸的将来。谁知道如今一切都是幻影，我们的梦再也不能实现了，早知有今日何必当初你用尽心血地将我抚养呢？让等着,你一天不回来,我一天地叫,等着我哪天没有了气我才甘心地丢开这唯一的希望。你这一走不单是碎了我的心,也收了不少朋友伤感的痛泪。这一下真使人们感觉到人世的可怕,世道的险恶,没有多少日子竟会将一个最纯白最天真不可多见的人收了去,与人世永诀。在你也许到了天堂,在那儿还一样过你的欢乐的日子,可是你将我从此就断送了。你以前不是说要我清风似的常在你的左右么?好,现在倒是你先化着一阵清风飞去天边了,我盼你有时也吹回来帮着我做些未了的事情,只要你有耐心的话,最好是等着我将人世的事办完了同着你一同化风飞去,让朋友们永远只听见我们的风声而不见我们的人影,在黑暗里我们好永远逍遥自在地飞舞。

我真不明白你我在佛经上是怎样一种因果,既有缘相聚又因何中途分散,难道说这也有一定的定数么?记得我在北平的时候,那时还没有认识你,我是成天地过着那忍泪假笑的生活。我对人老含着一片至诚纯白的心而结果反遭不少人的讥诮,竟可以说没有一个人能明白我,能看透我的。一个人遭着不可言语的痛苦,当然地不由生出厌世之心,所以我一天天地只是藏起了我的真实的心而拿一个虚伪的心来对付这混浊的社会,也不再希望有人来能真真的认识我明白我,甘心愿意从此自相摧残的快快了此残生,谁知道就在那时候会遇见了你,真如同在黑暗里见着了一线光明,遂死的人又兑了一口气,生命从此转了一个方向。摩摩,你的明白我,真算是透彻极了,你好像是成天钻在我的心房里似的,直到现在还只是你一个人是真还懂得我的。我记得我每遭人辱骂的时候你老是百般地安慰我,使我不得不对你生出一种不可言喻的感觉。我老说,有你,我还怕谁骂;你也常说,只要我明白你,你的人是我一个人的,你又为什么要去顾虑别人的批评呢?所以我哪怕成天受着病魔的缠绕也再不敢有所怨恨的了。我只是对你满心的歉意,因为我们理想中的生活全被我的病魔来打破,连累着你成天也过那愁闷的日子。可是两年来我从来未见你有一些怨恨,也不见你因此对我稍有冷淡之意。也难怪文伯要说,你对我的爱是

come and true 的了。我只怨我真是无以对你,这,我只好报之于将来了。

  我现在不顾一切往着这满是荆棘的道路上走去,去寻一点真实的发展,你不是常怨我跟你几年没有受着一些你的诗意的陶熔么?我也实在惭愧,真也辜负你一片至诚的心了,我本来一百个放心,以为有你永久在我身边,还怕将来没有一个成功么?谁知现在我只得独自奋斗,再不能得你一些相助了,可是我若能单独撞出一条光明的大路也不负你爱我的心了,愿你的灵魂在冥冥中给我一点勇气,让我在这生命的道上不感受到孤立的恐慌。我现在很决心地答应你从此再不张着眼睛做梦躺在床上乱讲,病魔也得最后与它决斗一下,不是它生便是我倒,我一定做一个你一向希望我所能成的一种人。我决心做人,我决心做一点认真的事业,虽然我头顶只见乌云,地下满是黑影,可是我还记得你常说"受苦的人没有悲观的权力"。一个人决不能让悲观的慢性病侵蚀人的精神,让厌世的恶质染黑人的血液。我此后决不再病(你非暗中保护不可),我只叫我的心从此麻木,不再问世界有恋情,人们有欢娱。我早打发我的心,我的灵魂去追随你的左右,像一朵水莲花拥扶着你往白云深处去缭绕,决不回头偷看尘间的作为,留下我的躯壳同生命来奋斗。到战胜的那一天,我盼你带着悠悠的乐声从一团彩云里脚踏莲花瓣来接我同去永久地相守,过吾们理想中的岁月。

  一转眼,你已经离开了我一个多月了,在这段时间我也不知道是怎样过来的,朋友们跑来安慰我,我也不知道是说什么好。虽然决心不生病,谁知一直到现在也没有离开过我一天。摩摩,我虽然下了天大的决心,想与你争一口气,可是叫我怎生受得了每天每时地悲念你的一阵阵心肺的绞痛。到现在有时想哭,眼泪干得流不出一点;要叫,喉中疼得发不出声。虽然他们成天地逼我一碗碗的苦水,也难以补得我心头的悲痛,怕的是我恹恹的病体再受不了那岁月的摧残。我的爱,你叫我怎样忍受没有你在我身边的孤单。你那幽默的灵魂为什么这些日子也不给我一些声响？我晚间有时也叫了他们走开，房间不让有一点声音，盼你在人静时给我一些声响，叫我知道你的灵魂是常常环绕着我，也好叫我在茫茫前途感觉到一点生趣，不然怕死也难以支持下去了。摩！大大！求你显一显灵罢，你难道忍心真的从此不再同我说一句话了么？不要这样的苛酷了罢！你看，我这孤单一人影从此怎样去撞这艰难的世界？难道你看了不心痛么？你爱我的心还存在么？你为什么不响？大！你真的不响了么？

《爱眉小札》序（一）

　　振宇连跑了几次，逼我抄出志摩的日记。我一天天的懒，其实不是懒！是怕，真怕极了。两年来所有他的东西我一共锁起，放在看不见的地方，总也没有勇气敢去拿出来看，几次三番想理出他的信同日记去付印，可是没有看到几页就看不下去了。因为我老是想等着悲哀也许能随着日子一天天的溶化的，谁知事实同理想简直不能混合的。这一次我发恨地抄，三千字还抄了三天，病了一天，今天我才知道，等日子是没有用的。不看，也许脑子的印象可以糊涂一点，自己还可拿种种的假来骗自己。可是等到看见了他那像活的似的字，一个个跳出来，他的影子也好像随着字在我眼前来回地转似的，到这时候，再骗也骗不住了，自己也再止不住自己的伤感了，精神上又受不住，到结果非生病不可。所以我两年来不但不敢看他的东西，连说话也不敢说到他，每次想到他，自己急忙想法子丢开，不是看书就是画，成天只是麻木了心过日子，什么也不想，什么也不管。

　　这本日记是我们最初认识时候写的，那时我们大家各写一本，换着看的。在初恋的时候，人的思想、动作，都是不可思议的。他尤其是热烈，有许多好的文字，同他平时写的东西完全不同，我本不想发表的，因为他是单独写给我一个人的，其中大半都是温柔细语，不可公开的。不过这样流利美艳的东西，一定要大家共同欣赏，才不负它的美。所以我不敢私心，不敢独受，非得写出来跟大家同看不可，况且从前他自己也曾说过："将来等你我大家老了，拿两本都去印出来送给朋友们看,也好让大家知道我们从前是怎样的相爱。等到头发白了再拿出来看,一定是很有趣的。"他既然有过意思要发表,我现在更应该遵他的遗命,先抄出一部分,慢慢地等我理出了全部的再付印成一本书,让爱好的朋友们都可以留一个纪念。

三月十九日小曼灯下

《爱眉小札》序（二）

今天是志摩四十岁的纪念日子，虽然什么朋友亲戚都不见一个，但是我们两个人合写的日记却已送了最后的校样来了。为了纪念这部日记的出版，我想趁今天写一篇序文，因为把我们两个人呕血写成的日记在这个日子出版，也许是比一切世俗的仪式要有价值有意义得多。

提起这二部日记，就不由得想起当时摩对我说的几句话，他叫我"不要轻看了这两本小小的书，其中哪一字哪一句不是从我们热血里流出来的？将来我们年纪老了，可以把它放在一起发表，你不要怕羞，这种爱的吐露是人生不易轻得的！"为了尊重他生前的意见，终于在他去世后五年的今天，大胆地将它印在白纸上了，要不是他生前说过这种话，为了要消灭我自己的痛苦，我也许会永远不让它出版的。其实关于这本日记也有些天意在里边。说也奇怪，这两本日记本来是随时随刻他都带在身边的，每次出门，都是先把它们放在小提包里带了走，唯有这一次他匆促间把它忘掉了。看起来不该消灭的东西是永远不会消灭的，冥冥中也自有人在支配着。

关于我和他认识的经过，我觉得有在这里简单述说的必要，因为一则可以帮助读者在这二部日记和十数封通信之中获得一些故事上的连续性，二则也可以解除外界对我们俩结合之前和结合之后的种种误会。

在我们初次见面的时候（说来也十年多了），我是早已奉了父母之命媒妁之言同别人结婚了，虽然当时也痴长了十几岁的年龄，可是性灵的迷糊竟和稚童一般。婚后一年多才稍懂人事,明白两性的结合不是可以随便听凭别人安排的,在性情与思想上不能相谋而勉强结合是人世间最痛苦的一件事。当时因为家庭间不能得着安慰,我就改变了常态,埋没了自己的意志,葬身在热闹生活中去忘记我内心的痛苦。又因为我娇慢的天性不允许我吐露真情,于是直着脖子在人面前唱戏似的唱着,绝对不肯让一个人知道我是一个失意者,是一个不快乐的人。这样的生活一直到无意间认识了志摩,叫他那双放射神辉的眼睛照彻了我内心的肺腑,认明了我的隐痛,更用真挚的感情劝我不要再在骗人欺己中偷活,不要自己毁灭前程,他那种倾心相向的真情,才使我的生活转换了方向,而同时也就跌入了恋爱了。于是烦恼与痛苦,也跟着一起来。

为了家庭和社会都不谅解我和志摩的爱,经过几度的商酌,便决定让摩离开我到欧洲去做一个短时间的旅行,希望在这分离的期间,能从此忘却我——把这一段因缘暂时地告一个段落。这一种办法,当然是不得已的,所以我们虽然大家分别时讲好不通音信,终于我们都没有实行(他到欧洲去后寄来的信,一部分收在这部书里),他临去时又要求我写一本当信写的日记,让他回国后看看我生活和思想的经过情形,我送了他上车后回到家里,我就遵命地开始写作了。这几个月里的离情是痛在心头,恨在脑底的。究竟血肉之体敌不过日夜的摧残,所以不久我就病倒了。在我的日记的最后几天里,我是自认失败了,预备跟着命运去漂流,随着别人去支配,可是一到他回来,他伟大的人格又把我逃避的计划全部打破。

于是我们发现"幸福还不是不可能的"。可是那时的环境,还不容许我们随便地谈话,所以摩就开始写他的"爱眉小札",每天写好了就当信般地拿给我看,但是没有几天,为了母亲的关系,我又不得不到南方来了。在上海的几天我也碰到过摩几次,可惜连一次畅谈的机会都没有。这时期摩的苦闷是在意料之中的,读者看到"爱眉小札"的末几页,也要和他同感罢?

我在上海住了不久,我的计划居然在一个很好的机会中完全实现,我离了婚就到北京来寻摩,但是一时竟找不到他。直到有一天在晨报副刊上看到他发表的《迎上前去》的文章,我才知道他做事的地方。而这篇文章中的忧郁悲愤,更使我看了迫不及待地去找他,要告诉他我恢复自由的好消息。那时他才明白了我,我也明白了他,我们不禁相视而笑了。

以后日子中我们的快乐就别提了,我们从此走入了天国,踏进了乐园。一年后在北京结婚,一同回到家乡,度了几个月神仙般的生活。过了不久因为兵灾搬到上海来,在上海受了几月的煎熬我就染上一身病,后来的几年中就无日不同药炉作伴,连摩也得不着半点的安慰,至今想来我是最对他不起的。好容易经过各种的医治,我才有了复原的希望,正预备全家再搬回北平重新造起一座乐园时,他就不幸出了意外的遭劫,乘着清风飞到云雾里去了。这一下完了他——也完了我。

写到这儿,我不觉要向上天质问为什么我这一生是应该受这样的处罚的?是我犯了罪么?何以老天只薄我一个人呢?我们既然在那样困苦中争斗了出来,又为什么半途里转入了这样悲惨的结果呢?生离死别,幸喜我都尝着了。在日记中我尝过了生离的况味,那时我就疑惑死别不知更苦不?好!现在算是完备了。甜,酸,苦,辣,我都尝全了,也可算不枉这一世了。到如今我还有什么可留恋的呢?不死还等什么?这话是现在常在我心头转的。不过有时我偏不信,我不信一死就能解除一切,我倒要等着再看老天还有什么更惨的事来加罚在我的身上!

完了,完了,一切都完了,现在还说什么?还想什么?要是事情转了方面,我变他,他变了我,那时也许读者能多读得些好的文章,多看到几首美丽的诗,我相信他的笔一定能写得比他心里所受的更沉痛些。只可惜现在偏留下了我,虽然手里一样拿着一支笔,它却再也写不出我回肠里是怎样的惨痛,心坎里是怎样的碎裂。空拿着它落泪，也急不出半分的话来，只觉得心里隐隐的生痛，手里阵阵的发颤。反正我现在所受的，只有我自己知道就是了。

最后几句话我要说的，就是要请读者原谅我那一本不成器的日记，实在是难以同摩放在一起出版的（因为我写的时候是绝对不预备出版的）。可是因为遵守他的遗志起见，也不能再顾到我的出丑了。好在人人知道我是不会写文章的，所留下的那几个字，也无非是我一时的感想而已，想着什么就写什么，大半都是事实，就这一点也许还可以换得一点原谅，不然我简直要羞死了。

随着日子往前走

实在不是我不写,更不是我不爱写,我心里实在是想写得不得了。自从你提起了写东西,我两年来死灰色的心灵里又好像闪出了一点儿光芒,手也不觉有点儿发痒,所以前天很坚决地答应了你两天内一定挤出一点东西。谁知道昨天勇气十足地爬上写字台,摆出了十二分的架子,好像一口气就可以写完我心里要写的一切。说也可笑,才起了一个头就有点儿不自在了,眼睛看在白纸上好像每个字都在那儿跳跃。我还以为是病后力弱眼花。不管他,还是往下写!再过一忽儿,就大不成样了,头晕,手抖,足软,心跳,一切的毛病像潮水似的都涌上来了,不要说再往下写,就是再坐一分钟都办不到。在这个时候,我只得掷笔而起,立刻爬上了床,先闭了眼静养半刻再说。

虽然眼睛是闭了,可是我的思潮像水波一般在内心起伏,也不知道是怨,是恨,是痛,我只觉得一阵阵的酸味往我脑门里冲。

我真的变成了一个废物么?我真就从此完了么?本来这三年来病鬼缠得我求死不能,求生无味,我只能一切都不想,一切都不管,脑子里永远让他空洞洞的不存一点东西,不要说是思想一点都没有,连过的日子都不知道是几月几日,每天只是随着日子往前走,饿了就吃,睡够了就爬起来。灵魂本来是早就麻木的了,这三年来是更成死灰了。可是希望恢复康健是我每天在那儿祷颂着的。所以我什么都不做,连画都不敢动笔。一直到今年的春天,我才觉得有一点儿生气,一切都比以前好得多。在这个时候正碰到你来要我写点东西,我便很高兴地答应了你。谁知道一句话才出口不到半月，就又变了腔，说不出的小毛病又时常出现。真恨人，小毛病还不算，又来了一次大毛病，一直到今天病得我只剩下了一层皮一把骨头。我身心所受的痛苦不用说，而屡次失信于你的杂志却更使我说不出的不安。所以我今天睡在床上也只好勉力地给你写这几个字。人生最难堪的是心里要做而力量做不到的事情，尤其是我平时的脾气最不喜欢失信。我觉得答应了人家而不做是最难受的。

不过我想现在病是走了，就只人太瘦弱，所以一切没有精力。可是我想再休养一些时候一定可以复原了。到那时，我一定好好地为你写一点东西。虽然我写的不成文章，也不能算诗（前晚我还做了一首呢），可是他至少可以一泄我几年来心里的苦闷。现在虽然是精力不让我写，一半也由于我懒得动，因为一提笔，至少也要使我脑子里多加一层痛苦。手写就得脑子动，脑子一动一切的思潮就会起来，于是心灵上就有了知觉。我想还不如我现在似的老是食而不知其味的过日子好，你说是不是？

虽然躺着，还有点儿不得劲儿。好，等下次再写。

中秋夜感

　　并不是我一提笔就离不开志摩，就是手里的笔也不等我想就先抢着往下溜了，尤其是在这秋夜！窗外秋风卷着落叶，沙沙的幽声打入我的耳朵，更使我忘不了月夜的回忆，眼前的寂寥。本来是他带我认识了笔的神秘，使我感觉到这一支笔的确是人的一个唯一的良伴。它可以发泄你满腹的忧怨，又可以将不能说的不能告人的话诉给纸笔，吐一口胸中的积闷。所以古人常说不穷做不出好诗，不怨写不出好文。的确，回味这两句话，不知有多少深意。我没有遇见摩的时候，我是一点也不知道走这条路，怨恨的时候只知道拿了一支香烟在满屋子转，再不然就蒙着被头暗自饮泣。自从他教我写日记，我才知道这支笔可以代表一切，从此我有了吐气的法子了。可是近来的几年，我反而不敢亲近这支笔，怕的是又要使神经有灵性，脑子里有感想。岁数一年年地长，人生的一切也一年年地看得多，可是越看越糊涂。这幻妙的人生真使人难说难看，所以简直地给它一个不想不看最好。

　　前天看摩的自剖，真有趣！只有他想得出这样离奇的写法，还可以将自己剖得清清楚楚。虽然我也想同样地剖一剖自己，可是苦于无枝无杆可剖了。连我自己都说不出我究竟是怎样的一个人。我只觉得留着的不过是有形无实的一个躯壳而已。活着不过是多享受一天天物质上的应得，多看一点新奇古怪的戏闻。我只觉人生的可怕，简直今天不知道明天又有什么变化。过一天好像是捡着一天似的，谁又能预料哪一天是最后的一天呢？生与死的距离是更短在咫尺了！只要看志摩！他不是已经死了快十年了么？在这几年中，我敢说他的影像一天天在人们的脑中模糊起来了，再过上几年不是完全消灭了么？谁不是一样？我们溜到人世间也不过是打一转儿，转得好与歹的不同而已，除了几个留下著作的也许还可以多让人们纪念几年，其余的还不是同镜中的幻影一样？所以我有时候自己老是呆想：也许志摩没有死。生离与死别时候的影像在谁都是永远切记在心头的；在那生与死交迫的时候是会有不同的可怕的样子，使人难舍难忘的。可是他的死来得太奇特，太匆忙！那最后的一忽儿会一个人都没有看见。不要说我，怕也有别人会同样的不相信的。所以我老以为他还是在一个没有人迹的地方等着呢！也许会有他再出来的一天的。他现在停留的地方虽然我们看不见，可是我一定相信也是跟我们现在所处的一样，又是一个世界而已；那一面的样子，虽然常有离奇的说法，异样的想象，只可恨没有人能前往游历一次，而带一点新奇的事情回来。不过一样事情我可以断定，志摩虽然说离了躯壳，他的灵魂是永远不会消灭的。我知道他一定时常在我们身旁打转，看着我们还是在这儿做梦似的混，暗笑我们的痴呆呢！不然在这样明亮的中秋月下，他不知道又要给我们多少好的诗料呢！

　　说到诗，我不发牢骚，实在是不忍不说。自从他走后这几年来我最注意到而使我失望的就是他所最爱的诗好像一天天的在那儿消灭了，做诗的人们好像没有他在时那样热闹了。也许是他一走带去了人们不少的诗意，更可以说提起作诗就免不了使人怀念他的本人，增加无限离情，就像我似的一提笔就更感到死别的惨痛。不过我也不敢说一定，或许是我看见得少，尤其是在目前枯槁的海边上，更不容易产出什么新进的诗人。可是这种感觉不仅属于我个人，有几个朋友也有这同样的论调。这实在是一件可憾的事情！他若是在也要感觉到痛心的。所以那天我睡不着的时候，来回地想：走的，我当然没有法子拉回来；可是无论如何我一定要想法子引起诗人们的诗兴才好；不然志摩的灵魂一定也要在那儿着急的，只要看他在的时候，每一次见着一首好诗,他是多么高兴地唱读;有天才的,他是怎样地引导着他们走进诗门;要是有一次发现一个新的诗人,他一定跳跃得连饭都可以少吃一顿。他一生所爱的唯有诗,他常叫我作,劝我学。"只要你随便写,其余的都留着我来改。哪一个初学者不是大胆地涂?谁又能一写就成了绝句?只要随时随地,见着什么而有所感,就立刻写下来,不就慢慢地会了?"这几句话是我三天两头儿听见的。虽然他起足了劲儿,可是我始终没有学过一次,这也使他灰心的。现在我想着他的话,好像见着他那活跃的样子,而同时又觉得新出品又那样少,所以我也大胆地来诌两句。说实话,这也不能算是诗,更不成什么格。教我的人,虽然我敢说离着我不远,可是我听不到他的教导,更不用说与我改削了,只能算一时所感觉着的随便写了下来就是。我不是要臭美,我只想抛砖引玉。也许有人见到我的苦心,不想写的也不忍不写两句,以慰多年见不到的老诗人,至少让他的灵魂也再快乐一次。不然像我那样的诗不要说没有发表的可能性,简直包花生米都嫌它不够格儿呢!

而《秋叶》就是在实行我那想头的第一首。

《志摩日记》序

飞一般的日子又带走了整整的十个年头儿，志摩也变了五十岁的人了。若是他还在的话，我敢说十年决老不了他——他还是会一样的孩子气，一样的天真，就是样子也不会变。可是在我们，这十年中所经历的，实在是混乱惨酷得使人难以忘怀，一切都变得太两样了，活的受到苦难损失，却不去说它，连死的都连带着遭到了不幸。《志摩全集》的出版计划，也因此搁到今天还不见影踪。

十年前当我同家璧一起在收集他的文稿准备编印"全集"时，有一次我在梦中好像见到他，他便叫我不要太高兴，"全集"决不是像你想象般容易出版的，不等九年十年决不会实现。我醒后，真不信他的话，我屈指算来，"全集"一定会在几个月内出书，谁知后来固然受到了意想不到的打击。一年一年的过去，到今年整整十年了，他倒五十了，"全集"还是没有影儿，叫我说什么？怪谁，怨谁？

"全集"既没有出版，唯一的那本《爱眉小札》也因为"良友"的停业而绝了版，志摩的书在市上简直无法见到，我怕再过几年人们快将他忘掉了。这次晨光出版公司成立，愿意出版志摩的著作，于是我把已自"良友"按约收回的《爱眉小札》的版权和纸型交给他们，另外拿了志摩的两本未发表的日记和朋友们写给他的一本纪念册，一起编成这部《志摩日记》，虽然内容很琐碎，但是当作纪念志摩五十诞辰而出版这本集子，也至少能让人们的脑子里再涌起他的一个影子罢！（《爱眉小札》是纪念他的四十诞辰而版的。）

这本日记的排列次序是以时间为先后的。《西湖记》最早，那时恐怕我还没有认识他；《爱眉小札》是写我们两个人间未结婚前的一段故事；《眉轩琐语》是他在我们婚后拉笔乱写的，也可以算是杂记，这一类东西，当时写得很多，可是随写随丢，遗失了不知多少，今天想起，后悔莫及。其他日记倒还有几本，可惜不在我处，别人不肯拿出来，我也没有办法，不然倒可以比这几本精彩得多。"一本没有颜色的书"是他的一本纪念册，是许多朋友写给他和我的许多诗文图书，他一直认为最宝贵，最欢喜的几页，尤其是泰戈尔来申时住在我家写的那两页，也制版放在一起凑一个热闹。我的一本原本放在《爱眉小札》后面的日记，这次还是放在最后，做个附录。

　　此后，我要把他两次出国时写给我的信，好好整理一下，把英文的译成中文，编成一部小说式的书信集，大约不久可以出版。其他小说、散文、诗，等等，我也将为他整理编辑，一本一本地给他出版，我觉得我不能再迟延、再等待了。志摩文字的那种风格、情调和他的诗，我这十几年来没有看见有人接续下去，尤其是新诗，好像从他走了以后，一直没有生气似的，以前写的已不常写，后来的也不多见了，我担心着，他的一路写作从此就完了么？

　　我决心要把志摩的书印出来，让更多的人记住他，认识他，这本"日记"的出版是我工作的开始。我的健康今年也是一个转变年，从此我不是一个半死半活的人，我已经脱离了二十多年来锁着我的铁链，我不再是个无尽无期的俘虏，以后我可以不必终年陪伴药炉，可以有精力做一点事情。我预备慢慢地拿志摩的东西出齐了，然后写一本我们两人的传记。只要我能够完成上述的志愿，那我一切都满意了。

一九四七年二月

牡丹与绿叶

望眼欲穿的刘大师画展在二十一日可以实现了,这是我们值得欣赏的一个画展。中国的画家能在同时中西画都画得好,只有刘大师一人了。他开始是只偏重西画,他的西画不但是中国人所欣赏,在欧洲也博得不少西洋画家的钦佩。我记得当年志摩还写过一篇很长的文章,讲欧洲画家们怎样认识与赞美大师的画呢!后来他回国后又尽心研究中国画,他私人收集了不少有名的古画,件件都精品。因为他有天赋的聪明,所以不久他就深得其中奥妙,画出来的画又古雅又浑厚,气魄逼人,自有一种说不出伟大的味儿。我是一个后学,我不敢随便批评,乱讲好坏,好在自有公论。

我只感觉到一点,就是我们大师的为人,实在是在画家之中不可多得的人才。他不仅是关在门内死画,他同时还有外交家与政治家的才能,他对外能做人所不敢做的,能讲人所不敢讲的。就像在南洋群岛失守时,日本人寻着他的时候,他能用很镇静的态度来对付,用他的口才战胜,讲得日本人不敢拿他随便安排。他在静默之中显出强硬,绝不软化,所以后来日本人反而对他尊敬低头,在没有办法之中只好很客气地拿飞机送他回上海。这种态度是真值得令人钦佩的。

还有他做起事来,不怕困难,不惧外来的打击,他要做就非做成不可,具有伟大的创造性。为艺术他不惜任何牺牲,像美专能有今日的成就,他不知道费了多少精神与金钱,有时还要忍受外界的非议,可是他一切都能不顾,不问,始终坚决地用他那一贯的作风来做到底,所以才有今天的成功。最近他对国画进步得更惊人,这次的画展一定有许多意想不到的好画,同时还有他太太的作品!这是最难得的事情,她虽然是久居在南洋,受过高深的西学,可是她对中国的国学是一直爱好的,尤其写字,她每天早晨一定要写几篇字之后才做别的事情。所以她的字写得很有功夫,秀丽而古朴,有男子气魄,真是不可多得的精品。有时海粟画了得意的好画再加上太太一篇长题,真是牡丹与绿叶更显得精彩。我是不敢多讲,不过听得他夫妇有此盛事,所以糊乱地涂几句来预祝他们,并告海上爱好艺术的同志们,不要错过了机会!

遗文编就答君心
——记《志摩全集》编排经过

我想不到在"百花齐放"的今天，会有一朵已经死了二十余年的"死花"再度复活，从枯萎中又放出它以往的灿烂光辉，让人们重见到那朵一直在怀念中的旧花的风姿。这不仅是我意想不到的，恐怕有许多人也想不到的，所以我拿起笔来写这篇文章的时候，连我自己都不知自己心中是什么味儿，又是欢欣，又是愧恨。我高兴的是盼望了二十多年的事情，今天居然实现了。我首先要感谢共产党！若是没有毛主席提出了百花齐放、百家争鸣的方针，恐怕这朵被人们遗忘的异花，还是埋葬在泥土下呢！这些年来，每天缠绕在我心头的，只是这件事。几次重病中，我老是希望快点好——我要活，我只是希望未死前能再看到他的作品出版，可以永远地在世界上流传下去。这是他一生的心血，他的灵魂，决不能让它永远泯灭！我怀着这个愿望活着，每天在盼望它的复活。今天居然达到了我的目的，在极度欢欣与感慰下，没有任何一个字可以代表我内心的狂欢。可是在欢欣中我还忘不了愧恨，恨我没有能力使它早一点复活。我没有好好地尽职，这是我心上永远不能忘记的遗憾。

照理来说，他已经去世了整整二十六年了，他的书早就该出的了，怎会一直拖延到今天呢？说来话长。在他遇难后，我一直病倒在床上有一年多。在这个时间，昏昏沉沉，什么也没有想到。病好以后，赵家璧来同我商议出版全集的事，我当然是十分高兴，不过他的著作，除了已经出版的书籍，还有不少散留在各杂志及刊物上，需要到各方面去收集。这不是简单的事，幸而家璧帮助我收集，许多时候才算完全编好，一共是十本。当时我就与商务印书馆订了合同，一大包稿子全部交出。等到他们编排好，来信问我要不要自己校对的时候，我记得很清楚，抗战已经快要开始了。我又是卧病在床，他们接到我的回信后，就派人来同我接洽，我还是在病床上与他们接洽的罢！我答应病起后立刻就去馆看排样。可是没有几天，我在床上就听得炮弹在我的房顶上飞来飞去。"八一三"战争在上海开始了。

我那时倒不怕头上飞过的炮弹，我只是怕志摩的全集会不会因此而停止出版。那时上海的人们都是在极度紧张的情况下，一天天过去，我又是在床一病三月多不能起身，我也只能干着急，一点办法也没有。一直到我病好，中国军队已从上海撤退。再去"商务"问信，他们已经预备迁走，一切都在纷乱的状态下，也谈不到出版书的问题了。他们只是答应我，一有安定的地方是会出的。我怀着一颗沉重的心回到家里，前途一片渺茫，志摩的全集初度投入了厄运，我的心情也从此浸入了忧怨中。除了与病魔为伴，就是成天在烟云中过着暗灰色的生活。一年年过去，从此与"商务"失去了联系。

好容易八年的岁月终算度过，胜利来到，我又一度的兴奋，心想这回一定有希望了。我等到他们迁回时，怀着希望，跑到商务印书馆去询问，几次的奔跑，好容易寻到一个熟人，才知道他们当时匆匆忙忙撤退的时候是先到香港，再转重庆。在抗战时候，忙着出版抗战刊物，所以就没有想到志摩的书，现在虽然迁回，可是以前的稿子，有许多连他们自己人都不知道在什么地方。志摩的稿子，可能在香港，也可能在重庆，要查起来才能知道这一包稿子是否还存在。八九年来所盼望的只是得到这样一个回答，我走出"商务"的门口，连方向都摸不清楚了，自己要走到什么地方去都不知道了。我说不出当时的情绪，我不知道想什么好！我怨谁？我恨谁？我简直没有法子形容我那时的心情，我向谁去诉我心中的怨愤？在绝望中，我只好再存一线希望——就是希望将来还是能够找到他的原稿，因为若是全部遗失，我是再没有办法来收集了，因为我家里已经什么也没有了。

那时我心里只是怕，怕他的作品从此全部遗失，可是我又有什么办法呢？除了多次的催问，那些办事的人又是那样不负责任，你推我，我推你，有时我简直气得要发疯，恨不得打人。最后我知道朱经农当了"商务"的经理，我就去找他，他是志摩的老朋友。总算他尽了力，不久就给我一封信，说现在已经查出来，志摩的稿子并没有遗失，还在香港，他一定设法在短时期内去找回来。这一下我总算稍微得到一点安慰，事情还是有希望的，不过这时已经是胜利后的第三年了。我三年奔走的结果，算是得到了一个确定的答复。这时候，除了耐心地等待，只有再等待，催问也是没有用的。所以我平心静气地坐在家里老等——等——等。一月一月的过去还是没有消息，我也不知道为什么这样的慢，我急在心里。他们慢，我又能什么办法？

谁知道等来等去，书的消息没有，解放的消息倒来了。当然上海有一个时期的混乱，我这时候只有对着苍天苦笑！用不着说了，志摩的稿子是绝对不会再存在的了，一切都绝望了！我还能去问谁？连问的门都摸不着了。

一九五〇年我又大病一场，在床上整整睡了一年多。在病中，我一想起志摩生前为新诗创作所费的心血，为了新文艺奋斗的努力，有时一直写到深夜，绞尽脑汁，要是得到一两句好的新诗，就高兴得像小孩子一样的立刻拿来我看，娓娓不倦地讲给我听，这种情形一幕幕地在我眼前飞舞，而现在他的全部精灵蓄积的稿子都不见了，恐怕从此以后，这世界不会再有他的作品出现了。想到这些，更增加我的病情，我消极到没法自解，可以说，从此变成了一个傻瓜，什么思想也没有了。

呆头木脑的一直到一九五四年春天，在一片黑沉沉的云雾里又闪出了一缕光亮。我忽然接到北京"商务"来的一封信，说志摩全集稿子已经寻到了，因为不合时代性，所以暂时不能出版，只好同我取消合同，稿子可以送还我。这意想不到的收获使我高兴得一句话也说不出，心里不断的念着：还是共产党好，还是共产党好！我这一份感谢的诚意是衷心激发出来的。回想在抗战胜利后的四年中，我奔来奔去，费了许多力也没有得到一个答复，而现在不费一点力，就得到了全部的稿子同版型，只有共产党领导，事情才能办得这样认真，我知道，只要稿子还在，慢慢的一定会有出版机会。我相信共产党不会埋没任何一种有代表性的文艺作品的。一定还有希望的，这一回一定不会让我再失望的，我就再等待罢！

果然，今天我得到了诗选出版的消息！不但使我狂喜，志摩的灵魂一定更感快慰，从此他可以安心地长眠于地下了。诗集能出版，慢慢的散文、小说等，一定也可以一本本的出版了。本来嘛，像他那样的艺术结晶品是决不会永远被忽视的，只有时间的迟早而已。他的诗，可以说，很早就有了一种独特的风格，每一首诗里都含有活的灵感。他是一直在大自然里寻找他的理想的，他的本人就是一片天真浑厚，所以他写的时候也是拿他的理想美景放在诗里，因此他的诗句往往有一种天然韵味。有人说，他擅写抒情诗，是的，那时他还年轻，从国外回来的时候，他是一直在寻求他理想的爱情，在失败时就写下了许多如怨如诉的诗篇，成功时又凑了些活泼天真、满纸愉快的新鲜句子，所以显得有不同的情调。

说起来，志摩真是一个不大幸运的青年，自从我认识他之后，我就没有看到他真正的快乐过多少时候。那时他不满现实，他也是一个爱国的青年，可是看到周围种种黑暗的情况（在他许多散文中可以看到他当时的性情），他就一切不问不闻，专心致志在爱情里面，他想在恋爱中寻找真正的快乐。说起来也怪惨的，他所寻找了许多时候的"理想的快乐"，也只不过像昙花一现，在短短的一个时期中就消灭了。这是时代和环境所造成的，我同他遭受了同样的命运。我们的理想快乐生活也只是在婚后实现了一个很短的时期，其间的因素，他从来不谈，我也从来不说，只有我们二人互相了解，其余是没有人能明白的。我记得很清楚，有时他在十分烦闷的情况下，常常同我谈起中外的成名诗人的遭遇。他认为诗人中间很少寻得出一个圆满快乐的人，有的甚至于一生不得志。他平生最崇拜英国的雪莱，尤其奇怪的是他一天到晚羡慕他覆舟的死况。他说："我希望我将来能得到他那样刹那的解脱，让后世人谈起就寄予无限的同情与悲悯。"他的这种议论无形中给我一种对飞机的恐惧心，所以我一直不许他坐飞机，谁知道他终于还是瞒了我愉快地去坐飞机而丧失了生命。这真是一件不可思议的事。

今天的新诗坛又繁荣起来了，不由我又怀念志摩，他若是看到这种情形，不知道要快活得怎样呢！我相信他如果活到现在，一定又能创造一个新的风格来配合时代的需要，他一定又能大量地产生新作品。他的死不能不说是诗坛的大损失，这种遗憾是永远没法弥补的了。想起就痛心，所以在他死后我就一直没有开心过，新诗我也不看□，不看杂志，好像在他死后有一个时期新诗的光芒也随着他的死减灭了许多似的，也许是我不留心外面的情形，可是，至少在我心里，新诗好像是随着志摩走了。一直到最近《诗刊》第一期□，我才知道近年来新诗十分繁荣，我细细的一首一句的拜读，我认识了许多新人，新的创作，新的□□，我真是太高兴了，志摩生前就无时无刻不为新诗的发展努力，他每次见到人家拿了一首新诗给他看，他总是喜气气地鼓励人家，请求人家多写，他恨不能每个人都跟着他写。他还老在我耳边烦不清楚，叫我写诗，他说："你做了个诗人的太太而不会写诗多笑话。"可是我□个笨货，老学不会。为此他还常生气，说我有意不肯好好地学。那时我若是知道他要早死，我也一定好好地学习，到今天我也许可以变为一个女诗人了。可是现在太晚了，后悔又有什么用呢？

一九五七年二月，上海

《徐志摩诗选》序

写诗真不是一件简单的事情,又要环境的□合,本身的思想同艺术水平,并不是随时随地的就能产生出来的。志摩写诗最多的时候,是在他初次留学回来,那时我同他还不相识,最初他是因为旧式婚姻的不满意,而环境又不允许他寻他理想的恋爱,在这个时期他是满腹的牢骚,百感杂生,每天彷徨在空虚中,所以在百无聊赖、无以自慰的情况下,他就拿一切的理想同愁怨都寄托在诗里面,因此写下不少好的诗。后来居然寻到了理想的对象,而又不能实现,在绝度失望下又产生了多种不同风格的诗,难怪古人说"穷而后工",我想这个"穷"不一定是指着生活的贫穷,精神上的不快乐也就是脑子里的"穷"——这个"穷"会使得你思想不快乐,这种内心的苦闷,不能见人就诉说,只好拿笔来发泄自己心眼儿里所想说的话,这时就会有想不到的好句子写出来的。在我们没有结婚的时候,他也写了不少散文同诗歌,那几年中他的精神也受到了不少的波折。倒是在我们婚后他比较写得少。在新婚的半年中我是住在他的家乡,这时候可以算得是达到我们的理想生活,可是说来可笑,反而连一句也写不出来了!这是为什么呢?可见得太理想、太快乐的环境,对工作上也是不大合适的。我们那时从早到晚影形相随,一刻也难离开,不是携手漫游在东西两山上,就是陪着他的父母欢笑膝下,谈谈家常。有时在晚饭后回到房里,本来是肯定要他在书桌、灯下写东西,我在边上看看书陪着他的,可是写不到两三句,就又打破这静悄悄的环境,开始说笑了,也不知道哪里来的那许多说不尽、讲不完的话。就是这样一天天的飞过去，不到三个月就出了变化，他的家庭中，产生了意想不到的纠纷，同时江浙又起战争，不到两个月我们就只好离开家乡逃到举目无亲的上海来，从此我们的命运又浸入了颠簸，不如意事一再地加到我们身上，环境造成他不能安心地写东西，所以这个时候是一直没有什么突出的东西写出来。一直到他死的那年，比较好些，我们正预备再回到北京，创造一个理想的家庭时，他整个儿地送到半空中去，永远云游在虚无缥缈中了。

今天诗集能够出版，真使我百感俱生，不知写了哪一样好，随笔乱涂，想着什么，就写什么，总算从今以后，三十六年前脍炙人口的新诗人所放的一朵异花又可以永远地开下去了。

题画诗十二首

一

四时更代谢，悬象迭卷舒。
暮春忽复来，和风与节俱。
俯临清泉涌，仰观嘉木敷。
□□□我陋，圃西瞻广庐。
既贵不恭俭，处有能存无。
镇俗在简约，树塞焉财摹。
在昔同班司，今者并园墟。
私愿偕黄发，逍遥综琴书。
举爵茂阴下，携手共踌躇。
奚用遗形骸，忘筌在得鱼。

二

捉得松为柄，粘来纸作衾。
山云娇老态，溪水有无心。

挂锡沉香树，安禅天竺林。
西来闲会取，空迹寄飞禽。
古径盘空出，危梁溅水行。
药栏斜布置，山子纫生成。
欹侧天容破，玲珑石貌清。
游鳞与倦鸟，种种见幽情。

三

玉山高与阆风齐，
玉水清流不贮泥。

四

桃花流水在人世，
武陵岂必皆神仙？
江山清空我尘土，
虽有去路寻无缘。

五

吴山尽处越山涯，
水木清华处处佳。
山鸟忽来啼不歇，
声声似劝我移家。

六

桃花流水杳然去,
别有天地非人间。

七

垂杨依岸水,
钓艇接渔家。

八

柴门仍不正,
秋色自然来。

九

泉声咽危石,
日色冷青松。

十

山静似太古,
日长如小年。

十一

雪满山中高士卧,
月明林下美人来。

十二

山空寂静人声绝,
栖鸟数声春雨余。

秋 叶

一声声的狂吼从东北里
带来了一阵残酷的秋风,
狮虎似的扫荡得
枝头上半枯残枝
飘落在蔓草上乱打转儿,
浪花似的卷着往前直跑
你看——它们好像已经有了目标!
它们穿过了鲜红的枫林:
看枫叶躲在枝头飘摇,
好像夸耀它们的逍遥?
可是不,你看我偏不眼热!
那暂时栖身,片刻的停留;
但等西北风到,它们
不是跟我一样的遭殃,
同样的飘荡?不,不,
我还是去寻我的方向。
它们穿过了乱草与枯枝,
凌乱的砾石也挡不了道儿;
碧水似的秋月放出了
灿烂的光辉,像一盏

琉璃的明灯照着它们,
去寻——寻它们的目标。
那一流绿沉沉的清溪,
在那边等着它们去洗涤
满身粘染着的污泥;
再送到那浪涛的大海里,
永远享受那光明的清辉。

忆志摩（一）

多少前尘成噩梦，五载哀欢，匆匆永诀，天道复奚论，欲死未能因母老；

万千别恨向谁言，一身愁病，渺渺离魂，人间应不久，遗文编就答君心。

（注：题目为编者所加。1931年11月19日，徐志摩在山东飞机失事，陆小曼作此联以寄哀思。）

忆志摩（二）

肠断人琴感未消，
此心久已寄云峤。
年来更识荒寒味，
写到湖山总寂寥。

癸酉清明回硖石为志摩扫墓心有所感，因提此博伯父大人一笑，侄媳敬赠。

（注：题目为编者所加。该诗是1933年清明陆小曼到硖石给徐志摩扫墓时所写。文中所指伯父大人，乃徐志摩的大伯徐蓉初。）